© 강영호

김탁환

1968년 진해에서 태어나 서울대학교 국어국문학과와 동 대학원을 졸업했다. 장편소설 『조선 누아르, 범죄의 기원』, 『혁명, 광활한 인간 정도전』, 『뱅크』, 『밀림무정』, 『눈먼 시계공』, 『노서아 가비』, 『혜초』, 『리심, 파리의 조선 궁녀』, 『방각본 살인 사건』, 『열녀문의 비밀』, 『열하광인』, 『허균, 최후의 19일』, 『불멸의 이순신』, 『나, 황진이』, 『서러워라, 잊혀진다는 것은』, 『압록강』, 『독도 평전』, 소설집 『진해 벚꽃』, 문학비평집 『소설 중독』, 『진정성 너머의 세계』, 『한국 소설 창작 방법 연구』, 산문집 『읽어 가겠다』, 『뒤적뒤적 끼적끼적』, 『김탁환의 쉐이크』 등을 출간했다.

방각본 살인 사건 2

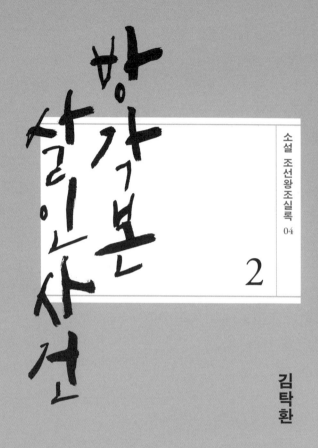

방각본 살인사건

소설 조선왕조실록
04

2

김탁환

민음사

14장

어두운 등잔 밑

초목의 꽃과 공작새나 비취새의 깃털, 저녁 하늘의 노을, 아름다운 여인, 이 네 가지는 천하에 지극히 아름다운 것이다. 그중에서 꽃은 빛깔이 다양하다. 이 제 저 미인을 그리는 사람은 그 입술을 붉게 그리고, 눈동자는 검게 칠하며, 그 뺨에는 엷은 홍조를 그리고는 멈춘다. 노을을 그리는 사람은 붉지도 않고 푸르 지도 않게 어둑어둑 희미하게 그리고 만다. 새 깃털을 그리는 사람은 금빛으로 무리 지은 가운데 초록빛을 점 찍어 마무리한다. 하지만 꽃을 그리는 사람은 도 대체 몇 가지 빛깔을 써야 할지 내가 잘 모르겠다. 김 군이 그린 서른두 가지 그 림은 모두 초목의 꽃들로, 천백 가지 가운데 하나에 지나지 않는다. 그런데도 오 색으로는 능히 다 표현할 수가 없다. 이런 면에서 깃털이나 노을이나 미인이 도 저히 미칠 바가 못 된다. 아아! 이름난 정자를 하나 세워 두고, 미인을 머물게 하 며 화병에는 공작새, 비취새의 깃털을 꽂아 두고 뜰엔 꽃을 심어, 난간에 기대어 저녁 하늘 노을을 바라보는 것이야 천하에 누릴 수 있는 사람이 몇이나 되겠는가? 하지만 미인은 금세 아름다움이 스러져 버리고, 오래된 깃털은 금세 빛이 바래며, 산 꽃은 얼마 못 가 시들고, 남은 노을은 바로 사라져 버린다. 나는 김 군에게서 이 화첩을 빌려다가 근심을 잊겠다.

— 유득공, 「제삼십이화첩(題三十二花帖)」

박제가와 김진의 사귐을 무엇이라고 부를까?

의형제라고만 하면 부족하다. 지금도 눈을 감으면 육조 거리에서부터 신문까지 도성을 누비던 두 사람이 떠오른다. 박제가의 왼손은 방금 지은 시 한 수를 들었고 김진의 오른손은 옥적(玉笛, 옥피리)이나 각죽(刻竹, 무늬를 새긴 담뱃대)을 쥐었다.

나 역시 두 사람과 함께 남주북병(南酒北餠, 남산 아래에서는 술을 잘 빚고 북부에서 떡 파는 집이 많았다. 여기서는 좋은 음식을 먹으며 함께 놀았다는 뜻)을 즐겼다. 두 사람과 만난 것은 내 생애 기억할 만한 행운이지만 순간순간 찾아든 절망감 역시 컸음을 고백하지 않을 수 없다. 두 사람은 예술을 아는 천재 중 천재였고 천하를 걱정한 선비 중 선비였다. 그

이들에 비해 나는 그저 소졸(疏拙, 서툼)한 재주나 부리며 불빛을 찾아 헤매는 부나방이라고나 할까.

만지전에서 백동수의 도움을 입은 후부터 나는 김진이 품은 범상치 않은 재주에 기가 꺾였다. 도저히 내가 맞설 상대가 아니었던 것이다. 불쾌한 기분도 오랫동안 사라지지 않았다. 김진은 내가 절체절명의 위기에 빠질 것을 예탁(豫度, 앞으로의 일을 미리 짐작함)하고서도 내버려 두었다. 때마침 백동수가 왔기에 망정이지 조금이라도 지체했다면 어찌 되었을까. 틀림없이 목숨을 잃었으리라. 범인을 잡기 위해서라고 해도, 그렇듯 냉정하게 낚싯밥으로 나를 이용한 것은 받아들이기 힘들었다. 감탄과 울분 속에서 납월(臘月, 12월)의 마지막 밤들이 흘렀다.

새해 첫 동이 트자마자 의금부를 나섰다. 자청해서 섣달그믐에 번을 섰던 것이다. 백동수가 대문 건너 느티나무 아래에 서 있었다.

"아니, 형님. 웬일이십니까?"

백동수가 성큼성큼 거리를 가로지르며 답했다.

"어젯밤 화광에게서 연통이 왔네. 자네가 틀림없이 계명성(鷄鳴聲, 닭 우는 소리)도 들리기 전에 의금부를 나설 터이니 기다렸다가 호위하여 오라고 말일세."

"호위라니요? 제가 무슨 황구유아(黃口幼兒, 어린아이)입니까?"

백동수가 너털웃음을 터뜨렸다.

"허허허, 조심해서 나쁠 건 없네. 놈들이 자넬 또 노릴지
도 모르고."

"이 몸은 혼자서도 지킬 수 있습니다. 야뇌 형님까지 저
를 한심하게 생각하시는 겁니까?"

"아닐세. 하지만 봄 꿩이 울음 때문에 죽는다는 말도 있
지 않은가. 가서 세주(歲酒, 새해 첫날에 먹는 술)도 한잔 하고
사희(柶戱, 윷놀이)도 한판 노세. 옥국(玉局, 바둑판)에 내린 먼
지를 털어 내도 좋겠지."

박제가 집 사랑채에 도착하는 동안 우리는 정신을 바짝
차리고 주변을 살폈다. 내가 앞서 걷고 백동수가 뒤처져
따라왔다. 일부러 몸을 휘돌리기도 했고 골목에 뛰어들었
다가 나오기도 했다.

"초정! 있는가?"

신발 두 켤레가 나란히 놓여 있었다. 김진과 박제가가
방문을 열고 우리를 맞이했다.

"어서어서 들어오세요."

세찬(歲饌, 새해 첫날에 먹는 음식)이 담긴 상 주위에 자리
를 잡고 앉자 박제가가 내 얼굴을 보며 물었다.

"겨우 나흘 만인데 병색이 완연하군. 자객들에게 상처라

도 입은 건 아닌가?"

여기저기 피멍이 들고 생채기가 났지만 상처라고 부를
수는 없다.

"아닙니다. 그런데 무슨 서책을 보고 계셨습니까?"

서안 아래 서책들이 눈에 띄었던 것이다. 박제가가 답
했다.

"화광이 그린 꽃 그림을 구경했으이. 조선에 피는 꽃이
란 꽃은 다 모아 놓은 듯하이."

김진이 손을 저으며 답했다.

"아니옵니다. 아직 북삼도에 피는 화총(花叢, 꽃떨기)은
그리지 못하였습니다. 너덧 해는 더 그려야 겨우 책 모양
을 갖출 것 같습니다. 백탑 아래 여러 형님들께 부끄러움
을 무릅쓰고 미리 보여 드리는 것은 질정(質正)을 받기 위
함입니다."

백동수가 그중 한 권을 집어 들고 이리저리 뒤척이며 감
탄했다.

"허어, 참으로 대단하이. 단원이 봐도 혀를 내두르겠구
먼. 이렇듯 생생한 것은 자네가 두 발로 직접 가서 눈으로
일일이 확인했기 때문이겠지? 서책이나 몇 권 뒤져 그린
것과는 차원이 다르다 이 말일세."

박제가가 맞장구를 쳤다.

"과연 그렇습니다. 야뇌 형님이 정확히 짚어 내셨군요. 이제 우리는 조선의 참모습을 담아야 합니다. 꽃이든 새든 물고기든 어느 것 하나 전해 내려오던 지식과 같은 것이 없답니다. 까마귀만 해도 얼마나 그 모양이 다양하고 붕어만 해도 얼마나 그 크기가 다른지요. 조선의 풍광을 제대로 알아야 이 나라 백성들이 겪는 어려움을 하나하나, 정말로 뼈저리게 느낄 수 있습니다. 공맹의 가르침만으로는 이 어려움을 해결할 수 없어요."

내가 끼어들었다.

"납득하기 힘들군요. 꽃이나 새, 물고기를 탐구하는 것이 백성을 보살피는 일과 연관이 있다 이 말씀이십니까?"

박제가가 답했다.

"그렇다네. 사물이 돌아가는 이치를 알아야 정치도 바로 할 수 있으이. 자기 바람만 앞세우면 실패하기 십상이지. 어떤 과정을 거쳐야 어려움을 해결할 수 있는지 미리 알아야 하네. 「손자병법」에도 이르기를, 먼저 나를 이길 수 없게 한 연후에 적을 이길 수 있는 때를 기다린다고 했으이. 내 허물을 짚어 내듯 사물이 돌아가는 이치를 따질 필요가 있네. 사물을 관찰하여 정리하고 기록하는 것은 그런 의미에서 꼭 필요한 과정이라고 할 수 있지. 화광 이 친구가 꽃을 이렇듯 자세히 기록하는 것처럼 야뇌도 목축을 두고 무엇인가 쓸 수 있을 게고, 연암 선생과 나도 농사 짓기와 관련하여 아주 낯선 제안을 하고 싶으이. 조선에 존재하는 모든 사물, 모든 사건을 놓고 새로운 주장을 편다면 이 나라는 완전히 달라질 수 있을 것이야."

"상것들이나 하는 일이라도 하시렵니까?"

백동수가 박제가보다 먼저 답했다.

"그렇다네. 양반은 서책만 읽어야 하고 농사나 목축 따위 상것들 소임이라고 돌리던 시대는 지났으이. 이젠 정말 모든 걸 제대로 할 때가 온 걸세. 네 것 내 것 따지지 않고 힘써 우리 일을 함께한다면 우리가 꿈꾸는 부국강병을 이룰 수 있다네. 지난가을 의금부와 훈련도감, 그리고 황해도 일부 관원들이 북악산 너머에서 함께 결진(結陣, 군사 훈련)을 했다고 들었네. 맞나?"

"그렇습니다. 어명을 받들어 여진 침략에 대비한 결진이었죠."

"결과는 어떠했는가?"

"무엇이 말입니까?"

백동수의 속마음을 알 수 없었다.

"훈련도감과 의금부와 황해도 관원들의 궁술과 검술이 일사불란하게 어우러졌느냐 이 말일세."

"……아닙니다. 모두 각각이라서 애를 먹었지요. 무예와

병법이 각기 다르니 오해도 생기고 반목도 싹트는 것 같았습니다."

백동수가 무릎을 탁 쳤다.

"그걸 가리켜 오합지졸이라는 걸세. 장졸이 많으면 무엇하고 궁시창검(弓矢槍劍, 활과 화살과 창과 칼. 전쟁에 쓰이는 무기.)이 많아서 뭐하느냐 이 말일세. 장수에서 군졸에 이르기까지 같은 군호를 쓰고 같은 무예를 익혀야 그 군대가 비로소 제 모습을 찾는 걸세. 조선에서는 아직 그조차 정리되지 않았으이. 경쟁하듯 저희들 멋대로 활과 검을 다룬단 말일세. 이제 정말 제대로 정리할 때가 왔네. 군사들이 일사불란하게 움직이도록 조선의 무예를 일통(一統)하지 않고는 결코 오랑캐의 외침을 막아 낼 수 없으이. 이제 알겠는가?"

백동수의 두 눈에서 불덩어리가 활활 타오르고 있었다. 조선의 무예를 일통한다! 얼마나 가슴 벅찬 말인가. 지금까지 그 누구도 이런 멋진 꿈을 고백한 적이 없다. 그렇다고 해도 꽃과 무예는 다르다. 살인범을 잡기로 약속한 날 새벽에 웬 꽃이란 말인가? 꽃 그림을 뚫어져라 쳐다보면 범인 이름 석 자가 떠오르기라도 하는가?

내 마음을 읽기라도 한 듯 김진이 서책을 정리하며 말했다.

"이제 사시(巳時, 아침 9~11시)가 가까웠습니다. 가시지요."

"어딜 말인가?"

백동수가 물었다. 김진이 무덤덤하게 답했다.

"일곱 번째 희생자를 구해야 하지 않겠습니까?"

백동수가 놀란 눈으로 물었다.

"범인이 언제 어디서 누구를 죽일지 정말 안단 말인가?"

김진의 입가에 옅은 미소가 번졌다. 나는 욕심쟁이 각수의 행방이 궁금했다.

"장세경은 어디 있습니까?"

박제가가 답했다.

"안심하게. 그 형님은 아무도 찾을 수 없는 곳에 잠시 숨겨 두었으이."

"도망친 건 아닙니까?"

김진이 답했다.

"아닐세. 오늘 일을 끝낸 다음 만나도록 하세."

김진 뒤를 따라서 박제가와 백동수, 그리고 내가 종종걸음을 쳤다. 김진을 두둔만 하던 박제가가 물었다.

"지금까지는 저물 무렵부터 새벽 사이에 살인 사건이 일어나지 않았는가? 이렇게 벌건 대낮에 과연 범인이 나타날까? 보는 눈도 많고 달아나기도 쉽지 않을 터인데. 날 잡아가라고 알리는 것도 아닐 테고 말일세."

김진이 답했다.

"그 많은 눈을 가릴 수 있고 달아날 필요도 없는 곳이라면, 낮이든 밤이든 문제 될 것이 없지요. 오히려 명명백백한 곳일수록 허점이 많은 법입니다."

소광통교와 용동, 청정동을 지났다. 성명방을 통과한 후에도 김진은 걸음을 늦추지 않았다. 필동으로 접어들자 백동수가 알은체를 했다.

"여긴 글재주가 뛰어난 선비 묵객들이 많은 동네라네. 광약(狂藥, 사람을 미치게 만드는 약이란 뜻으로 술을 가리킴) 친구도 여럿 있지. 여긴 김 초시 집이고 저긴 박 참의 집이고 또 저긴 이 생원 집이고. 또 저긴……."

김진이 멈춰 섰다. 백동수가 그 집을 바라보며 물었다.

"여긴 남 처사 집이 아닌가? 이 친구는 젊어서부터 앓은 피부병 때문에 이레 전 충청도로 피접(避接, 앓는 사람이 자리를 옮겨 병을 다스리는 것)을 떠났다네. 한강 나루까지 내가 직접 배웅을 다녀왔으이. 그런데 왜 여기서 걸음을 멈추는가? 지금 이 집에는 남 처사의 무남독녀만 있으이. 하면 그 꽃 같은 아이에게 불행이 찾아든다 이 말인가?"

고주대문(高柱大門, 기둥을 높이 세워 만든 대문)은 굳게 잠겼지만 김진은 당황하지 않고 천천히 오른손으로 담장을

쓸며 걸었다. 쪽문 둘을 지나자 뒤뜰에 감나무 서너 그루
가 보였다.

"괜한 헛수고일세. 남 처사는 십 년 전 좀도둑에게 목숨
을 잃을 뻔했지. 그 후론 문이란 문은 꼭꼭 걸어 잠근다네.
더구나 옥 같은 딸아이만 남은 집이니 문단속이 더욱 철저
하겠지. 저 담벼락 안쪽에는 특별히 평안도에서 사들인 장
창들이 하늘을 향해 아가리를 벌린 듯 꽂혔다네. 잘못 월
담했다간 온몸을 찔려 즉사하고 말지. 하인들도 충직하여
함부로 외간 사람들을 들이지 않네. 한마디로 구중궁궐을
제외하곤 도성에서 가장 안전한 집이라 할 만하지."

담장이 보통 집보다 한 자는 더 높았다. 김진은 이번에
도 답을 하지 않고 세 번째 쪽문 앞에 이르렀다. 백동수를
쳐다보며 조용히 문을 밀었다.

놀라운 일이었다. 굳게 잠겼다고 장담하던 문이 스르르
열린 것이다. 김진은 어깨를 으쓱 들어 보이며 안으로 들
어가자고 손짓했다. 백동수가 이번에도 말렸다.

"가노들이 덮칠 걸세. 한바탕 싸움을 해야 한다고."

김진은 주저하지 않고 문 안으로 사라졌다. 박제가와 백
동수도 그 뒤를 따를 수밖에 없었다.

"이상하군. 어쩜 이렇게 쥐 죽은 듯 고요할 수 있단 말인
가. 아무도 살지 않는 집 같으이. 전부 어디로 간 걸까?"

나는 목소리를 낮추어 김진에게 물었다.

"하인들이 집에 없다는 것을 어찌 알았는가?"

김진은 답을 주는 대신 이상한 제안을 하나 했다.

"자, 이제 우리는 저기 별채로 들어갈 겁니다. 풍류로 이름 높은 남 처사이니 악기와 서책이 가득할 테지요. 저곳에서 우선 적당히 몸을 숨깁니다. 제가 나서기 전까지는 조용히 구경만 하시면 됩니다. 자, 곧 오시(午時, 낮 11~13시)가 되겠군요. 서둘러야겠습니다. 제 뜻을 따르실 수 있겠는지요?"

박제가가 물었다.

"숨어서 기다리자는 건가?"

"그렇습니다."

내가 끼어들었다.

"별채에서 일이 벌어지리란 걸 어찌 아는가?"

"지금은 설명해도 믿지 못할 거야. 우선 들어가세. 나중에 상세히 설명하겠네."

별채는 과연 많은 악기와 서책들로 가득 차 있었다. 추운 날씨와 함께 피부병이 악화되어 풍류를 즐기지 않은 탓에 군데군데 먼지가 앉고 때가 끼었다. 방으로 들어선 김진이 윗목에 놓인 산호서안(珊瑚書案, 산호로 만든 서안)을 손바닥으로 짚으며 말했다.

"각자 편한 곳에 자리를 잡으십시오. 제법 기다려야 할지도 모릅니다. 아, 저기 운무병(雲霧屛, 구름과 안개가 그려져 있는 병풍)이 있군요. 두 사람쯤은 간단히 몸을 숨길 수 있을 듯합니다. 초정 형님과 야뇌 형님이 가세요. 저는 저 깃발들 뒤에 숨겠습니다. 남 처사는 과연 야뇌 형님과 교칠(膠漆, 아교와 풀. 사귐이 극히 두터움) 같은 우정을 나누는 분답게 강궁과 장검을 다루며 깃발도 휘두르는 호인이시군요. 이 도사 자네는 어디가 좋을까? 큰 가야금 뒤는 어떻겠는가? 가야금 세 개가 비스듬히 옥루(屋漏, 방의 서북 모퉁이)를 가리고 섰으니 그 뒤에 웅크리면 쉽게 들키지 않을 걸세."

"하필 왜 저 서안을 지목하는 건가?"

하나같이 서안이 잘 보이는 곳이었다. 김진이 깃발 뒤로 걸음을 옮기며 답했다.

"간단해. 방금 손바닥으로 짚어 보니 먼지가 하나도 없더군. 오늘 특별히 청소를 마치고 이 방에 갖다 두었다는 뜻이지. 왜 그랬겠는가? 정성껏 손님 맞을 채비를 한 게야."

가야금 뒤에 쪼그리고 앉아 얼굴도 모르는 누군가를 기다리는 것은 생각보다 힘들었다. 어깨가 뻐근해지더니 두 발이 저렸고 아랫배도 묵직해지면서 살살 아팠다. 벌레가 기어 들어갔는지 등이 근지러웠고 손도 감각이 무뎌졌다. 불행 중 다행인 것은 생각보다 방이 훈훈하다는 사실이었다. 별채 아궁이에 불을 지폈다는 것은 이곳에서 무슨 일이 벌어질 것이라는 예고이기도 했다. 김진은 깃발 뒤에서 눈을 지그시 감은 채 주문을 외우는 것처럼 웅얼거렸다. 나는 백동수와 박제가의 귀에 들리지 않을 만큼 목소리를 낮추어 물었다.

"내게 보여 준 서찰 말일세. 언제 받은 것인가?"

김진이 눈을 뜨지도 않고 답했다.

"그날이지. 청운몽과 자네의 악연이 시작된……."

"청운몽을 의금부로 불러들인 날 말인가?"

김진이 대답 대신 고개를 끄덕였다.

"서찰까지 주고받는 사이인 줄은 몰랐네. 많이 친했는가? 청운몽의 서찰을 더 가지고 있나? 왜 처음부터 내게 보여 주지 않았지?"

김진이 오른손을 들고 말했다.

"조용히, 하나씩, 차례차례 답하겠네. 서찰은 더 있네만, 자네에게 보여 줄 건 없네. 나머진 지극히 사사로운 것들이거든."

"그래도 보여 주게. 살인범의 친필 서한이 아닌가?"

김진의 표정이 조금 굳었다.

"싫다면, 내 집을 뒤지기라도 할 텐가? 백탑 아래에 모여 시문을 논하던 서생 둘이 서찰을 주고받은 게 뭐 그리

이상한가? 솔직히 말하겠네. 나는 조선 제일 매설가 청운
몽의 문하에 들고 싶었네."

"소설을 배우고 싶었다고?"

"왜, 나는 소설을 쓰면 아니 되는가? 자네도 알다시피
조선의 많은 매설가들은 나와 같은 서얼이거나 몰락한 양
반이라네."

"나는 자네가 꽃에만 미쳐 지낸다고 생각했네. 소설을
가슴에 품은 줄은 몰랐군."

김진의 표정이 조금 부드러워졌다.

"지난봄 마침내 승낙을 받았지. 그런데 조건을 하나 달
더군."

"조건? 그게 뭔가?"

"나를 주인공으로 삼아 소설을 쓰고 싶다는 게야. 제목
도 이미 정했더라고. '화광실기(花狂實記)'라나……."

"화광실기?"

"처음엔 딱 잘라 거절했네. 자네도 생각을 해 보게. 나
같은 하잘것없는 서생이 어찌 소설 주인공이 될 수 있겠
나? 그런데 청운몽은 그럼 자기도 내게 소설을 가르쳐 줄
수 없다는 거야. 며칠 고민하다가 하는 수 없이 응했네. 소
설에 대한 욕심을 접을 수가 없었지."

"봄부터 여름을 지나 초가을까지 여러 번 만났겠군. 청

운몽은 집필에 들어가기 전 꼼꼼하게 답사를 하고 관련 사
서(史書)와 시문을 섭렵하기로 이름이 높으니까. 자넬 주인
공으로 삼았다면 자네 삶을 모조리 알려고 덤볐을 것 같은
데……."

"정확한 지적일세. 여름이 가고 가을이 왔는데도 청운
몽은 소설을 단 한 줄도 쓰지 않더군. 나에 관해 묻고 묻
고 또 물었네. 내가 읽은 책들의 서목을 적어 달라고 했다
네. 꽃에 관한 서책들은 아예 모조리 빌려 가기까지 했고.
참으로 대단한 집념이었어. 영영 준비가 끝날 것 같지 않
았지. 그런데 자네에게 보여 준 그 서찰을 쓸 땐 어느 정도
정리를 마쳤던가 보네. 북풍이 불기 전 집필을 시작하리라
다짐까지 했으니까."

"그런 일이 있었군. 그래서 자네가 청운몽 일이라면 발
벗고 나섰던 게고."

김진이 씁쓸하게 웃었다.

"한마디로 매설가 청운몽은 살인을 할 그릇이 못 돼. 겉
과 속 모두 선하디선한 사람이라네."

"하지만 자복을 했네."

"그래서 더 자넬 돕고 싶었던 거라네. 청운몽이 왜 거짓
자복을 했는지 못 견디게 궁금하더라고."

"자복이 거짓이라는 증거라도 숨긴 건가? 서찰을 숨겼

듯이."

"곧 그걸 증명할 사람이 이리로 올 걸세."

그즈음에서 대화는 중단되었다. 김진이 눈을 감은 채 다시 웅얼웅얼 혼잣말을 시작한 것이다. 백동수와 박제가는 병풍 뒤에서 도란도란 귓속말을 주고받는 중이었다.

"척계광(戚繼光)의 『기효신서(紀效新書)』와 모원의(茅元儀)의 『무비지(武備志)』 정도이겠습니다."

"명나라 말에 나온 그 책들이야 『무예신보(武藝新譜)』에 대부분 담겨 있지 않은가? 땅 위에서 하는 십팔기로는 부족하네."

"십팔기도 제대로 익힌 장졸이 드물지 않습니까?"

"좀 더 빠르고 강한 장졸이 되려면 마상 무예를 반드시 터득해야 해. 기창(騎槍), 마상쌍검, 마상월도, 마상편곤, 마상재, 격구 정도는 배울 필요가 있지."

"앞에 말씀하신 다섯 가지는 알겠습니다만 격구는 의외군요."

"고려 때 격구는 중요한 무과 과목이었다네. 서로 돕고 함께 즐기는 데는 격구만 한 것이 없다네. 비이(比耳, 격구 채를 말 귀 가까운 곳에 두는 것)를 한 다음 수양수(垂揚手, 채를 든 손을 높이 들었다가 아래로 내리며 달려가는 자세)를 취할 때 느끼는 기분을 초정은 모를 걸세."

"격구가 그렇듯 대단합니까? 꼭 한번 배워 보고 싶군요."

"걱정 말게. 이 일만 잘 마무리하면 백탑 아우들 모두에게 격구를 가르쳐 줌세."

김진이 외던 주문이 뚝 끊어지자 백동수와 박제가도 입을 닫았다. 나 역시 뻗었던 오른 다리를 거두어들이며 몸을 한껏 웅크렸다.

문이 열렸다. 향기가 먼저 코를 자극했다. 곱게 몸단장을 하고 방으로 들어선 남해숙이 옆으로 한 걸음 비켜서서 고개를 다소곳이 숙인 후 청했다.

"누추합니다만 드시지요."

젓가락처럼 가늘고 긴 쇳대에 종이를 바른, 합죽선(合竹扇) 모양의 철선(鐵扇, 쇠 부채)으로 코와 입을 가린 사내가 방으로 들어섰다. 사내는 성큼성큼 서안을 돌아 자리를 잡고 앉았다. 남해숙의 큰 눈과 상기된 두 볼이 아름다웠다.

"연통을 받고 얼마나 이날을 기다렸는지 모른답니다. 그분이 남긴 유작이 아직도 있다시니, 그 신필(神筆)을 소녀에게 처음으로 보여 주마고 하시니 이보다 더 큰 기쁨이 어디 있겠는지요? 다행히 부모님께서는 멀리 충청도로 피접을 떠나셨고 하인들도 신창동 사촌누이 혼인 준비에 잠시 보냈으니 이 집에는 아무도 없습니다. 그분 소설을 보여 주시겠다신 말씀이 거짓은 아니겠지요? 소녀에게 이와 같은 행운이 찾아들 줄은 정말 몰랐습니다. 어젯밤을 뜬눈으로 지새웠어요. 지금까지 소녀가 모은 그분 소설을 읽고 또 읽었답니다. 아, 이제 보여 주세요."

사내는 소설 대신 작은 환약 하나를 약낭(藥囊, 약을 담아 두는 주머니)에서 꺼냈다.

"이것이 무엇인지요?"

사내가 철선을 입술에 가까이 댄 채 답했다. 목소리가 부채에 부딪히며 칼 울음소리를 냈다.

"오묘한 소설 속 세계로 더욱 쉽게 들어가는 약이라오. 그분 소설을 단숨에 온몸으로 느낄 게요."

남해숙이 조금 주저하는 기색을 보이자 사내는 단숨에 자리에서 일어섰다. 소설에 눈먼 이 가여운 처녀는 황급히 사내 팔을 붙들었다.

"머, 먹겠어요. 소설은 꼭 보여 주시는 거죠?"

"약속하리다. 낭자는 형님의 새로운 소설 「박대성전(朴大成傳)」을 도성에서 처음으로 읽은 사람이 되는 게요."

사내는 남해숙이 환약을 입에 넣는 것과 동시에 다시 자리에 앉았다. 환약을 삼킨 것을 확인한 사내는 품에서 서책 하나를 꺼내 서안 위에 놓았다. 남해숙은 두 손으로 서책을 잡자마자 미친 듯이 읽어 나가기 시작했다. 약 때문일까. 곧바로 입에서 감탄과 신음이 터져 나왔고 검은 눈동자가 올라갔다 떨어지는 횟수가 잦아졌다. 그때마다 환영을 보는 듯 책장이 찢어지도록 주먹을 쥐었다가 놓았다. 조용히 남해숙의 얼굴을 쳐다보던 사내가 철선을 내려놓고 일어섰다. 자기 영역을 표시하는 흑곰처럼 양팔을 넓게 벌려 앞으로 뻗은 후 잠시 남해숙을 내려다보았다.

구해야 한다!

달려 나가고 싶었지만 김진은 꿈쩍도 하지 않았다.

남해숙은 이제 서책을 읽지도 못한 채 심하게 머리를 흔들어 대기 시작했다. 사내가 손을 뻗어 목을 만져도 모르는 듯했다. 사내는 천천히 남해숙의 아랫배 위로 올라갔다. 목을 감싼 두 팔에 잔뜩 힘을 주었다.

더 이상은 안 돼.

내가 가야금을 밀치고 일어서는 것과 동시에 김진의 오른발이 허공을 가로질러 사내의 뒷목을 때렸다. 김진은 나뒹군 사내의 왼팔을 뒤로 젖혀 일으켜 세웠다.

"아니, 아니 자네는……."

나는 표창을 든 손을 내리지도 못한 채 살인범을 쳐다보며 말을 더듬었다. 큰 키, 호리호리한 몸매, 선하디선한 눈망울을 지닌, 청운몽의 아우이자 청미령의 오빠 청운병이 틀림없었다. 청운병은 김진의 갑작스러운 출현을 믿을 수

없다는 듯 온몸을 흔들어 댔다. 백동수가 청운병의 오른팔
마저 뒤로 젖혀 동아줄로 포박했다. 김진이 낯익은 범인을
내게 넘기며 말했다.

"자네가 이 간악요힐(奸惡妖黠, 간사하고 악독하며 요망하고
약음)한 살인범을 맡게. 난 낭자를 보살펴야겠으이."

김진은 소매에서 환혼단(還魂丹)을 꺼내 남해숙의 입으
로 밀어 넣었다. 파리한 입술에 붉은빛이 돌더니 삼킨 환
약을 토했다. 청운병은 어느새 냉정함을 되찾아 가고 있었
다. 입가에 비웃음까지 맴돌 정도였다.

"언제부터 의금부가 남녀 사이 은밀한 만남까지 방해합
니까? 남 낭자는 오늘 만남을 더욱 아름답게 하려고 이곳
으로 오기 전 계당주(桂糖酒, 계피와 꿀을 넣어 만든 술)까지 마
셨어요. 좀도둑처럼 숨어 대체 무얼 엿보려고 했습니까?"

15장

부탁

　사람이 마땅히 머물러 있어야 할 곳에 편하게 있지 못하는 까닭은 욕심에 따라 움직이기 때문이다. 욕심이 앞에서 끌고 가면 그치려고 하여도 그칠 수가 없다. 그러므로 『주역』간괘의 도리는 마땅히 욕심이 생기지 않는 등(背)에서 그쳐야 한다는 것이다. 보이는 것은 앞에 있지만 등은 그 반대쪽에 있기 때문에 보이지 않는다. 그 보이지 않는 곳에서 그칠 수가 있다면 욕심이 마음을 어지럽히지 못해 그 그침이 안정될 수 있다. "그 몸으로 얻지 않는다."라는 것은 몸을 보지 않는다는 것으로 자신을 아는 것을 말한다. 자기라는 의식이 없으면 편안히 머물러 있을 수 있다. 자기라는 의식을 버리지 못하면 편안히 머물 방법이 없게 된다. "뜰을 거닐어도 그 사람을 볼 수 없다."라고 했는데, 이것은 뜰의 공간은 지극히 좁지만 등 뒤에 있으면 비록 아주 가까운 거리라고 할지라도 볼 수가 없다는 말이니 외물(外物)과 만나지 않는다는 뜻이다. 외물과 만나지 않으면 마음에 욕심이 생겨나지 않는다. 이러한 상태로 머물러 있어야 편안히 머무를 수 있는 도리를 얻는다. 그래야만 머물러 있는 데에 허물이 없게 될 것이다.

　　　　　　　　　　　　　　　─주희·여조겸 엮음,『근사록』,「존양편(存養篇)」

백동수와 함께 의금부로 청운병을 끌고 간 후에도 우여
곡절이 많았다. 청운병은 의금부로 들어선 순간부터 억울
함을 호소했다. 목을 조르지 않았느냐고 추궁했지만 운우
지락을 나누기 위한 준비였다고 맞섰다. 이미 투향(偸香, 몰
래 정을 통함)한 사이라는 것이다. 목을 만져도 남해숙이 전
혀 거부하지 않았음을 강조했다. 그 말은 사실이었다. 암혼
단(暗魂丹)에 취해 몸을 가눌 수 없었다고 해도 그 약 역시
남해숙이 스스로 삼킨 것이다. 청운병은 남해숙과 대질해
줄 것을 원했다. 결코 살의가 없었음을 남 낭자가 증언하
리라는 것이다. 의금부 도사 박헌은 백동수의 설명을 들은
후 고개를 갸우뚱거렸다.

　"그러니까 뭔가? 자네들이 미리 살인이 일어날 줄을 알

고 남 처사 집 별채에 숨어서 기다렸다는 소린가? 허어, 그 걸 지금 나보고 믿으라는 게야? 도대체 자네들은 거기서 살인이 일어날 줄을 어찌 알았는가?"

우리는 꿀 먹은 벙어리 흉내를 낼 수밖에 없었다. 모든 열쇠는 김진이 쥐고 있었다.

"내일 아침까지 전후 사정을 상세히 적어 올리도록 하 겠습니다. 그러니 우선 이자를 하루만 옥에 가두어 주십시 오."

박헌이 내 눈을 깊이 들여다보았다.

판의금부사 대감께 알리지 않고 말인가?

그렇습니다. 지금 말씀 올리면 자초지종을 따져 물으실 겁니다. 저는 아직 이 일을 전부 알지 못합니다. 하루만 시 간을 주십시오. 늦어도 내일 아침까지는 전모를 밝혀내겠 습니다.

자신 있는가? 죄 없는 자를 옥에 가두는 것이 얼마나 큰 잘못인 줄은 알지?

문제가 생기면 책임을 지고 물러나겠습니다. 어떠한 벌 이라도 달게 받겠습니다.

박헌이 이윽고 고개를 끄덕였다.

"알겠으이. 자네 부탁이니 특별히 들어줌세. 내일 아침 까지일세. 내가 번을 바꿀 때까지 돌아오지 않으면 그 즉시 이 일을 탑전과 판의금부사께 아뢸 것이야. 그건 그렇고 서운하구먼. 미리 귀띔이라도 할 일이지, 왜 이리 사람을 놀랜단 말인가?"

"송구스럽습니다. 사정이 그리되었습니다."

청운병을 의금옥에 남겨 두고 박제가 집으로 다시 걸음을 옮겼다. 김진은 없고 박제가만 우리를 맞았다.

"화광 이 친구는 어디 갔습니까?"

박제가가 답했다.

"잠시 다녀올 데가 있다고 하더군. 자네가 오면 저물 무렵까지만 기다려 달라고 했어."

장세경을 데리러 간 것일까?

의혹이 산더미처럼 쌓여 갔지만 기다리는 것 외에는 별도리가 없었다. 백동수는 유득공과 만나 발해의 장수들에 관해 의논키로 했다며 자리를 비웠고, 박제가도 이덕무에게 전할 시집이 있다며 출타했다. 빈방에 나 혼자 덩그러니 남은 것이다. 생각도 정리할 겸 먹을 갈아 흰 종이에 몇 자 적어 내렸다. 김진이 돌아오면 던질 물음들이다.

깊은 물속은 알아도 사람 마음은 모른다지만, 김진은 청운병이 범인이란 걸 언제 알았을까? 남 처사 집 쪽문이 열렸다는 사실과 또 별채에서 살인이 일어나리라는 건 또 어떻게 알았을까?

하나씩 답을 추측해 보아도 헛수고였다. 한 걸음 딛기도 전에 수만 갈래 오솔길을 만났다. 무릎을 접고 머리를 쥐어뜯으며 빛을 찾는데 갑자기 마당에서 인기척이 났다.

"계시는지요?"

작고 희미한 목소리였지만 나는 단숨에 그 주인을 알아차렸다. 미령 낭자! 방문을 여니 청미령이 마당 한가운데에 주저주저하며 서 있었다. 얼굴은 창백했고 두 손은 떨렸다. 충격에서 벗어나지 못한 듯했다.

"낭자! 어인 일이시오?"

"드릴 말씀이……."

말을 끝맺지도 못하고 고개를 돌렸다. 두 눈을 질끈 감았다 떴다. 눈물을 참는 것인지, 나에 대한 분노를 가라앉히는 것인지 알 수 없었다.

"자, 우선 안으로 드십시다. 바람이 찹니다."

방으로 들어섰다. 얼굴이 더욱 수척해졌다. 청미령은 찾아온 이유를 바로 말했다. 인사를 차릴 만큼 여유 있는 상황이 아닌 것이다.

"작은오라버니가…… 의금옥으로 끌려갔다는 게 사실인가요?"

"그, 그 일을 어찌 아십니까?"

특별히 입단속을 시켰는데도 벌써 풍문이 돌기 시작한

것인가. 누가 청조(靑鳥, 발이 세 개인 푸른 새. 이 새가 서왕모의 사자로 한(漢)나라 궁전에 편지를 전했음)처럼 이 일을 청미령에 게 전한 것인가.

"그럼…… 저, 정말이군요."

"누굽니까? 누가 낭자에게 그 일을 알린 겁니까? 누구누 구가 압니까?"

"화광 선비께서 방금 다녀가셨어요."

"김진 그 친구가 말이오?"

알다가도 모를 일이다. 김진은 왜 서둘러 명례방부터 찾 아간 것일까. 나는 딱딱한 말투로 물었다.

"이번에도 누명을 썼다고 생각하는 겁니까?"

청미령은 나와 잠시 눈을 맞춘 후 고개를 저었다. 그리 고 힘겹게 입을 열었다.

"……부탁이 있어서 왔답니다."

"부탁이라……?"

청미령이 또 말을 삼켰다. 나는 점점 가슴이 답답하고 식은땀까지 흘렀다.

내 말투가 왜 이리 칼날 같은가. 나 역시 떳떳하지 못하 기는 마찬가지다. 청운몽, 그 죄 없는 매설가를 죽이지 않 았던가. 그 잘못을 솔직히 인정하고 용서를 빌고 싶은데, 무릎이라도 꿇고 머리라도 바닥에 두드리고 싶은데, 목소리에 핏발이 서고 묻는 말도 단호하다. 이게 아닌데, 이게 아닌데.

"어머님께서 많이 편찮으세요. 작은오라버니가 저지른 잘못을 벌하는 일을 어머님이 돌아가신 후로 늦추면 안 될까요? 작은오라버니까지 잘못된 걸 아시면 어머니는 정말 천추의 한을 품으실 거예요."

김진 자넨가. 이런 부탁을 내게 해 보라고 권한 사람 말일세. 자네 권유가 아니라면 미령 낭자가 외간 사내 혼자 있는 방까지 찾아올 까닭이 없네. 더구나 두 오빠를 모두 감옥에 가둔 내게 부탁 같은 걸 할 리 없지. 자네, 괜한 짓을 했군. 청운병은 죄를 자복하자마자 곧 극형에 처해질 걸세. 민심을 가라앉히기 위해서라도 죄인을 형장에 세우는 때를 늦출 까닭이 없네.

"지엄하신 어명에 따를 뿐이지요. 그 부탁은 들어 드리지 못하겠습니다. 돌아가세요."

청미령이 내 눈을 똑바로 들여다보았다. 아랫입술이 파르르 떨렸다.

"역시 냉정하시군요. 놀랄 만큼 침착하시고요. 작은오라버니의 구명을 빌러 온 게 아닙니다. 그저 망극한 불효만은 피하고 싶은 마음에 나선 길이에요."

"숨기십시오."

고개를 젓는 청미령의 두 눈에 얼핏 눈물이 비쳤다. 침착함을 잃지 않으려 했지만 병든 어머니를 떠올리는 순간 울분이 한꺼번에 밀려든 것이다.

"숨길 수 있었으면 오지도 않았습니다. 큰오라버니가 돌아가신 후 어머니는 하루에도 서너 차례 작은오라버니만 찾으십니다. 의문지망(依門之望, 어머니가 자식이 돌아오기를 기다리며 문에 기대어 바라봄)이지요. 작은오라버니 손등을 토닥거린 후에야 세 끼 식사를 하십니다. 오늘 새벽부터 벌써 작은오라버니를 찾아 집 여기저기를 돌아다니세요. 아랫것들에게 단단히 입 조심을 시켰지만 곧 아실 겁니다. 작은오라버니마저 끔찍한 벌을 받으면 그땐 어머니도 돌아가시고 말아요. 꼭 그렇게 하셔야겠습니까?"

눈물을 감추기 위해 고개를 돌렸다. 내가 청미령을 아무리 아끼고 사랑한다 해도 그 일은 성심(聖心, 국왕의 마음)에 달렸다.

처형을 미룰 힘이 내게 없음을 청미령도 알 것이다. 그런데도 나에게 왔다. 지푸라기라도 잡고 싶은 심정인 것이다. 아, 나는 이 가여운 처녀가 붙잡을 지푸라기가 되고 싶다.

"장담은 못하겠으나…… 노력은 해 보리다."

침묵이 흘렀다. 청미령은 고개를 숙인 채 무릎을 펴고 일어서려다가 다시 자리에 앉았다.

"……부탁 하나만 더 들어주시면 아니 되겠어요?"

"부탁이 또 있다는 말입니까?"

"염치없는 줄은 알지만……."

깊이 숨을 들이마셨다. 점점 늪으로 빠져드는 기분이었다.

"말해 보오."

"마지막으로…… 작은오라버니를 한번 만날 수는 없을까요?"

"아니 되오. 의금옥은 아무나 내왕할 수 있는 곳이 아니오. 더구나 청운병은 죄인 중에서도 중죄인이오."

"그러니 부탁 말씀 올리는 것이지요. 다른 사람이면 불가능하겠으나 나리라면, 의금부 도사라면 혹 길이 있지 않을는지요?"

대단한 모험이지만, 옥졸을 구슬리고 의금부 당상관들 시선을 딴 곳으로 돌린다면 불가능한 일은 아니다. 물론 발각되면 관복을 벗어야 한다. 피붙이가 죽기 전에 만나 보고픈 순수한 바람일까. 이 부탁도 김진이 시킨 것일까. 김진 자넨 왜 일을 이렇게 난처하게 만드는가.

"아니 되오, 그 일만은."

상심한 표정이었지만 다시 청을 넣지는 않았다.

"꼭 한번 작은오라버니를 보고 싶지만…… 알겠어요."

청미령은 자리에서 일어서려는 듯 허리를 곧추세웠다. 이번에는 내가 붙들었다. 이제 만지전 일을 따질 때가 온 것이다.

"진실을 알고 싶소. 만지전으로 나를 유인한 연고가 도대체 무엇이오?"

"어인 말씀이신지?"

청미령은 두 눈을 동그랗게 뜨고 되물었다.

"나를 왜 함정에 밀어 넣었소? 복수하기 위함이오?"

나는 강하게 몰아세웠다.

"영문을 모르겠네요. 만지전이라니요?"

품에서 서찰을 꺼냈다. 청미령은 뚫어져라 그 서찰을 쳐다본 후 답했다.

"이것은…… 소녀 글씨가 맞아요. 어이하여 이 서찰을 나리께서 가지고 계신 겁니까?"

"내게 이 서찰을 보내지 않았소?"

"아니에요. 이건 작년 이맘때쯤 소녀가 큰오라버니께 보낸 것이에요. 큰오라버니는 일 년 내내 소설만 쓰셨지요. 한 해에 한두 번쯤 몸도 마음도 쉴 겸 소녀가 이렇게 서찰을 띄웠답니다. 그러면 큰오라버니는 아무도 모르게 약속 장소로 나오시곤 했지요. 우리 둘만 아는 비밀, 작은 행복이었답니다. 한데 이 서찰이 나리를 함정에 빠뜨렸다뇨?"

나는 고개를 저었다.

"참으로 이상한 일이오. 낭자의 큰오빠 청운몽의 서재는 깡그리 불에 타지 않았소? 그런데 이 서찰만 무사하단 말이오? 누군가가 나를 함정에 빠뜨리기 위해 미리 빼돌렸단 말이오? 그 말을 나보고 믿으라는 것이오?"

청미령의 눈가가 파르르 떨렸다.

"믿든 안 믿든 그건 나리 몫입니다. 하지만 거짓이 아니에요. 이건 분명 작년에 썼던 겁니다."

"아니오, 아니오. 이건 낭자가 내게 보낸 서찰이 분명하오. 낭자는 날 불러낸 거요. 이유가 무엇이오? 도대체 무얼 더 감추는 게요? 나에게 모두 털어놓으시오. 당장!"

"무슨 말씀이신지 모르겠네요. 소녀는 그만 가 봐야겠어요. 어머니께서 약 드실 시간이에요."

나는 문을 막고 섰다. 구사일생으로 만지전을 나온 후 고민했던 부분을 확인하고 싶었다.

"그동안 천사만탁(千思萬度, 여러 가지로 생각하고 헤아림)하였소. 처음에 나는 미령 낭자가 오빠들 일에 무심하다 여겼소. 아무 상관이 없다고 말이오. 하지만 그건 내 편견일 수도 있다는 생각이 문득 들었다오. 청운몽이 그렇듯 탁월한 소설을 쓰는 데 매진할 수 있었던 것은 청운병의 힘도 컸지만 미령 낭자 공도 있는 게요. 방금 낭자는 아무것도 모른다고, 그러니까 처음에 내가 가졌던 편견에 부합되는 말씀을 하였소. 물론 그럴 수도 있소. 한데 또 다른 가능성도 있다고 보오. 이 서찰을 정말 미령 낭자가 내게 보낸 것이라면? 무엇 때문일까? 처음에는 무엇인가 할 말이 있어서 은밀히 보낸 것이리라 생각했소. 하지만 그건 만부당한 일임을 금방 알아차렸다오. 명례방 집에 있는 가노들은 모두 청운병의 심복이니, 아무리 낭자가 수를 쓴다 해도 이 서찰을 무사히 전하기는 어렵소. 그러니까 낭자는 청운병이 동의한 후에 이 서찰을 내게 보낸 것이오. 내가 죽더라도 상관하지 않겠다는 끔찍한 마음을 먹었다 이 말이오. 증오의 결과치곤 참으로 끔찍하구려. 자, 어떻소, 내 생각이? 역시 낭자는 모르는 일이라고 하겠지요?"

"모르는 일입니다. 나리 억측일 뿐이에요. 나리를 좋아하진 않지만 나리와 같은 방식으로 억울함을 풀진 않습니다."

"나와 같은 방식이라니?"

"죄가 있든 없든 무조건 잡아들이는 것 말입니다."

또박또박 답했다. 한숨이 절로 나왔으나 아랫배에 힘을 주며 양손을 비볐다.

"좋소. 순순히 이실직고하리라 생각지는 않소. 그나저나 화광 그 친구에게 감사할 일이 하나 더 생겼소이다."

청미령이 마른침을 삼켰다.

"낭자가 이곳으로 오기 전까지는 반신반의하고 있었다오. 그런데 낭자의 이토록 침착한 모습을 보니 내 추측이 옳았다는 생각이 듭니다. 그 친구가 찾아가기 전부터 낭자는 청운병이 저지른 흉악한 짓들을 알았던 게 아니오? 그렇지 않고서야 어찌 이렇듯 침착할 수가 있소? 그리고 보니 청운몽의 억울함을 호소하려고 관재를 찾았을 때도 지나치다 싶을 정도로 침착했소. 눈물을 모르는 사람처럼. 낭자, 아니 그렇소이까?"

"……."

청미령의 단순(丹脣, 아름다운 붉은 입술)이 조금 열렸다 닫히고 눈물이 후드득 뺨을 타고 떨어진 것은 그 순간이었다.

"나, 낭자!"

잘못을 감추기 위한 눈물일까 아니면 억울함을 드러내기 위한 눈물일까. 판단하기 힘들었다. 김진이 청미령을 내게 보내지 않았더라면, 그 가슴을 할퀴는 일도, 이 눈물을 보는 일도 없었으리라. 일을 이 지경으로 만든 김진이 원망스러웠다.

16장

방각 살인

저 학산당 장씨의 인보(印譜, 여러 가지 도장을 찍어서 모은 책)를 한번 보지 않겠는가? 사람들은 그것이 인보라는 것만을 알고 천하의 기이한 글이라는 것은 모른다. 거기에 담긴 글이 인보의 글이라는 것만 알고, 옛사람의 말은 그런 식으로 씌었다는 것은 결코 모른다.

장씨가 이 책을 만들 때는 명나라 말엽 붕당이 심한 시대였다. 음이 성하고 양이 쇠하는 운세를 만난 장씨는 충성심에 불타 가슴에 울분을 품었다. 뜻을 같이하는 동료도 없이 외톨이로 살던 장씨는 그 불평한 기운을 발설할 곳이 없었다.

그리하여 경사자집(經史子集)과 백가(百家)의 운어(韻語)에서 이것저것을 골라 인수(印藪)를 만들고 풍자의 칼을 전각하는 사이에다 한 자 한 자 새겨 넣었다. 여기에서 쓰인 반어는 사람을 격동시키기 쉽고 직언은 사람에게 깊이 스며든다. 글은 짧되 의미는 심장하며 많은 글에서 뽑았으되 본지(本旨)는 흐트러짐 없이 근엄하다.

— 박제가, 「학산당인보초석문서(學山堂印譜抄釋文序)」

"지나쳤군. 꼭 그렇게 벼랑으로 몰아세웠어야 했나? 사람들이 다 의심해도 자네만은 미령 낭자를 믿었어야지."

김진은 설명을 듣자마자 미간을 찡그렸다. 나 역시 참을 수 없었다.

"자네도 같이 오지 왜 낭자만 보냈나? 내가 그 밤 만지전에서 있었던 일을 추측한 게 틀렸단 말인가?"

"틀렸는지 맞았는지는 지금 중요하지 않네. 그래, 자네 생각 중 몇몇은 내 생각과 같으이. 미령 낭자처럼 총명한 사람이 두 오빠에게 벌어진 일을 하나도 몰랐다는 건 말이 되지 않지. 그렇다고 미령 낭자를 청운병과 같은 악한이라고 생각해서는 아니 된다 이 말이야. 끈 떨어진 꼭두각시 처지가 아닌가?"

살인 행각을 알기는 했으나 악한은 아니다? 이건 또 무슨 소리인가?

김진이 이야기를 이었다.

"지난번에 청운몽 서재에서 불이 나고 자네가 잠시 정신을 잃었을 때 말이야. 그때 그러더군. 자네를 증오하지만 어리석은 복수는 않겠다고 말일세. 그때 내가 부탁했다네. 위급한 일이 생기면 제게 연통을 넣으십시오. 가야금을 배우고 싶다고 말입니다."

"그럼 만지전으로 나오라는 서찰을 보낸 그날……."

"그래. 내게 가야금을 배우고 싶다는 전갈이 왔네. 그래서 야뇌 형님께 바로 오늘이 이명방 자네 목숨을 지켜야 하는 날이라고, 각별히 유념하라고 알려 드렸네."

분명 그 서찰을 한 해 전 청운몽에게 보냈다고 하지 않았는가? 그러나 청미령은 그날 내게 위험이 닥치리란 것을 미리 알았다. 내게 거짓말을 한 걸까? 처음부터 청운병과 손을 잡고 청운몽을 죽음으로 밀어 넣은 것은 아닐까?

"아무래도 미령 낭자가 우릴 속이는 것 같네."

김진이 밝게 답했다.

"속고 속이는 것 그게 바로 삶이지. 연모지정을 지닌 남녀 사이에는 순간순간 더욱 잦게 그 속임이 이어지는 법이고."

"지금 날 놀리는 건가? 낭자는 만지전에서 만나자는 서찰이 한 해 전 청운몽에게 보낸 것이라고 발뺌했네. 만지전 일도 전혀 모른다더군. 그런데 자네에게 위험을 미리 알리지 않았는가?"

김진이 침착하게 되물었다.

"청운몽이나 청운병에게 미령 낭자는 어떤 누이동생이었을까? 누이동생을 아끼지 않는 오빠는 없지만 두 사람은 더 특별한 것 같으이. 자네도 그 형제가 누이동생을 각별히 아낀다는 느낌을 받지 않았나?"

"그래. 채 돌도 되기 전에 아버지를 여읜 불쌍한 동생이니까 장중보옥(掌中寶玉, 손 안에 든 보배로운 옥이라는 뜻으로, 가장 사랑스럽고 소중한 것을 이르는 말)처럼 아꼈겠지. 한데 그게 어쨌다는 건가?"

"미령 낭자는 아주 부드럽고 조용한 것 같으면서도 세상을 보는 눈이 넓고 깊네. 시문에도 밝고 소설도 꽤 많은 양을 두루 섭렵했지. 나는 그런 여인들을 조금은 안다네. 겉으로 드러내진 않지만 세상이 움직이는 조짐들을 섬세하게 읽어 내지. 장차 군자호구(君子好逑, 군자의 좋은 배필)가 될 수도 있고 온 나라를 뒤흔들 요부가 될 수도 있다네. 청운몽이나 청운병은 자기들 일을 누이동생에겐 숨겼을 것 같으이. 특히 극악한 살인 행각을 벌인 청운병은 더더욱 숨겼겠지. 그 서찰에 대해 미령 낭자가 한 해명은 참일 게야."

"하면 어떻게 그날 내게 위험이 닥치리란 걸 알았을까?"

"청운병의 표정이나 걸음걸이에서 평소와는 다른 느낌을 받았을 거야. 그런 예감은 틀리는 일이 없지."

나는 헛웃음을 지었다.

"그냥 느낌으로 알았다는 걸 믿으라고? 이현령비현령(耳懸鈴鼻懸鈴, 귀에 걸면 귀걸이 코에 걸면 코걸이)이로군."

"우연이 아닐세. 말로 설명하기 어렵겠으나 느낌도 어떤 일을 예측하는데 충분한 참고가 되지. 특히 미령 낭자처럼 예민한 사람이 말할 때는 한 번쯤 믿고 따를 필요가 있네. 덕분에 자네 목숨을 구한 것이고."

"처음부터 알았을 수도 있지 않나?"

나는 계속 청운병과 청미령을 엮어 보려고 했다. 김진이 고개를 저었다.

"그렇게 단정하려면 근거가 있어야 해. 아직 구멍이 너무 많네."

"어쨌든 미령 낭자는 살인마를 도운 셈이야. 지금도 여전히 돕고 있고."

"설명하기 어렵네만 청운병을 돕는 데는 이유가 있을 걸세."

그때 백동수와 박제가가 돌아왔으므로 대화가 중단되었

다. 백동수는 꽁꽁 언 몸을 녹이면서 유득공에게 들은 이야기를 길게 늘어놓았다.

"고왕(高王)은 이름이 조영(祚榮)이라고 하네. 진국공(震國公) 걸걸중상(乞乞仲象)의 아들이지. 용맹스럽고 막막강궁을 잘 다루며 들과 산에서 자란 야생마를 길들이는 것이 취미라네. 걸걸중상이 죽자 동모산(東牟山)을 거점으로 말갈과 고구려 유민들을 모아 나라 기틀을 마련했지. 부여, 옥조, 고조선, 변한 등 바다 북쪽 십여 나라를 정복하니, 그 영토는 동쪽으로 동해에 이르고 서쪽으로 거란에 이르며 남쪽으로 신라와 경계로 이웃하게 된 거라네. 영토는 사방 오천 리에 달하고 호구는 십여 만 호였으며 정예 병사만 해도 수만 명이었다는군. 참으로 대단한 나라가 아닌가. 흔히 사람들은 신라가 삼국을 통일하는 순간부터 압록강 이북은 우리 것이 아니었다고 자책하네. 아니야. 발해가 있지 않은가. 혜풍(惠風, 유득공의 자)은 대단한 일을 꿈꾸고 있으이. 이제 곧 세상이 깜짝 놀랄 글들을 쏟아 내겠다고 하니 기대가 크네."

박제가가 그 뒤를 이었다.

"압록강을 건너 애양(靉陽)과 요양(遼陽)으로 나아가는 오륙백 리 길에는 큰 산과 깊은 골짜기가 즐비하지요. 낭자산(狼子山)을 나와 드넓은 평원을 보면, 방금 걸어온 격산

심곡(隔山深谷, 산이 가로막힌 깊은 골짜기)이 바로 이 요동 천리를 둘러싼 바깥 울타리였음을 알게 됩니다. 요동보다 영웅과 제왕이 더 많이 난 곳은 드물지요. 발해 대씨가 고구려 유민들을 이끌고 그곳에서 천하와 겨룬 것은 대단한 일입니다. 고려 왕씨는 삼한을 통합하고서도 압록강을 한 발자국도 넘어서지 못하였지만 이미 거기에 발해가 있었던 게지요. 혜풍은 잊혀진 발해 역사를 복원할 겁니다. 참으로 경하할 일이 아닐 수 없지요."

한가하게 발해의 흥망사나 더듬을 여유가 없었다.

"각수는 어디 있는가? 그자를 데리러 갔던 게 아닌가?"

김진이 상에 놓인 청주를 들이키며 답했다.

"잠시만 기다리게. 올 때가 되었으니……."

때마침 인기척이 들렸다.

"야뇌! 있는가?"

장세경의 목소리였다. 문을 여니 장세경이 짐꾼 하나를 대동하고 마당에 서 있었다. 짐꾼이 진 지게에는 보자기로 싼 물건이 그득 담겼다. 직사각형으로 반듯한 것이 첫눈에 보기에도 서책이었다. 백동수가 반갑게 오랜 벗을 맞이했다.

"자, 어서 들게. 바람이 몹시 차네."

"알겠네. 우선 이 책부터 안으로 옮기세."

"소생이 하지요."

김진이 나서자 나도 자리를 지키고 있을 수만은 없었다. 두 번 마당을 오가니 지게가 텅 비었다. 힘이 좋은 백동수가 보자기 여섯 개를 한꺼번에 옮겼기에 일이 금방 끝난 것이다. 장세경은 그 서책들을 보기 좋게 둘로 나누어 정리했다. 한쪽은 종이를 덧대 임시로 묶은 필사본이었고 또 한쪽은 제대로 풀을 발라 만든 방각본이었다. 장세경이 백동수와 박제가 사이에 앉자마자 나는 김진에게 물었다.

"이제 밤이 깊었네. 청운병이 남 처사 집으로 올 것을 어찌 알았는지 자세히 알려 주게나. 내일 아침까지 의금부에 글을 올려야 하네. 그렇지 않으면 모든 게 헛수고로 돌아갈 수도 있음이야."

김진이 좌중을 둘러보며 일일이 눈을 맞추었다. 그리고 자기 등 뒤에 놓인 서책들을 가리키며 말했다.

"그걸 설명하려고 저 귀한 것들을 목치 형님 보물 창고에서 예까지 가져온 거라네."

"저 서책들이 보물이란 말인가?"

"으험!"

장세경이 헛기침을 했다. 심기가 불편한 모양이다. 김진이 다짐을 받듯 내게 물었다.

"먼저 약조부터 해 주게."

"뭘 약조하란 건가?"

"여기 계신 조선 제일의 각수 목치 형님을 이번 일에서 빼 주었으면 하네. 또한 목치 형님을 뒷조사하지 않겠다고 약조하게."

나는 즉답을 미루고 김진을 노려보았다.

왜 이자를 보호하려는 것인가? 창고에 저 서책들만 있었다는 걸 믿으라고? 몰래 소설을 방각해 주고 벌어들인 엄청난 돈과 재물을 눈감아 주라? 그것들은 지엄한 국법에 따라 모두 환수해야 마땅하다. 그런데 아예 각수 장세경의 이름을 빼라? 지독하군.

나로서는 대안이 없었다.

"알겠으이. 그리하겠네."

김진이 품에서 서책 하나를 꺼낸 후 장세경에게 물었다.

"목치 형님도 비밀을 지켜 주십시오. 이 일이 새어 나가면 형님은 물론이고 여기 모인 사람 모두 생명이 위태롭습니다. 혹시 이 서책을 기억하십니까?"

장세경이 서책을 넘겨받았다. 나는 슬쩍 어깨너머로 책 제목을 읽어 내렸다.

'학산당인보(學山堂印譜).'

장세경의 얼굴이 벌겋게 달아올랐다.

"이걸 왜 내게 보여 주는 건가?"

김진이 반문했다.

"이 서책을 보신 적이 있지요? 명나라 때 탁월한 전각들을 모은 책이니, 조선 제일의 각수께서 아니 보셨을 리가 없습니다."

장세경이 답했다.

"그렇네. 본 기억은 있네만……."

김진이 말꼬리를 낚아챘다.

"그저 본 것이 아니라 그 솜씨를 따라서 배운 것은 아닌지요? 따라 배우는 것에서 그치지 않고 진품과 흡사한 가짜를 만들어 내신 건 아닙니까?"

장세경의 손에 들렸던 서책이 툭 떨어졌다. 백동수가 재빨리 그 책을 집어 들었다.

"하면 이 책이 진품이 아니란 말인가?"

박제가도 거들었다.

"대국에서 들어온 인보들 중에 더러 가짜가 섞였다는 풍문을 듣긴 했네. 대국에서 나온 인보를 흉내 내어 조선에서 다시 새겨 찍은 책들이지."

장세경이 양손을 휘휘 저으며 부인했다.

"아닐세. 나는 모르는 일이야. 『학산당인보』를 보긴 했네만 내가 좋아하는 전각들이 없어서 다 잊었으이."

김진이 기다렸다는 듯이 방각 소설 한 권을 꺼내 들었다.

"가짜 『학산당인보』를 만들었을 뿐만 아니라, 청운몽이

의뢰한 방각에 흔적을 남길 때도 그 솜씨를 빌리셨더군요. 자, 은향 살인 사건 현장에서 발견된 『병자록』입니다. 이 소설 제일 첫 부분을 보면 화설 위에 '入(입)' 자가 선명하게 보입니다. 또 제일 마지막 아래 귀퉁이에는 '月(월)' 자가 찍혀 있습니다."

나는 김진에게서 『병자록』을 빼앗듯이 받아 보았다. 그 부분도 검토했지만 별다른 이상을 느끼지 못했다. '入'은 그저 소설 시작에 앞서 좌우로 그은 금이거니 여겼고 '月'은 글자를 새길 공간이 부족해서 상하 폭이 좌우 폭보다 짧다고만 보았다. 방각 소설 대부분에 이렇듯 독해하기 힘든 글자나 표시가 담겼기에 대수롭지 않게 여겼다. 그때까지만 해도 문제는 소설 내용이지 판각 모양이 아니었던 것이다.

"이게 어쨌다는 겁니까?"

김진은 대답 대신 『학산당인보』를 집어 들고 앞부분을 펼쳤다.

"목치 형님은 소설에 담긴 깊은 뜻을 아마도 여기서 찾은 듯합니다."

내 방에 들어오는 것은 다만 맑은 바람뿐
나와 마주해 술 마시는 것은 오직 흰 달뿐

入吾室者但有淸風

對吾飮者惟當皓月

"여기 도획(刀劃) 하나하나가 소설에 실린 두 글자와 일치합니다. 목치 형님! 이건 우연일까요?"

"그, 그건……."

김진이 장세경을 몰아붙였다.

"변명을 하시면 저는 또 다른 소설을 가져올 수밖에 없습니다. 그렇게 할까요? 이쯤에서 진실을 밝혀 주셨으면 합니다."

장세경이 긴 한숨을 내쉰 후 입을 열었다.

"그렇다네. 공부도 할 겸 『학산당인보』의 인장들을 하나씩 따로 새겨 두었네. 처음부터 가짜를 만들어 돈을 벌겠다는 뜻은 없었으이. 값을 턱없이 높게 부르는 서쾌들 행패가 싫었다네. 내가 만든 건 그 가격의 백 분의 일도 안 돼."

박제가가 끼어들었다.

"책을 구하는 사람이야 싼값에 사서 좋겠지만, 목치 형님이 그 인장들을 방각업자에게 팔아넘길 때는 돈을 꽤 받았겠지요?"

장세경은 모든 것을 체념한 듯 고개를 끄덕였다.

"휴우, 그렇다네. 내가 새긴 인장이라서 하는 얘기가 아니라 대국에서 들어온 진품과 비교해도 다를 바가 하나도 없으이. 가짜를 산 이들이 크게 손실을 입었다고 보지 않는다 이 말일세."

김진이 말했다.

"소설에 이렇듯 은밀히 흔적을 남긴 것은 무슨 이유입니까?"

"나중에 혹시 문제가 되면 내 작품임을 증명하기 위함이었네. 그에 관해선 나중에 자세히 말하지. 아무튼 이걸 찾아내고 또 『학산당인보』와 연결하다니 참으로 놀랍군. 담헌 선생과 연암 선생이 총애하는 젊은이라더니 과연 대단하이."

김진이 고개를 돌려 내게 물었다.

"이 가짜 『학산당인보』 제작에 목치 형님이 개입했음도 눈감아 주게. 이 아름답고 귀한 인장들에 대한 풍문도 의금부에 미치지 않았으면 좋겠어. 해 줄 수 있겠는가?"

"그리함세."

광통교에 전시된 대국 그림과 글씨, 인장과 서책 중에는 진품보다 가짜가 더 많다고 하지 않는가. 가짜 『학산당인보』가 떠돈다 하여 놀랄 것도 없고, 그 가짜를 솜씨 좋은 각수 장세경이 만들었다 해도 이상한 일이 아니다. 손재주로 밥벌이하는 이들 중에 장세경 같은 이가 어디 한두 사람이겠는가. 지금은 살인 사건을 해결하는 것이 급하다. 가짜 고동서화를 색출하고 사기꾼들을 찾는 것은 그다음이다. 김진이 장세경과 눈을 맞추며 말했다.

"이 도사가 약속했습니다. 여기 계신 야뇌 형님과 초정 형님께서도 들으셨으니 안심하셔도 될 겁니다. 그럼 이제부터 청운몽 형제의 이야기를 정리해 보도록 하겠습니다. 궁금한 점이 있으면 언제든지 질문하세요."

나는 서책들을 곁눈으로 흘낏 살핀 후 먼저 물었다.

"별채에 숨어 모든 걸 보았지만 아직도 납득이 되지 않으이. 남녀가 유별한 것이 법도인데 어찌 그리 쉽게 외간 남자를 집에 들일 수 있단 말인가?"

김진이 답했다.

"따로 설명드리려고 했습니다만…… 어차피 모두 연관된 일이니 거기서부터 시작하죠. 먼저 살해된 사람들 모두가 소설 애독자였음을 염두에 둘 필요가 있습니다. 그냥 소설을 좀 좋아한다, 이 정도 수준이 아니라 밥을 굶고 잠을 줄여 가며 소설을 읽는 중독자들이지요. 그 사람들에게는 매설가 청운몽을 만나는 것이 생애 제일의 목표이며 남들보다 하루라도 빨리 청운몽의 신작을 읽는 것은 양보할 수 없는 기쁨입니다. 새로운 작품을 보여 주겠다는 제안만 듣고도 기꺼이 자기 집 대문은 물론 규중심처(閨中深處, 부녀가 거처하는 방) 장롱 속까지 활짝 열어 보였을 정도였지요. 그 제안을 한 사람이 동생 청운병이고 보니 믿음이 더욱 컸겠지요. 문불가점(文不加點, 문장이 훌륭하여 점 하나 더 찍을 곳이 없음) 경지에 이른 청운몽의 소설만 보여 준다면 외간 사내를 기꺼이 안방으로 맞아들이겠다는 낭자들이 도성에만도 백 명은 넘을 겁니다."

백동수가 고개를 설레설레 저었다.

"그 정도까지야 하겠는가? 소설이 아무리 인기가 높다 해도 사람이라면 응당 지켜야 할 도리가 있거늘……. 소설과 제 목숨을 바꾸다니, 이 얼마나 어리석은 일인가?"

박제가가 백동수의 말에 이의를 제기했다.

"자기가 좋아하는 것을 위해 정성을 쏟는 것은 비난할 일이 아닙니다. 따지고 보면 화광이 꽃을 좋아하는 것이나 야뇌 형님이 말을 좋아하는 것이나 또 그이들이 소설을 좋아하는 것은 마찬가지지요."

"허어, 이야기가 그렇게 되나?"

김진이 설명을 이었다.

"청운병은 이런 약점을 교묘하게 이용한 겁니다. 범행에 적당한 시간과 장소로 그 사람들을 유인했지요. 청운병이 내건 요구를 거절한 이도 있겠으나 그때는 소설을 보여 주지 않고 연통을 끊으면 그만입니다. 주저하다가도 청운병이 소설을 들고 사라지려 하면 다시 매달린 사람도 있었겠지요. 청운병은 새 소설을 조용히 감상해야 하므로 주위 사람들을 모두 물리쳐 달라고 했을 겁니다. 남해숙도, 다른 희생자들도 그러한 요구를 당연하게 받아들였습니다. 외간 남자와 단둘이 남는 것보다 청운몽이 쓴 신작을 읽는다는 기쁨이 컸던 탓이지요."

눈앞에서 본 듯 상황을 그리는 어투가 마음에 들지 않았다. 자기 추측에 단 한 군데도 허점이 없다는 식이 아닌가.

"옥류동에서 청운병의 붓글씨 솜씨를 본 적이 있네. 용재 대감의 「화경」이란 시를 능숙하게 예서로 쓰더군. 그땐 분명 오른손으로 붓을 잡았네."

김진이 당연하다는 듯이 말했다.

"왼손잡이로 태어나더라도 대부분 오른손으로 붓을 드는 법일세. 그 부모나 서당 훈장이 바르지 못한 손으로 글을 쓰는 것을 그냥 둘 리 없지. 왼손으로 글을 쓰는 서생을 본 적이 있나?"

"그렇군. 모두 오른손으로 글을 쓰는군. 하면……."

"난 청운병이 관재에 왔을 때부터 그이가 왼손잡이란 걸 알았다네."

"어떻게 말인가?"

"통곡하는 고당편친(高堂偏親, 부모님 가운데 살아 계신 한

분, 여기서는 어머니)을 부축해서 일으킬 때 왼손을 먼저 뻗더군. 왼손잡이들은 붓은 오른손으로 쥐어도 급할 땐 왼손부터 나온다네."

그랬던가?

"또 청운병은 항상 오른쪽 등 뒤에 서서 자당의 오른팔을 부축했다네. 허리가 굽은 노파를 등 뒤에서 부축하려면 힘을 가장 잘 쓸 수 있는 쪽에 서게 마련이지. 왼손잡이라면 오른쪽에 서야 왼팔에 힘을 주기 쉽지 않겠는가."

김진은 그렇게 하찮은 곳에서도 오른손잡이와 왼손잡이의 차이를 발견한 것이다.

"이제 그 이야기를 해 주게. 자넨 어떻게 범행 날짜와 장소를 미리 알 수 있었는가?"

김진이 내 얼굴을 빤히 쳐다보며 되물었다.

"아직도 그 문제를 해결하지 못했어? 난 벌써 알아냈으리라 생각했는데?"

이런 말을 들을 때면 김진이 미치도록 부럽고 밉다. 김진에게는 너무나 쉬운 추정이 내게는 한없이 어렵게 느껴지니까. 몇몇 부분은 따라갈 수 있지만 전체를 아우르는 것은 역시 힘에 부친다. 마음이 편치 않다고 해도 김진에게 기댈 수밖에 없다.

백동수와 박제가도 고개를 저었다. 답을 아는 사람은 김진뿐이다. 김진이 먼저 장세경에게 물었다.

"목치 형님이 소설을 새길 때 청운몽이 쓴 초고를 불러 주는 사람이 여럿이었나요?"

"아닐세. 언제나 그 아우 청운병이 초고를 가져왔고 또 직접 불러 주었지."

"언제나 그랬습니까? 예외는 한 번도 없었나요?"

"없었네."

"그랬군요. 창준으로서 그 솜씨는 어떠했습니까?"

장세경이 잠시 천장을 바라본 후 답했다.

"최고였지. 특히 율을 맞추어 읊어 가는 가락은 돋보였어. 청운병과 작업할 때면 조금도 힘들지 않았다네. 그 형이 제일가는 매설가라면 그 아우는 제일가는 창준인 셈이지."

그 순간, 왜 이 작업장에는 각수만 있을까 하는 김진의 물음이 떠올랐다.

"목치 형님을 구하기 직전, 그러니까 자객들이 목치 형님을 포박하기 직전에 작업을 돕던 창준도 바로 청운병인 게로군요."

장세경은 김진과 눈을 맞춘 후 고개를 끄덕였다.

"판각이 끝나면 어찌합니까?"

"어찌하다니?"

장세경이 김진의 물음을 이해하지 못한 듯 되물었다.

"청운병은 판각된 목판을 가지고 돌아갔겠지요? 제가 조사한 바로는 옥류동 별장에서 은밀하게 방각 소설을 찍어 냈다고 합니다."

옥류동 별장이라면 내가 청운병과 청미령을 몰래 만났던 곳이다. 그곳이 방각 소설을 찍어 내는 비밀 작업장이었단 말인가.

"맞으이. 난 그저 새겨 주기만 했네."

김진이 등 뒤에 있는 필사본 서책들을 가리키며 물었다.

"저것들은 무엇입니까?"

그제야 장세경도 김진의 물음을 이해한 듯했다.

"저거야 내가 청운병에게서 받은 게지. 여기 있는 야뇌도 알지만 난 판각을 마치고 나면 그 초고를 꼭 모아 두는 버릇이 있다네. 젊어서 크게 한 번 낭패를 본 적이 있거든."

"무슨 낭패 말이오?"

내가 말꼬리를 잡고 늘어졌다. 장세경이 험험 헛기침을 두 번 뱉고 목청을 가다듬은 다음 조금 허리를 숙이며 답했다. 아직도 의금부 도사인 내가 두려운 듯 시선을 피했다.

"그땐 아직 여유가 없어서 창준을 두지도 못했습니다. 글자 한 자 한 자 눈으로 확인하며 정성껏 판각을 하던 시절이었습니다. 제법 긴 소설 한 편을 판각해 주었는데 일 값을 주지 않는 겁니다. 가서 따졌지요. 틀린 글자가 너무 많아서 값을 치르지 못하겠다고 했습니다. 초고에 적힌 대로 새겼을 뿐인데도 말입니다. 소설 초고는 벌써 저들이 빼돌린 후였습니다. 대조하여 확인할 물증이 없으니 억울하지만 물러설 수밖에 없었지요. 그 후론 반드시 초고를 챙깁니다. 그래야 나중에 문제가 생겨도 맞서 싸울 수 있으니까. 청운몽처럼 일 값이 비싼 경우에는 더 철저하게 초고를 챙겼습니다. 이건 처음부터 청운몽과 합의한 부분입니다."

김진이 보충 질문을 했다.

"각수들 중에서 그런 습관이 있는 사람이 많습니까?"

"대부분 그렇다네. 특히 솜씨가 좋은 각수일수록 더 초고를 챙기려 하지. 관각에 차출될 정도로 일류라면 대부분 초고를 꼭 챙긴다네."

"챙긴 초고는 다시 읽어 보십니까?"

"또 그걸 읽진 않지. 언젠가 이 문제로 청운몽과 이야기를 나눈 적이 있어. 그때 청운몽이 초고를 읽느냐고 묻기에 난 문제가 생기기 전에는 전혀 읽지 않는다고 답했지. 덧붙여, '청운몽 당신은 내가 방각한 소설을 꼼꼼히 읽소?'라고 물었어. 청운몽도 초고를 마칠 때까지는 최선을 다하지만 방각되어 나온 소설은 읽지 않는다더군. 내게 줄 초고 외에 따로 베껴 둔 초고만 가끔 넘겨 볼 뿐이라고 했어. 이미 판각까지 되었으니 잘못된 부분을 찾는다고 고칠 수 있는 것도 아니고. 무엇보다도 한번 지나간 건 돌아보고 싶지 않다고. 그래서 나처럼 솜씨 좋은 각수를 청하였다고도 했네. 다시 읽지 않아도 믿을 수 있는 사람으로 말이야."

장세경이 턱을 약간 들고 제 자랑을 늘어놓는 동안 나는 계속 김진 뒤에 놓인 판각본과 필사본 서책들을 노려보았다. 김진이 그런 내 표정을 재미있다는 듯이 쳐다보며 장세경에게 물었다.

"청운몽이 쓴 소설을 잘못 판각할 가능성은 없습니까?"

"없네. 난 단 한 글자도 놓치지 않거든."

김진이 웃음을 잃지 않고 고쳐 물었다.

"각수가 아니라 창준 때문에 잘못될 수도 있지 않은지요?"

"그게 무슨 말인가? 창준 때문이라니?"

"청운병이 실수할 수도 있지 않느냐는 것입니다."

"아까도 말했지만 청운병은 탁월한 창준일세. 목청도 맑고 이도 가지런하여 실수할 사람이 아니지."

"실수가 아니라면 어찌 됩니까?"

"……"

장세경이 대답 대신 김진을 바라보았다. 김진이 숨을 깊게 들이마신 후 천천히 이야기를 풀었다.

"청운병이 일부러 글자를 잘못 부를 수는 없느냐 이 말입니다. 목치 형님은 초고를 다시 보지 않고 청운몽도 방각 소설을 다시 읽지 않는다면, 청운병이 설령 잘못 불렀다 해도 확인할 길이 없지 않습니까?"

"청운병이 왜 그런 짓을 하겠는가? 무슨 이득이 있다고? 판각이 잘못되면 막대한 손해를 입는데, 그런 짓을 할 리 없지."

김진이 재미있다는 듯 다시 물었다.

"정말 그럴까요? 어떻습니까? 다른 분들도 모두 그렇게 생각하십니까?"

그러고는 필사 소설 한 권과 방각 소설 한 권을 찾아서 들고 왔다. 김 참판 딸 정옥이 살해당한 방에서 발견된 소설 『을지문덕전』이었다. 김진은 간지를 끼운 곳을 펼쳐 보였다.

"살인 현장에 펼쳐 있던 곳이 여기가 맞나?"

"그래. 틀림없군."

김진이 두 책을 내밀며 이렇게 부탁했다.

"그럼 이 필사 소설과 저 방각 소설을 꼼꼼히 비교해 가며 읽어 주겠나? 틀린 부분을 기억하며 말일세."

납득이 가지 않았지만 김진이 시키는 대로 했다. 방각본 『을지문덕전』이라면 나 역시 열 번도 넘게 읽었기에 눈을 감고 줄줄 욀 정도였다. 필사 소설, 그러니까 청운몽이 쓴 초고를 읽어 가던 나는 이상한 기분이 들었다. 줄거리는 어긋나지 않았지만 방각 소설과는 달랐던 것이다. 우선 주인공 을지문덕이 여주인공 감해를 만나는 곳이 각동에서 필동으로 바뀌었다. 그리고 그 집 주인 이름도 박 처사가 아닌 남 처사였다. 필동 남 처사! 뒷골이 서늘해졌다. 조금 더 읽어 내려갔다. 필사본에는 을지문덕이 떠나고 나흘 만에 감해가 뒤를 따르지만 방각본에는 을지문덕이 떠나고 아흐레 만에 감해가 뒤를 따르고 있다. 아흐레와 나흘. 그러니까 두 소설 사이 날짜 간격은 닷새인 것이다. 닷새!

"이, 이럴 수가!"

김진이 웃으며 이번에는 필동 남 처사 집 무남독녀 남해숙이 읽던 방각 소설 『박대성전』과 필사 소설 『박대성전』을 내밀었다.

"이제 우리는 청운병이 다음에 누굴 죽이려고 했는가도 알 수 있네."

같은 방식으로 틀린 부분을 찾았다. 건천동에 사는 역관 조윤이 택출(擇出, 알맞은 사람을 골라냄)되어 있었다.

"내일이라도 조윤에게 찾아가서 물어보게. 여드레 후 청운몽의 유작을 읽을 행운을 잡지 않았느냐고 말이야."

박제가가 간단명료하게 물었다.

"방각본과 필사본 사이에 차이가 있을 거라는 걸 처음부터 짐작했는가?"

김진이 답했다.

"처음부터는 아닙니다. 희생자가 별 저항 없이 암혼단을 먹었다는 게 이상했을 따름이지요. 이쪽으로 생각을 튼 건 청운몽 집 서재가 불타던 밤부터입니다. 범인은 우리에게 서재를 보이기 싫었던 것이죠. 서재에 이 사건을 해결할 수 있는 중요한 단서가 있었던 겁니다. 그게 뭘까요? 말 그대로 서재에는 소설책만 가득했지 않습니까? 그런데 그때 노파가 슬피 울며 이제 큰아들 글씨마저 다 타 버렸다고 하더군요. 글씨라……. 그러니까 서재에는 방각 소설만이 아니라 청운몽이 지은 소설들의 초고도 있었던 겁니다."

박제가가 내 쪽으로 고개를 돌리며 질문을 이어 갔다.

"이상하군. 청운병은 왜 범행 현장에 청운몽의 소설을 펼쳐 놓았을까? 형에게 누명을 씌우기 위해서였대도 그건 너무 위험하지 않는가?"

"매설가와 각수의 몸에 밴 습관을 알기 때문에 그리했던 것이지요. 글자 몇 자 바꾼다 해도 두 사람 눈만 피하면 아무도 모르는 일이 되니까요. 설령 들킨다 해도 뛰어난 창준이 저지른 어이없는 실수 정도로 돌리면 그만이지요. 청운병은 자신감이 넘쳤던 모양입니다. 이렇게 알려 줘도 눈치챌 사람이 없다며 세상을 조롱했던 것이지요."

그제야 김진이 추론한 것을 이해한 백동수가 말했다.

"지독하군. 그런 짓을 하고도 관재로 찾아와서 억울함을 토로하다니……."

박제가가 알은체를 하고 나섰다.

"예전에 청운몽으로부터 이런 이야기를 들은 적이 있습니다. 동생인 청운병도 소설 쓰는 재주가 뛰어나다고. 지금은 형을 돕고 있지만 언젠가는 솜씨를 뽐낼 날이 올 것이라고. 청운병은 형의 재주를 시기했나 봅니다. 형만 없으면 천지간(天地間, 세상)에 대적할 매설가가 없다고 생각했는지도 모르지요."

대부분 수긍하는 눈치였다. 그러나 김진만은 작지만 또렷한 목소리로 이견을 제시했다.

"글쎄요. 물론 시기심이야 있었겠지만…… 그 때문에 이런 지독한 살인이 계속 일어났다고는 보기 힘들 것 같네요. 뭔가 틀림없이 다른 이유가 있을 듯합니다."

"그 이유가 무언가?"

내가 물었다.

"아직은 모르겠네. 형제간에 벌어진 다툼보다도 훨씬 큰 문제가 걸린 것 같은데……."

"가만!"

백동수가 장검을 들고 자리에서 벌떡 일어섰다. 희미하게 말 울음소리가 들려왔던 것이다. 월락야심(月落夜深, 달도 지고 밤이 깊음)한 밤에 누가 도성 안에서 말을 달린단 말인가. 그 울음소리가 점점 가까워지더니 앞마당에 이르러 멎었다. 백동수가 문을 열고 썩 나서는 것과 동시에 융복 차림을 한 배행군관(陪行軍官, 왕을 모시고 가는 군관) 열 명이 좌우로 늘어섰다. 그 사이로 걸어나오는 사내와 눈이 마주친 백동수는 황황대겁(遑遑大怯, 아주 급하고 매우 두려워함)하여 무릎을 꿇고 엎드렸다.

"저, 전하!"

17장

역풍

근래 사대부들 사이에 습성이 매우 괴이하여 반드시 우리나라 규모를 벗어나고자 하며, 멀리 중국인들이 하는 것을 배우고자 한다. 서책은 물론이고 평소에 쓰는 그릇과 물건 역시 모두 중국산을 사용하여 이로써 높이 올라간 것처럼 자랑스러워한다. 묵, 병풍, 필가, 의자, 탁자, 솔, 술통 등 기교(奇巧)한 물건을 좌우에 늘어놓고 차를 맛보고 향을 피우며 억지로 고아한 척하는 토양을 이루 다 기록할 수 없다. 내가 깊은 궁궐에 앉아서도 오히려 들은 풍문이 낭자하여 폐가 됨은 말하지 않아도 알 수 있다. 옛사람이 말하기를, "지금 사람은 지금 사람 옷을 입어야 한다."라고 하였으니, 이 말은 절실하여 공경할 만하다. 이들이 우리 동방에서 태어났으면 마땅히 우리 동방의 본색을 지켜야 할 것인데, 어찌 힘을 다해 중국 사람을 모방하려 하는가? 이 역시 사치 풍조의 일단이며 말류의 폐단으로 장차 말할 수도 없고 고칠 수도 없게 될 것이니 실로 보통 근심이 아니다.

— 정조, 『일득록(日得錄)』, 「훈어(訓語)」

세속에 초연한 선생이 깊은 산중의 설옥(雪屋)에서 등불을 밝히고 붉은 먹〔朱墨〕을 갈아 『주역』에 권점(圈點)을 치는데 낡은 화로에서 피어오르는 푸른 향연(香煙)이 하늘하늘 허공으로 오르면서 오색 빛 찬란한 공〔毬〕 모양을 짓는다. 조용히 한두 시간쯤 그 모양을 구경하다가 오묘한 이치를 깨닫고 문득 웃었다. 오른편에는 일제히 꽃봉오리를 터뜨린 매화가 보이고, 왼편에는 솔바람과 회화나무에 듣는 빗소리와 보글보글 차 끓는 소리가 들린다.

— 이덕무, 「선귤당농소(蟬橘堂濃笑)」

강구(康衢, 번화한 거리)를 미복으로 암행하신다는 풍문은 들었으나 이렇듯 갑자기 용안을 우러를 줄은 몰랐다. 침착하기로 소문난 김진도 마른침을 삼키며 눈을 질끈 감았다 떴다. 지은 죄가 있는 장세경은 코를 아예 바닥에 댄 채 일어서지도 못했고 두 손을 맞잡으며 고개를 숙인 박제가 역시 누추한 곳으로 옥체를 모셨음을 송구해했다. 도승지 홍국영, 판의금부사 채제공을 대동하고 방으로 어필(御蹕, 왕의 걸음)을 옮기신 후 상석에 자리하셨다. 먼저 김진과 장세경에게 시선을 돌리셨다. 처음 보는 얼굴인 것이다. 백동수가 두 사람에 대해 아뢰었다.

　"서생 김진과 각수 장세경이옵니다."

　"김진이옵니다."

"장세경이옵니다."

두 사람이 예를 갖춘 후 나도 백동수, 박제가와 함께 절을 했다. 용안이 매우 어둡고 딱딱했다. 엄히 무엇인가를 추궁하러 오신 듯한 느낌을 받았다.

"각수라고?"

백동수가 대신 답했다.

"그러하옵니다. 선왕께서 경인년(庚寅年, 1770년)에 명하신 『동국문헌비고(東國文獻備考, 100권 50책)』 간행에 참여하였사옵고 무예에도 남다른 재주가 있사옵니다. 조선에서 가장 솜씨가 뛰어난 각수이옵니다."

"백탑 서생들이 중인이나 천민과도 어울린다더니 각수와도 호형호제하는 줄은 몰랐구나. 과연 이것을 바른 사귐이라고 할 수 있겠는가?"

백동수가 답했다.

"연암이 이런 말을 한 적이 있사옵니다. '배울 것이 있다면 그 신분이 중인이든 천민이든 문제가 되지 않으며 새나 벌레에게서도 배울 바가 있다면 배워야 한다.' 하였사옵니다."

"새나 벌레에게서 대체 무얼 배운다는 것인가? 배움과 사귐은 또한 다르지 않은가? 정성을 다하여 벗을 사귀는 데에는 신분이 문제가 되지 않는다고 백탑 서생들이 모두 동의하였단 말인가?"

백동수를 대신하여 박제가가 답했다.

"그 어미 아비가 누구인가를 아는 것이 그 사람을 아는 것은 아니라고 사료되옵니다."

옥음이 갑자기 날카로워졌다.

"서얼로 차별받는 억울함을 그렇게 해서 풀려는 것은 아닌가? 적서 차별이 없어진 다음에도 그와 같은 만남을 이어 갈 자신이 있는가?"

박제가가 담담하게 아뢰었다.

"서얼이기 때문에 이런 만남을 이어 가는 것은 결코 아니옵니다. 통촉하여 주시옵소서."

침묵이 흘렀다. 김진에게 무엇인가 하문하시려다가 바로 내게 화살을 돌리셨다.

"청운병이란 자를 의금옥에 가두었다 들었느니라. 사실이냐?"

"그러하옵니다. 전하!"

"공문은 지어 올렸고?"

"내, 내일 아침까지 판의금부사에게 올리려고 하였나이다."

"하면 금부에서 붓이나 놀릴 일이지 여기서 무엇을 하고 있는 것이냐?"

"……."

노기 서린 음성이었다. 나는 전혀 성심을 헤아리지 못했다. 야밤에 이 누추한 곳까지 납신 까닭이 무엇일까. 말을 아끼는 편이 나을 듯싶었다. 하문이 이어졌다.

"청운병을 왜 잡아들였느냐?"

최대한 짧고 분명하게 답했다.

"그동안 도성에서 계속 일어난 살인 사건의 범인이옵니다."

옥음이 점점 커졌다.

"청운병이 범인이면 신문 안에서 능지처참한 청운몽은 범인이 아니란 말이냐?"

"……."

가슴에 화살을 맞은 군졸처럼 아무 말도 못한 채 잔뜩 몸을 웅크렸다.

"청운몽은 범인이 아니라고 생각하느냐고 물었다."

"신을 죽여 주시오소서."

박제가에게 하문하셨다.

"초정! 너는 여기 있는 의금부 도사 이명방이 기군망상(欺君罔上, 왕을 속임)한 죄로 죽기를 바라느냐?"

"아니옵니다. 전하!"

"하면 이명방이 공문을 써 올리는 것을 그냥 지켜만 보려 하였느냐?"

"전하!"

다시 옥음이 내 이마에 닿았다.

"왜 그리 어리석으냐! 청운병이 진범이라는 글을 올리면 너는 그날로 의금옥에 갇힌다. 그런데도 내일 아침 공문을 올리겠다고? 이대로 삶을 마감해도 좋다는 말이냐?"

이번에는 백동수를 꾸짖으셨다.

"이런 일이 있으면 미리 연통을 넣었어야지. 더 이상 멋대로 나다닐 처지가 아님을 누누이 이르지 않았느냐? 과인의 명을 어기기로 작정하였느냐? 신중하고 의로운 자들이 한마음으로 굳게 뭉쳤다더니 모두 거짓이었구나. 무엄한지고."

"전하! 신을 벌하여 주시오소서."

백동수는 우선 잘못을 빌었지만 자신이 무엇을 잘못하였는가를 모르는 눈치였다. 옥음이 드디어 김진에게 향했다.

"그 자리에 너도 있었느냐? 단원이 청운몽의 초상을 그려 주던 그날 말이다."

백동수와 박제가의 얼굴이 하얗게 질렸다. 어찌 그 일을 아신단 말인가. 김진 역시 당황하는 빛을 겨우 감추며 아뢰었다.

"그러하옵니다. 청운몽이란 매설가는 십 년도 넘게 백탑 서생들과 친교를 나누었사옵니다. 그 죽음을 안타까워하며 초상화를 나누어 가졌나이다."

"능지처참한 죄인의 초상을 나누어 갖는 것이 얼마나 큰 죄가 되는 줄 모르는가? 항시 주변을 경계하고 조심 또 조심하라 일렀거늘 이 무슨 해괴한 짓들인고? 이러니 백탑 서생들을 조정으로 들이지 말라는 진언이 올라오는 게다. 천하를 품을 학덕을 지니면 뭐하느냐? 그 학덕을 펼칠 만큼 용의주도하지 않다면 아무 소용 없는 것을."

홍국영이 뒤쫓아 백탑 서생들을 몰아세웠다.

"전하! 이제 저 백탑 아래 무리들이 얼마나 어리석고 미련한지 명명백백하게 드러났사옵니다. 저들은 작은 재주를 뽐내며 명성을 훔쳤사옵고 연경에서 보고 들은 이야기로 그 부족함을 가리고 지웠나이다. 하지만 작은 손바닥으로 어찌 천하를 가릴 수 있겠나이까? 이제라도 저들을 멀리 내치시옵소서. 신이 더욱 신명을 다 바쳐 전하를 모시겠나이다. 숙위소를 더욱 굳건하게 지킬 뿐만 아니라, 도불습유(道不拾遺, 길에서 물건을 줍는 사람이 없음)하고 야불폐문(夜不閉門, 밤에 대문을 닫지 않음)하는 나라로 되돌리는 일에 앞장서겠사옵니다."

굵고 박력 넘치는 목소리를 들으며 나는 갑작스레 암행하신 이유를 어렴풋이 알 수 있었다. 청운병을 의금옥에 가둔 것을 누군가 탑전에 아뢴 것이다. 더불어 백동수와 박제가, 김진과 친한 백탑 서생들을 비난하였을 수도 있다. 청운몽을 추억한 일을 꼬집는 연명 상소가 이어진다면 백탑 서생들은 하옥되거나 극변원찬(極邊遠竄, 아주 먼 지방으로 귀양 보냄)되는 것을 면하기 어렵다. 하문이 시작되었다.

"『원중랑집(袁中郞集, 명나라 말기 유학자 원굉도(袁宏道)의 문집. 원굉도가 호북성 공안현에서 출생하였으므로 원굉도를 따르는 학자들을 공안파라고 함)』을 읽어 보았는가?"

"읽었나이다."

김진은 전후 사정을 따지지 않고 솔직하게 답했다.

"원굉도가 주장하는 것 중에서 네가 좋아하는 것은 무엇이냐?"

"취(趣)이옵니다."

역시 단답이다.

"취라고 했느냐? 그 취를 얻으려면 무엇을 해야 하느냐? 고동서화를 모아야 하느냐?"

"고동서화를 모으고 음률을 가까이하는 것은 취의 껍데기일 뿐이옵니다. 취를 얻기 위해서는 어린아이의 마음으로 돌아가야 하옵니다."

"어린아이의 마음으로 돌아간다? 단지 그뿐인가?"

"그러하옵니다. 일찍이 맹자도 어린아이의 마음을 잃지

말라 하였고, 노자도 어린아이처럼 하라 하였나이다. 산림에 묻혀 세상일에 얽매이지 않고 마음 가는 대로 자유로이 웃고 즐긴다면 그야말로 취일 것이옵니다. 원굉도는 여러 가식을 걷어 내고 바로 이 취로 마음을 돌릴 것을 권하였나이다."

"가식을 걷어 내려다가 성현지도(聖賢之道, 성현의 가르침)까지 지울까 걱정이로다. 청운몽 또한 백탑 서생들과 함께 공안파가 지은 시문을 즐겨 낭송하였다는데 사실인가?"

"사실이옵니다."

"원굉도를 비롯한 공안파가 이탁오(李卓吾, 명나라의 학자, 양명학자들 중에서도 급진파에 속함. 고문을 전범으로 인정하지 않는 철저한 상대주의자) 아류임을 알고도 『원중랑집』을 읽었단 말이더냐? 선진양한(先秦兩漢)과 당송(唐宋)에 나온 그 빼어난 문장들을 모두 버리고 기껏 초쇄(噍殺, 소리가 촉급해지다가 점점 작아지는 상태. 슬픈 감정을 자아냄)하고 기괴하며 경박한 문장들을 신어(新語)라며 치켜세우는 짓을 너도 청운몽과 함께 하였다 이 말이렷다?"

"……."

주저 없이 자신이 품은 뜻을 나타내던 김진도 주춤거렸다. 공안파와 명청 소품을 꾸짖는 옥음이 너무 날카로웠던 것이다.

"「이목구심서」에서 벌써 형암이 청언 소품에 기울었음을 알았느니라. 초정이 고동서화에 관심을 둔 것 역시 그와 다르지 않다. 그러니 청운몽과 같은 천하디천한 매설가와 말을 섞고 뜻을 맞추었겠지."

백동수가 용기를 내어 말했다.

"그저 스스로를 돌아보기 위한 소품일 뿐입니다."

옥음이 높아졌다.

"소품이기 때문에 더 문제라는 게다. 하잘것없는 것, 무색무취한 것, 아름답고 앙증맞은 것. 그게 바로 위험하니라. 딱 부러지게 무엇인가 분명한 입장에 선다면 옳고 그름에 따라 가까이하기도 하고 멀리하기도 하겠으나, 이것도 저것도 아닌 상태에서 저도 모르게 빠져들며 끝내는 어긋나 버리는 것, 그게 바로 소품이나 소설에 깃든 병폐인 게다. 어려서부터 고문을 배우고 익힌 초정과 형암이 소품에 빠져든다면, 그보다 어리숙한 서생들이야 어찌 그 맛을 거부할 수 있으랴. 언관들은 서학(西學)이나 고증에만 몰두하는 공부가 위험하다고 지적하지만, 과인이 보기에는 소품이나 소설이 더 크게 세상을 어지럽힐 수 있느니라. 문장을 배운 자가 큰 깨달음을 품은 글을 짓지 않고 소설이나 소품에 빠진다는 것 자체가 바른 마음에서 비롯했다고 보기 어려우니라."

"명심하겠나이다."

박제가가 먼저 말했다. 김진이 혹시 사족이라도 보탤까 싶어 나선 것이다. 잠시 침묵이 흘렀다.

"의금부 도사!"

"예! 전하."

내 목소리가 심하게 떨렸다.

"이번 일에서 손을 떼라. 그간의 내력을 적은 글은 의금부에 올리지 말고 직접 과인에게 가져오라. 의금부에 나가기는 하되 의금옥 출입은 금하라. 청운병과 청운몽 일은 잊는 게다. 이제부터 이 일은 과인이 직접 살피겠다. 알겠느냐?"

"……."

청미령의 얼굴이 스치고 지나갔다. 어머니가 돌아가실 때까지 청운병을 단죄하는 시기를 늦추어 달라고 하지 않았는가. 작은오빠를 마지막으로 한 번만 만나게 해 달라고 하지 않았는가.

"왜 대답이 없느냐? 명을 따를 수 없다는 것인가?"

"아니옵니다. 명심 또 명심하겠사옵니다."

내가 청운병과 만나는 것만으로도 모함을 당할 수 있다. 옥음이 낮고 잔잔해졌다.

"야뇌!"

백동수는 갑자기 호가 불리자 깜짝 놀라 두 눈을 크게 떴다.

"예, 전하!"

"네가 꼭 하고 싶은 일이 무엇이라고 했지?"

백동수가 박제가와 눈을 맞춘 후 답했다.

"조선 무예를 정리하여 교본을 만드는 것이옵니다."

"그래, 그건 참으로 중요한 일이다. 할바마마는 물론 아바마마께서도 장졸들을 차근차근 훈련시킬 교본이 필요하다고 하셨느니라. 두 분이 못한 일을 과인이 할 수 있도록 도우라. 고려나 삼국 무예뿐만 아니라 왜나 대국 무예도 모두 익히도록 하라. 충분히 배우고 익힌 다음에 교본을 만드는 작업에 착수토록 하겠다. 준비가 다 되면 과인에게 즉시 알리도록 하라."

"성은이 망극하옵니다."

이번에는 박제가를 찾으셨다.

"초정!"

"예, 전하!"

"너는 유생(儒生) 중 절반을 도태해야 한다고 주장한다지? 사실인가?"

"그러하옵니다."

"어떻게 유생 중 절반을 도태할 수 있다는 말이냐? 반발을 무마할 수 있다고 보는가? 절반을 도태하는 것이 나라를 구하는 길이란 근거는 또 무엇이냐?"

박제가는 이미 답을 준비한 듯 거침없이 말했다.

"모든 유생들이 동의할 수 있는 네 단계를 미리 정하면 되옵니다. 먼저 과거에 나아오려는 유생들을 직접 가르친 스승들이 그 문하(門下, 제자)가 과거를 치를 자격이 충분함을 보증하게 하옵니다. 다음엔 유생이 사는 지방 관장들이 그 사람의 자질과 능력을 시험하옵니다. 이렇게 걸러서 상경한 유생들을 모아 경서를 가지고 또 시험을 치르고, 여기에 합격하면 고시관 앞에서 마지막으로 시험을 보는 것이옵니다. 이렇게 네 단계를 두면 무턱대고 과거 공부만 하는 유생은 줄어들 것이옵니다. 평생 하는 일 없이 놀고 먹는 유생이 줄면 그만큼 일할 사람이 늘어나옵니다. 유생천 명이 줄고 농부 천 명이 늘면 굶주린 백성은 없을 것이옵니다. 유생 천 명이 줄고 상인 천 명이 늘면 방방곡곡 시장이 서고 돈이 넘쳐날 것이옵니다. 유생 천 명이 줄고 장졸 천 명이 늘면 노략질하는 오랑캐를 단숨에 제압할 수 있을 것이옵니다."

하문이 이어졌다.

"너는 담헌이나 연암과 함께 북학을 주장한다고 들었느니라. 북학이 도대체 무엇이냐?"

"일찍이 맹자는, '나는 중화(中華)의 문화 덕에 오랑캐가 변화했다는 말은 들었지만 중화가 오랑캐 덕에 변화했다는 이야기는 듣지 못하였다.'라고 하였사옵니다. 초나라 출신인 진량은 주공과 공자가 가르친 도를 좋아하여 북쪽으로 가서 공부를 하였사옵니다. 그 결과 북방 학자 중에서 진량만 한 이가 없사옵니다."

"조선도 압록강을 넘어 북쪽으로 가서 공부를 해야 한다 이 말이렷다?"

"그러하옵니다."

"중화와 오랑캐 이야기는 받아들이기 힘들구나. 조선에 작은 중화(小中華)를 자처하는 이들이 많음을 알렷다?"

"아옵니다."

"오랑캐에게 멸망한 명나라를 대신하여 오직 조선만이 중화의 도를 실현할 수 있다는 주장이니라. 혹자는 작은 중화가 명나라를 무조건 따르는 눈먼 충심이라고 하지만 과인 생각은 다르니라. 소중화란 세 글자 안에는 조선 문화가 세상 제일이라는 무한한 자긍심이 있도다. 그 자긍심을 바탕으로 더 뛰어난 시문을 만들고 생활 규범들을 가다듬을 수 있느니라. 이런 주장에 반대하는가?"

박제가가 딱 부러지게 답했다.

"그렇사옵니다."

분위기가 더욱 싸늘해졌다.

"반대한다? 그 이유가 무엇이냐?"

"간단하옵니다. 조선 문화는 세상 제일이 아니옵니다. 명나라가 멸망하였으니 중원에는 더 이상 제대로 된 문화가 없다는 주장은 눈먼 장님이 내뱉는 농담과 같사옵니다. 신은 작년 여름 연경에 가서 똑똑히 보았나이다. 그곳에는 우리가 전혀 알지 못하는 새로운 지식과 물품들이 산처럼 쌓였나이다. 피부색과 머리 모양, 얼굴 모양이 제각각인 세계 여러 나라 사람들이 자유롭게 거리를 활보했사옵니다. 조선은 그 높은 문화를 진량처럼 배워야 하옵니다. 작은 중화란 우물 안 개구리들이 내는 자화자찬에 지나지 않사옵니다."

박제가의 주장이 강한 만큼 하교 또한 힘이 넘쳤다.

"근묵자흑이라고 하였느니라. 백탑 서생들이 어리석은 당학(唐學)에 물들었다는 풍문을 과인도 들었다. 당학에는 세 가지가 있느니라. 명청 소품(小品)이나 기이한 책을 구하여 쌓아 놓음이 그 첫째요, 양이들이 뽐내는 역수(曆數) 학문을 높이 받듦이 그 둘째며, 중국 특히 연경에서 산 의복이나 물품들을 즐겨 사용함이 그 마지막이니라. 백탑 서생들은 이 셋 모두에 해당하니 당학에 빠졌다는 지적을 면하기 어려울 것이다. 이렇듯 청나라만 따르고 배우다가 조선 것을 모두 잊고 청나라 주구가 되는 건 아니냐?"

"아니옵니다. 청나라를 알려는 것은 조선을 더 강하고 부유하게 만들기 위함이옵니다. 지금 북학을 일으키지 않으시면 청나라는 날로 더 강대해지고 조선은 점점 더 허약해질 것이옵니다. 청나라가 조선을 위협하는 것을 막기 위해서라도 더더욱 북학을 해야 하옵니다. 통촉하시옵소서."

침묵이 흘렀다. 초정이 한 직언을 과연 어떻게 받아들이실까? 나라면 결코 탑전에서 저렇듯 당당하지 못하리라. 초정은 정말 대단한 사람이다. 언제 어디서든 뜻을 굽히지 않는구나. 그러나 곧고 단단한 대나무는 쉽게 부러진다 하지 않던가. 이윽고 옥음이 내려왔다.

"과인은 그대들이 공안파 시문을 가까이 읽고 또 소설들을 탐독하는 것도 아느니라. 그 이유로 너희들을 벌주어야 한다는 의론도 있었노라. 하지만 작은 어리석음 때문에 큰일을 미룰 수는 없도다. 백탑 아래에서 문장을 연마하는 시절은 곧 끝날 것이다. 초정은 이덕무, 유득공, 서이수와 함께 규장각에서 크고 작은 일을 돌보게 될 것이다. 벼슬은 비록 당하관에 머물 것이나 과인 곁에 머물며 나라의 크고 작은 일을 함께 논의할 것이니라. 그때도 지금처럼 하고픈 말은 모두 토해 놓도록 하여라. 옳고 그름을 따져 취하는 것은 과인이 할 것인즉 그대들은 오직 바른 도리만을 구하여 아뢰도록 하거라. 과인의 동량지신(棟樑之臣, 나라의 기둥이 되는 신하)이 되어야 할 것이야. 할 수 있겠느냐?"

"신명을 바치겠사옵니다."

홍국영이 간언(諫言, 높은 사람의 잘못을 충고하는 말)을 드리기 위하여 고개를 들었다. 그보다 옥음이 먼저 홍국영의 이마에 닿았다.

"도승지! 도승지가 얼마나 과인을 위해 고생하는지 잘 아노라. 그 때문에 더더욱 새로운 가수(嘉樹, 훌륭한 자질을 갖춘 나무. 자질이 뛰어난 인재를 가리킴)들이 필요한 법이다. 지금은 도승지가 문무 일을 모두 보좌하나 그렇게 한두 해만 지나면 큰 병을 얻을 것이야. 이제부터라도 일을 나누어야 하느니라. 과인은 도승지와 오랫동안 나랏일을 보고 싶도다."

"성은이 망극하옵니다."

홍국영은 뜻을 안으로 삼키며 다시 고개를 숙였다. 하교가 이어졌다.

"도승지와 판의금부사, 초정과 야뇌, 그리고 의금부 도사에 이르기까지, 과인은 그대들을 믿고 많은 일들을 하고자 하노라. 그대들은 당색이 다르고 신분이 다르며 품계가 다르지만 이 순간부터 그 모든 차이를 잊도록 하라. 과인은 그대들 한 사람 한 사람을 모두 소중히 여기느니라. 그대들 중 서로 투기하며 질시하는 자가 있다면 일벌백계로 다스리겠노라. 알겠느냐?"

"명심하겠사옵니다. 전하!"

서당 훈장에게 고개를 숙인 학동들처럼, 홍국영을 비롯한 우리 모두는 공손히 하교를 받들었다. 마지막으로 옥음이 꽃에 미친 젊은이에게 향했다.

"김진이라고 했느냐?"

"예, 전하!"

김진이 머리를 약간 들며 답했다.

"네가 공안파를 설명하는 걸 들으니 공부를 제대로 한 듯하구나. 너도 초정과 함께 과인을 돕도록 하라. 초정! 김진의 글 솜씨가 십 년 전 초정에 비해 어떠한가?"

박제가가 답했다.

"신보다 열 배, 아니 백 배는 더 뛰어나옵니다. 시와 문에 능할 뿐만 아니라 농사와 목축, 산과 들에 관련한 지식도 풍부하옵니다. 가까이 두고 쓰시면 큰 도움이 될 것이옵니다. 아직 나이 어리고 부족한 부분 역시 많사오니 드러내 쓰지는 마시옵고 규장각에서 더 많은 서책을 보고 읽도록 하심이 가한 줄 아옵니다."

"초정이 극찬하는 걸 보니 실력이 대단한가 보구나. 너는 화려한 문장을 즐기느냐 담백한 문장을 즐기느냐?"

김진이 답했다.

"문장을 논할 때 화려함과 담백함은 중요하지 않사옵니다. 이치에 맞는가 맞지 아니한가를 따질 뿐이옵니다. 이치에 맞지 않는다면 화려한 문장도 군더더기가 되고, 이치에 맞으면 짧은 탄성 하나도 금처럼 빛날 것이옵니다. 글자나 시구를 다듬는 것보다 그 뜻을 다듬어야 하옵니다."

"갈고 다듬어야 하는 그 뜻은 또 무엇이냐?"

"일찍이 남명(南冥, 조식의 호)은 「패검명」에 이렇게 새겼사옵니다. '안으로 마음을 밝히는 것은 경(敬)이요 밖으로 행동을 결단하는 것은 의(義)다.' 경과 의 이 두 글자를 항상 갈고 다듬어야 한다고 보옵니다."

"경과 의라!"

잠시 침묵이 흘렀다. 두 글자에 숨은 깊은 뜻을 풀어 새기시는 듯했다. 이윽고 하교하셨다.

"고쳐 바꾸어야 할 일들이 산적해 있으니 규장각에 들어와서 초정이 하는 일을 보고 배우도록 하여라."

"성은이 하해와 같사옵니다."

나와 백동수에게도 하문하셨다.

"정치란 올바름을 좇지만 그 올바름이 언제나 손에 잡히는 것은 아니다. 누군가는 그 올바름 때문에 피해를 보기도 하는 법. 과인을 위해 목숨을 내놓을 수 있느냐?"

"하명만 하시옵소서. 혈혈단신으로 적진에 뛰어들라시

면 그리하겠나이다. 간뇌도지(肝腦塗地, 참혹한 죽음을 당하여 간과 뇌가 땅에 으깨어짐)할지라도 큰 광영이옵니다."

"그대들 목숨을 위태롭게 하더라도 믿고 따를 텐가?"

"신들의 목숨은 이미 전하 것이옵니다. 부탕모화(赴湯冒火, 끓는 물이나 타는 불에라도 들어감. 명령에 절대복종함)라도 하겠사옵니다."

처음 미소를 보이셨다.

"그래, 그대들을 믿겠다. 하지만 올바름을 싫어하는 자들도 또한 많으니라. 미리 가려 힘으로 누르더라도 잡풀처럼 계속 솟아날 것이야. 기회만 있으면 과인을 넘어뜨리려 하겠지. 두 사람은 도성 내외를 두루 돌아보고 그 정황을 과인에게 알려 주기 바란다. 이 일은 아무도 모르게 은밀히 진행해야 할 것이야."

"신명을 바치겠나이다."

박제가에게도 마지막으로 하교하셨다.

"초정! 이제 서생들이 백탑 아래 모이는 일은 그만두도록 해라. 규장각으로 들어오는 순간부터 보이지 않는 적이 너희를 노릴 것이다. 무리 지어 도성을 이리저리 휘젓고 다니다가는 당장 탄핵을 받을 것이야."

"명심 또 명심하겠나이다."

"오늘 우리는 만난 일이 없다. 우리가 만난 일이 없으니

그대들도 모인 바가 없겠지. 과인은 후원을 거닐었을 뿐이
고 그대들은 각자 집에서 서책을 읽은 것이다. 청운병 일
을 마무리한 후 다시 만나더라도 그때가 첫 만남이어야 할
것이야. 조정에는 사방에 눈과 귀가 있느니라. 그대들이 조
정에서 하는 말은 그대로 그대들을 가장 미워하는 자들 귀
에 들어간다고 보아도 크게 틀리지 않을 것이다. 과인은
이만 후원으로 돌아가겠다. 조용히 갈 테니 따라 나올 필
요 없다. 자, 마지막으로 과인에게 할 말이 혹시 있느냐?"

"전하! 청이 한 가지 있사옵니다."

김진이었다.

"청이라! 무엇이냐?"

"복망(伏望, 엎드려 간곡하게 바람)하오니 청운병을 처형하
는 걸 잠시 미루어 주시옵소서."

나는 고개를 돌려 이 당돌한 친구의 얼굴을 살폈다. 그
역시 박제가만큼 대범한 것이다.

"형을 미루라? 그 이유가 무엇인고?"

"청운병에게는 중병에 걸린 어미가 있사옵니다. 큰아들
에 이어 둘째아들까지 처형된다는 소식을 들으면 충격을
받아 숨을 거둘 것이옵니다. 병이 깊어 세상을 하직할 날
이 며칠 남지 않았다 하오니 그 어미가 유명을 달리한 후
에 죄를 물으시옵소서."

답을 주시기 전에 채제공과 눈을 맞추셨다. 채제공이 짧게 답했다.

"아니 되옵니다."

이번에는 홍국영의 의향을 눈으로 물으셨다.

"있을 수 없는 일이옵니다."

뒤이어 하교하셨다.

"처지가 딱하긴 하나 아니 될 일이다. 지엄한 국법이 손상되면 나라를 제대로 다스릴 수 없느니라. 어지러운 백성들 마음을 바로잡기 위해서라도 최대한 빨리 이 일을 마무리해야 한다. 이렇게 하는 것이 모두를 위해 좋다. 그리 알고 나서지 마라."

"청운병이 살인을 사주한 자들의 면면을 고변하면 어찌하시겠사옵니까? 그때는 잠시 참형을 늦추고 오조지정(烏鳥之情, 까마귀가 새끼 때 키워 준 어미 새의 은혜를 갚는 애정. 즉 자식이 부모에게 효성을 다하려는 마음)을 이룰 기회를 주시겠사옵니까?"

하문이 들려왔다.

"당돌하구나. 배후를 밝히겠다? 세상이 그리 허술한 줄아느냐? 정말 면면이 드러난다면 참형을 며칠 늦춰 줄 수는 있겠지. 하지만 그런 일은 일어나지 않을 게다. 자중하라."

홍국영은 채제공과 숙위소의 장졸들이 암행 흔적을 지

운 후에도 끝까지 자리를 뜨지 않았다. 주위가 완전히 적막해진 것을 거듭 확인한 다음 상석으로 옮겨 앉았다. 먼저 김진에게 날카로운 화살을 날렸다.

"의와 경이라니! 감히 남명이 뱉은 헛된 망언을 입에 담을 수 있느냐? 죽음이 두렵지도 않은가?"

북인의 원조 격인 남명 조식이 쓴 「패검명」을 거론했음을 꾸짖는 것이다. 반정(反正)으로 광해군이 용상을 잃은 후 북인은 어디서나 푸대접받았다. 천하는 서인 수중으로 들어갔고 간혹 남인들이 구색 맞추기로 하나둘 낄 따름이었다. 탕평책을 주장한 전왕 시절에도 북인은 거의 등용되지 않았다. 김진은 담담한 목소리로 시선을 내리깐 채 답했다.

"죽음이 두렵지 않은 자가 있겠습니까? 하지만 도승지 대감! 소생은 소생이 죽을죄를 지었다고 생각지 않사옵니다. 또한 의와 경을 높이는 남명 선생 말씀은 결코 망언이 아니옵니다. 공맹을 따르는 자라면 누구나 본받아야 할 말씀이지요."

"그래도 저, 저놈이……."

홍국영이 분을 참지 못하고 자리를 박차며 일어섰다. 숙위소 장졸들이 궁궐로 떠나지 않았더라면 그 즉시 김진을 결박나입(結縛拿入, 두 손을 묶어 잡아들임)했으리라. 박제가가 김진을 두둔하고 나섰다.

"도승지 대감! 대감께서 왜 그리 노여워하시는지는 잘 압니다. 하지만 도대체 노론은 무엇이며 소론은 무엇입니까? 남인은 무엇이며 북인은 또 무엇입니까? 당색을 가려 논하기 전에 어진 군왕을 충심으로 받들며 천하에 바른 도를 펴는 사람을 칭송하는 것이 중요합니다. 소생들은 그 훌륭한 뜻과 아름다운 문장을 배우려고 백탑 아래에서 세월을 보냈습니다. 김진 저 친구가 탑전에 아뢴 것에는 조금도 사사로운 뜻이 없으니 그만 노여움을 푸십시오."

홍국영이 자리에 선 채 말꼬리를 잡아챘다.

"사사로운 뜻이 없다? 하면 사사로움이 없는 서생을 나무라는 내게 사사로움이 있다는 소리로군. 지금 부르심을 받았다 하여 범 무서운 줄 모르는 하룻강아지처럼 날뛰지만, 곧 자네들처럼 변죽(변두리)에서만 지낸 자들의 최후가 얼마나 처참하고 허무한가를 깨달을 날이 올 거야."

백동수가 그 말에 발끈하며 일어섰다.

"변죽에서만 지낸 자라고 하셨습니까?"

"이노옴! 일개 무부 주제에 어디서 눈을 치뜨는 것인가? 나는 이 나라 숙위대장 겸 도승지이니라."

홍국영이 시선을 내게 돌렸다.

"이 도사! 자네는 왜 여기 있는가? 종친은 각별히 행실을 조심하여야 한다네. 서얼과 어울리는 것이 얼마나 왕실에 누가 되는 줄 모르는가? 양금택목(良禽擇木, 어진 새는 깃들 나무를 골라서 택함)하고 양신택주(良臣擇主, 어진 신하는 섬길 임금을 가려서 택함)한다 했으이. 어찌어찌 연이 닿아 야뇌에게 무예를 배웠다고 치세. 그건 그럴 수도 있으이. 하지만 과거에 급제한 후에는, 의금부에 들어온 다음부터는 서얼들과 연을 끊었어야지. 세 치 혀에 속아 이렇듯 부동(符同, 그릇된 일을 하기 위하여 몇 사람이 어울려 한통속이 됨)해서야 되겠는가? 자자, 어서 일어나게. 나와 함께 대궐로 가세. 어서 일어서래도?"

홍국영은 내 어깨를 잡아끌며 성화독촉(星火督促, 몹시 급하게 독촉함)했다. 곱지 않은 시선을 느낀 것은 오늘만이 아니다. 내가 백탑 서생들, 특히 서얼들과 어울린다는 풍문이 나고부터 족친과 친구들이 이런저런 충고를 해 주었다. 홍국영처럼 날카롭지는 않았지만 백탑파 서얼들과는 처지가 다르므로 지금부터라도 거리를 두라는 뜻은 마찬가지였다. 나는 천천히 고개를 들었다. 김진과 시선이 마주치자 또 소리 없이 미소만 지어 보였다.

자네가 가고 싶으면 가도 좋으이. 어차피 자넨 우리와 다른 처지이니, 지금 자네가 떠난다고 해도 손가락질할 사람은 없다네.

처지가 다르다니? 그 무슨 소리인가? 내가 종친인 것이 문경지교(刎頸之交, 벗을 위해서라면 목이 잘려도 한이 없을 만큼 친밀한 사귐)를 갈라놓기라도 한단 말인가?

세상은 냉정하다네. 오늘 자네가 도승지를 따라간다 하여 우정이 금 가는 건 아닐세. 우정을 지키려다가 자네 앞길이 막힐 수도 있으이. 난 그걸 원하진 않네. 도승지 홍국영이 누군가? 전하껜 나는 새도 떨어뜨린다는 한신(韓信, 한 고조 유방의 충직한 신하)이 아닌가?

부귀영총(富貴榮寵, 돈 많고 지위가 높고 임금의 은총이 두터움)을 위해 굴슬(屈膝, 무릎을 꿇음)하라 이 말인가? 싫네. 나는 그리할 수 없으이. 자네가 어찌 생각할지 모르겠으나 자네와 같이 있고 싶네.

나는 자리에서 일어서며 한 걸음 뒤로 물러선 후 공손하게 읍했다.

"대감! 소생은 아직 백탑 아래에서 배울 것이 더 있습니다. 힘써 배우고 익힌 후 대감을 찾아뵙겠습니다."

"으으음!"

뜻밖의 거절에 숨이 막힌 홍국영은 낮은 신음을 몇 차례 뱉은 후 문을 박차고 나가 버렸다.

홍국영이 한바탕 찬물을 끼었고 나갔으나 박제가와 백동수의 기쁨은 줄어들지 않았다. 백탑 서생들을 깊이 신뢰하는 어심을 확인한 것이다. 그 얼굴들은 희망과 기대로 가득 찼다. 꿈을 펼칠 때가 온 것이다. 조정에 들어가서 세상을 바꾸는 것이다. 백탑 아래에서 고민하고 또 고민했던 문제들을 하나씩 해결하리라.

"관재로 가야겠으이. 동학(同學)들에게 이 소식을 전해야지. 야뇌 형님! 함께 가시죠."

"그럼세."

박제가와 백동수가 자리에서 일어서자 장세경도 뒤를 따랐다.

"나도 야뇌를 따라가고 싶네만……."

김진이 흔쾌히 승낙했다.

"그래요. 여기 있는 것보단 야뇌 형님과 함께 계시는 게 나을 겁니다."

세 사람이 나가자 김진과 나만 남았다. 우리는 잠시 산책을 나가기로 했다. 밤바람이 찼지만 걸음을 늦추거나 어깨를 웅크리지 않았다. 건천동에 이를 즈음 내가 먼저 운을 뗐다.

"자넨 미령 낭자와 같은 소릴 하더군. 낭자 부탁이라도 받았나? 하지만 전하께 그런 청을 넣은 건 지나친 일이었어. 성노(聖怒)라도 일면 우리 모두 무사하지 못할 상황이었네."

김진이 밤하늘에 뜬 삼태성을 우러르며 답했다.

"미령 낭자 부탁을 받은 건 아니야. 제아무리 나랏법이 중해도 청운병을 그 어머니 앞에서 죽이는 건 옳은 일이 아닌 것 같네. 자네를 비난하는 건 아니네만, 죄 없는 매설가가 억울한 죽음을 맞은 건 사실일세. 청운병을 용서해 달라는 것도 아니고, 망극한 아픔을 남은 가족에게 주지 말자는 게 무슨 잘못이란 말인가?"

가슴이 답답했다. 나를 비난함은 아니라고 했지만 청운몽이 능지처참을 당한 것은 분명 내 잘못이다. 청미령에게도 또 그 어머니에게도 평생 씻지 못할 죄를 지은 것이다.

"아직 납득하지 못할 문제가 하나 있으이. 청운몽 말일세. 왜 자신이 진범이라고 거짓 자백을 했을까? 또 그 범행수법을 어찌 그렇듯 자세히 알았고?"

김진은 이미 풀린 수수께끼를 설명하듯 술술 말했다.

"비상한 기억력을 지닌 청운몽은 사건 현장에 있던 소설을 자네로부터 받아 읽고 단번에 범인이 동생임을 알아차렸을 걸세. 자신이 쓴 소설 초고를 바꾸어 판각할 사람은 그 초고를 각수에게 불러 주는 청운병과 소설을 판각한 장세경 둘뿐이지. 장세경이 소설을 멋대로 바꾸어 새길 까닭은 없네. 단 한 자도 틀리지 않게 새기겠다는 욕심으로

가득 찬 각수니까. 청운병이 범인임을 알고 처음엔 골경심
한(骨驚心寒, 매우 놀라워 마음이 서늘함)하였을 걸세. 청운몽은
무척 동생을 무애(撫愛, 어루만지며 사랑함)한 듯하이. 그러니
동생 죗값을 대신 받겠다고 결심한 것이지. 범행 수법을
추측하는 것은 어렵지 않네. 청운몽은 구상 중인 작품을
두고 두 동생과 종종 대화를 나누었으니까. 청운병이 살인
할 때 쓴 방법도 그때 나온 것들 중 하나였겠지."

"동생의 죄를 대신하여 죽었다? 아무리 동생을 아껴도
그게 가능한 일일까?"

"물론 쉽지 않은 결심이지. 동생 문제만 걸렸다면 청운
몽은 죽지 않으려고 했을지도 몰라. 하지만 청운몽은 진실
을 밝히는 순간 청운병이 죗값을 치르는 것과 동시에 가족
모두에게 큰 화가 미칠 것임을 알아차렸을 것 같으이. 그러
나 청운몽이 죽은 이유가 이로써 모두 해명되진 않는다네."

"다른 이유가 있다는 말인가?"

김진이 눈을 지그시 감았다 떴다.

"의금부 그 차디찬 옥에서 죽기로 결심하는 청운몽을
상상해 보았네. 어둡고 막막한 곳에서, 삶이 아니라 죽음과
이마를 비비는 매설가를 말일세. 죽음 앞에서는 마음이 약
해지지. 죽음이란 곧 사랑했던 모든 것과 결별함을 뜻하니
까. 가족들, 벗들, 책들, 그리고 무엇보다도 그런 생각을 하

는 자신과도 다시는 만나지 못하는 걸세. 우리가 하는 노력이란 거개가 살기 위해 발버둥치는 게 아니겠는가. 그런데 청운몽은 죽으려고 노력하기로 마음을 정한 걸세. 자신이 죽어야만 가족을 지키고 자신이 쓴 소설을 지킬 수 있다는 생각도 했겠지만, 청운몽은 자신이 죽어야 하는 이유를 바깥에서 찾지는 않았던 것 같네. 바깥에서 찾았다면 죽지 않으려고 마지막 순간에 마음을 돌렸겠지."

죽을 이유를 바깥에서 찾지 않았다? 쉽게 납득할 수 없었다.

"죽을 이유가 청운몽 자신에게 있었다는 말인가? 그렇지만 청운몽은 살인자가 아니지 않은가? 그런 사람이 죽어야만 할 이유가 그 사람 안에 있다고?"

"꼭 사람을 죽인 살인자만 죽음에 닿는 건 아니라네. 오히려 그런 죄인들은 끝까지 죽음을 받아들이려고 하지 않지. 스스로 죽음을 택하는 것이 아니라 죽임을 당하는 거니까. 그러나 청운몽은 멀리 비껴가려는 죽음을 자기 앞에 당겨 놓았어. 그 심정을 헤아릴 필요가 있지."

멀리 비껴가는 죽음을 당겨 놓는다?

"지독한 절망이 찾아들었다고 보네. 자신이 쓴 소설들이 더러운 살인 도구가 되었음을 확인하였을 때 땅이 꺼지는 아찔함을 느꼈겠지. 그 도구를 이용한 이가 청운병임을 알

앗을 땐 더욱 아픔이 컸을 거야. 둘은 피를 나눈 형제지만 또한 소설을 가르치고 배우는 스승과 제자 사이이기도 했으니까. 매설가라면 그런 살인을 저지르고도 남을 인간들이라는 세간의 눈도 그 어깨를 짓눌렀을 걸세. 물론 하나하나 따지고 든다면 그 모든 잘못의 근거들을 바깥에서 찾아낼 수 있겠지. 그러나 청운몽은 그렇게 하지 않았네. 매설가에게 쏟아진 비난을 홀로 지겠다고 나선 것이야. 청운몽이 남긴 소설은 다른 소설들보다 서너 곱절 이상 공을 들였고 또 그만큼 아름다워. 소설에서 풍기는 향기가 천지 사방을 뒤덮을 수 있도록 노력하고 또 노력했겠지. 소설을 역대 시문과 동일한 반열에 올리겠다고 감히 욕심을 품었을지도 몰라. 그러나 연이은 살인과 함께 그 꿈은 이룰 수 없는 망상이 된 걸세. 이제 아무도 소설 따위를 읽으며 삶의 비밀스러운 본질을 고민하진 않을 테니까. 그런 낙망이 청운몽을 죽음으로 몰고 갔다고 보네. 그 죽음은 소설이 끝났음을 보여 주는 게 아니라 새로이 시작됨을 준비하는 씨앗과도 같으이.”

김진의 목소리는 촉촉하게 젖었다. 스스로 죽음을 택한 매설가를 안타까워하는 연민이 가슴을 적신 것이다. 나는 다시 세세한 일들을 확인하고 싶었다. 범인의 배후까지 밝혀내는 것도 의금부 도사의 임무다.

"도대체 누가 청운몽의 가솔을 위협한단 말인가?"

"아직은 알 수 없네. 그림자만 겨우 잡힐 뿐이니까."

"아까 말한 형제간 다툼 이상이라는 말과 연관이 있나?"

김진이 고개를 끄덕였다.

"그렇다네. 이곳까지 친히 암행을 나오신 것만 보아도, 이 일을 전혀 다른 차원에서 논의해야 함을 알 수 있지. 자네가 이 일에서 손을 떼고 우리도 뒤로 물러나면 당장 해가 없을 듯하네만, 청운병은 곧 죽을 테고, 청운몽이 뒤집어쓴 억울한 누명도 벗기기 힘들 거야. 두 아들의 죽음을 접한 노파도 무사하진 못할 것이고. 무엇보다 백탑 서생들을 두려워하는 무리들은 여전히 어둠 속에서 우릴 위협할 걸세. 우리로서는 전혀 나아지는 게 없다는 뜻이야. 더 나쁠 수 있어."

지금쯤 백탑 서생들은 성은에 감격하며 술잔을 기울일 것이다. 그러나 김진은 오히려 상황이 나빠지고 있다고 한다. 꽃에 미친 청년은 초정이나 형암 같은 이들과는 또 다르다. 탑전으로 나아오라는 부름을 받고도 기뻐하는 기색이 없다. 오히려 백탑파가 규장각에 들어가서 부각되는 것을 꺼리는 눈치다. 부름을 받을 날을 애타게 기다린 것은 사실이지만 과연 지금 나아가야 할 것인가, 지금이 과연 양보지음(梁甫之吟, 제갈량이 남양 땅에 은거하여 밭을 갈 때 부른

노래)을 그칠 가장 좋은 때인가에는 확신이 서지 않는 듯했다. 청운몽과 얽힌 인연으로부터 여전히 자유롭지 않은 상황이 아닌가. 선뜻 나섰다가 한꺼번에 모든 것을 잃을 수도 있다. 더 좋아질 수도 있지만 더 나빠질지도 모른다.

"그러니까 자네 말은 청운몽에게 죄를 뒤집어씌운 후 백탑파까지 함께 처치하려는 간계(奸計, 간사한 꾀, 좋지 못한 계략)가 도사리고 있었다 이 말인가? 그게 사실이더라도 청운병이 왜 그렇듯 많은 이들을 죽였을까? 또 형에게 죄를 뒤집어씌운 후에도 계속 살인을 저지른 이유는 무엇일까? 그렇게 사람을 계속 죽이면 청운몽이 범인이 아닐 수 있다는 의심만 사게 되는데 말이야."

"복잡하게 얽혀서 추측하기 조심스럽군. 다시 말하네만 형제 갈등은 아주 작은 부분일지도 몰라. 이제부터는 백탑 서생들을 둘러싸고 조정 대신들이 벌이는 암투를 주목할 필요가 있네. 청운병의 행적에는 자네가 방금 던진 물음들처럼 모순이 많아. 앞뒤가 전혀 맞지 않네. 하지만 그건 아주 중요한 한 가지를 고려하지 않았기 때문이야."

"그게 무엇인가?"

아직도 고려하지 않은 부분이 남았다는 것이 믿어지지 않았다. 청운병이 드러낸 탐욕과 질투, 백탑파를 모함하고 비난하려는 음모 외에 또 무엇이 남았단 말인가?

"돈이라네. 목치 형님을 몰아붙이면 좀 더 확실한 것을 알 수 있겠지만, 방각 소설로 청운몽이 엄청난 부를 축적한 것은 사실일세. 살림에 필요한 적은 돈은 청미령에게 맡기더라도 큰돈은 청운몽 혼자서 철저하게 관리한 것 같네. 좋은 일도 많이 했지. 백탑 서생들이 그나마 귀한 서책을 구하여 읽고 또 가끔씩 산천 유람도 떠나고 식솔들을 굶기지 않은 것도 청운몽이 도운 덕택일세. 청운병이 처음으로 살인을 저지른 것은 형을 시기하고 또 형이 쓴 소설을 미친 듯이 좋아하는 독자들에게 분노를 느꼈기 때문이었는지도 모르네. 백탑파와 청운몽을 엮으려는 검은손이 뒤를 도왔겠지. 그런데 살인 사건이 이어지면서 전혀 예상하지 못한 일들이 벌어진 것 같으이."

"청운몽의 소설이 더욱 값이 나가게 되었겠군."

"그 정도가 아니야. 적어도 스무 배는 값이 뛰었네. 세책방 주인들은 물론 광통교에서 서책을 사고파는 장사치들은 청운몽의 소설을 구하기 위해 밤잠을 설칠 정도였어. 청운병은 형인 청운몽만 없어지면 그 명성과 부귀가 고스란히 자신에게 돌아올 것이라고 믿었던 것 같네. 그 죄를 청운몽에게 뒤집어씌우는 데는 성공했으나 전하께서는 백탑파를 내치지 않으셨지. 힘써 보호하지도 않으셨지만, 관망하신 것만으로도 이 일을 꾸민 자들에겐 큰 낭패였던 게

야. 어쩌면 그자들은 그즈음에 방각 살인을 끝내려 했을지
도 모르네. 꼬리가 길면 밟히는 법이니까. 더 시일을 끌어
유리할 것이 없지. 내가 만약 그자들이라면 청운병의 입을
막고 사건을 덮었을 걸세."

"청운병까지 죽인단 말인가?"

"그보다 더 확실한 방법은 없으니까. 한데 그자들보다
먼저 청운병이, 아니 돈이 움직였던 것 같네."

"돈이 움직이다니?"

"능지처참이 끝나자마자 그 소설들은 모두 금서로 묶였
네. 처형된 죄인이 쓴 소설을 읽는 것은 불순한 일이지. 몇
몇 세책방에서 아주 은밀하게 비싼 값을 치른 후에야 그
책들을 읽을 수 있었다네. 청운몽이 죽기 전에 출간된 소
설들은 열렬한 독자라면 대부분 탐독했겠지. 비싼 값을 치
를 만한 작품이 없는 게야. 청운병은 형이 남긴 유작을 파
는 것만으로도 큰돈을 벌게 된 걸세. 그런데 이 욕심쟁이
는 더 나가고 싶었던 모양이야."

"무엇을 더 나간단 말인가?"

"청운몽의 유작을 세상에 내어놓는 것과 동시에 살인
사건을 이어 간다면, 청운몽이 죽지 않고 살아서 도성 어
디에선가 숨어 소설을 쓴다는 풍문을 퍼뜨린다면, 유작만
파는 것보다 백배나 더 큰 부를 얻을 걸세."

"그래도 사람을 죽여야 하는 일이지 않나?"

"처음에 한 사람을 죽이는 게 어렵지 여러 목숨을 빼앗은 다음에는 한 사람 더 죽이는 일이 그렇게 두렵지는 않아. 때로는 돈이 사람 목숨보다 더 귀히 대접받기도 하니까 말일세."

"그리되면 청운몽 사건을 재조사할 걸 몰랐을까?"

김진이 각죽을 꺼내 왼손에 쥐며 답했다.

"알았겠지. 하지만 청운병은 결코 잡히지 않는다는 확신이 있었던 것 같아. 의금부를 속여 청운몽을 처형시킨 것처럼 또 한 번 장난을 치자고 생각했겠지. 내 생각이 맞는다면 청운병과 손잡았던 사람들도 지금쯤 매우 당황하고 있을 거야. 둘 사이 믿음은 청운몽을 처형한 후 청운병이 살인을 다시 저지르기 시작하면서 금 간 상태일 테고. 우린 그 틈을 이용해야 한다네. 내 이야기는 이 정도일세."

나는 고개를 끄덕이며 다시 물었다.

"전하께서 납실 줄은 정말 몰랐으이. 아무리 이 일로 도성 민심이 어지럽다고 해도 직접 누추한 곳까지 찾아오신 까닭은 무엇일까?"

"민심을 어지럽히는 정도라면…… 우릴 찾으셨을 리가 없지. 자넨 민심이 왜 이렇듯 요동친다고 보는가?"

"그거야…… 혹시 그 연쇄 살인범이 바로 나를 죽이지

나 않을까 하는 두려움 때문이겠지."

"맞았네. 그 두려움을 없애려고 자넨 청운몽 형제를 차례차례 잡아들인 걸세. 그런데 이렇게 생각한 적은 없나? 그 두려움을 도성 백성들이 모두 느낀다면, 그 도성 안에 있는, 그러니까 저 구중궁궐에 있는……."

"전하께서도 느끼신단 말인가? 그건 말이 되질 않네. 숙위소 장졸들이 겹겹이 에워싼 궁궐로 누가 감히 들어갈 수 있단 말인가?"

"그렇지. 그건 불가능에 가까워. 하지만 아무리 완벽하게 대문과 협문, 담과 벽을 지킨다 해도 두려움은 자라는 법일세. 벌써 전하께서는 두 차례나 결코 있을 수 없는 위험을 겪으셨네. 이 일을 세 번째 위험이 나타나는 전조라고 보는 게 이상할까?"

"하지만 우린 청운병을 벌써 잡았네. 진범을 잡았단 말일세."

"그렇다고 위험이 완전히 사라졌다고 속단하지 말게. 자네도 풍문처럼 청운병이 그저 사람을 죽이는 데 맛들인 살인마라고만 보는 것인가? 결코 그렇지 않네. 한 미치광이가 저지른 단독 범행으로 보기엔 너무 일이 복잡하게 얽혔네. 또 청운병은 미치광이도 아니고 말일세."

"그래도 청운병을 세 번째 위험을 드러내는 전조로 보

는 건 비약이 심하군. 자네답지 않게 말이야."

김진이 슬쩍 입꼬리를 올렸다 내렸다.

"자네 말이 맞아. 나도 이 비약이 그저 헛된 공상으로 끝났으면 좋겠네."

내가 말머리를 돌렸다.

"청운병을 후원한 놈들을 잡아야 전모가 드러나겠군. 그자들을 어떻게 찾지?"

김진이 주위를 살핀 후 답했다.

"한 가지 방법이 있긴 한데……."

"그게 뭔가?"

"어명을 어기는 일이라네. 할 수 있겠나?"

어명을 어기는 일? 차가운 바람이 옆구리를 파고들었다.

"말해 보게."

"결국 청운병이 입을 열어야 하네. 배후와 맞설 수 있는 무엇인가를 숨겨 둔 게 틀림없어. 그자가 이대로 죽는다면 배후는 영영 어둠에 묻히고 마네. 그 마음을 흔들려면 아무래도 미령 낭자, 그 어여쁜 누이동생이 있어야겠지. 지금으로서는 이 방법밖에 없으이. 할 수 있겠나? 잘못되면 자네 목숨이 위태로울 수도 있음이야. 어명을 어긴 신하를 그냥 두진 않으실 테지. 내키지 않으면 하지 않아도 좋네."

나는 두 주먹을 불끈 쥐었다.

"하겠네. 이 불행이 어디에서 왔는지 알아야겠으이."

김진이 고개를 들고 스쳐 지나듯 물었다.

"자네 오늘 일 후회하지 않나? 내일부터 당장 도승지의 개들이 자네 뒤를 따라다닐지도 몰라."

나 역시 혼잣말처럼 뇌까렸다.

"그까짓 똥개…… 백 마리가 붙어도 무섭지 않네."

18장

기로소에서 생긴 일

　판중추부사 채제공이 죽었다. 상이 친히 제문을 지어 사제(賜祭)하고 문숙
(文肅)이란 시호를 내렸다. (중략) 전교하기를,

　"저녁부터 새벽까지 백성을 걱정하는 한 생각뿐이었는데, 이제 채제공이 별
세했다는 비보를 들으니, 진실로 그 사람이 어찌 여기에 이르렀단 말인가. 나와
이 대신 사이에는 실로 남은 알 수 없고 혼자만이 아는 깊은 계합(契合)이 있었
다. 이 대신은 불세출의 인물이다. 그 품부(稟賦) 받은 인격이 우뚝하게 기력이
있어, 무슨 일을 만나면 주저 없이 바로 담당하여 조금도 두려워하거나 굽히지
않았다. 그 기상을 시로 표현하면 비장하고 강개하여 사람들이 연조 비가(燕趙
悲歌)의 유풍이 있다고 하였다. 젊은 나이에 벼슬을 시작하여 이때부터 영고(寧
考)께 인정을 받아 금전과 곡식을 총괄하고 세법을 관장하였으며, 어서(御書)를
윤색(潤色)하고 내의원에 있으면서 선왕의 옥체에 정성을 다하였다. 그리고 매양

주대(奏對)할 적마다 선왕의 웃음이 새로웠는데, 그때는 수염이 아직 희어지지 않았다.

　　내가 즉위한 이후로 참소가 여기저기서 빗발쳤으나 뛰어난 재능은 조금도 꺾이어 내각(內閣)에서 기사(耆社)로 들어갔고, 나이 여든이 되어서는 구장(鳩杖)을 하사하려 했다. 그 지위가 높고 직임이 나와 친근하였으며, 권우(眷遇)가 두텁고 은총이 성만하여 한 시대 사람들로 하여금 모두 입을 못 열고 기(氣)가 빠지게 하였으니, '저렇듯 신임을 독점했다.'라고 이를 만한 사람으로서 옛날에도 들어 보기 어려운 일이다."

— 『정조실록』 23년 1799년 1월 18일 채제공의 졸기

그 밤 내내 탑전에 올릴 문장을 쓰고 다듬었다. 소(疏)를 쓰느라 며칠 밤을 꼬박 새운다는 풍문은 들었지만 이렇듯 힘겨울 줄은 몰랐다. 어수로 두루마리를 직접 펴 읽으신다고 상상하니 글자 한 자 한 자마다 신경이 쓰였다. 휘(諱, 꺼려서 쓰지 않음)할 글자를 확인하고 문장의 대구(對句)를 따지며 송곳 같은 사실도 뱀이 똬리를 틀듯 빙빙 돌려 적었다. 그 밤에 적은 문장을 모두 외워 버릴 정도였으나 마음이 놓이지 않았다.

　탑전에 올릴 글을 마친 다음 곧장 명례방으로 가고 싶었다. 급히 문방사우를 치우다가 다시 종이를 펴고 붓을 들었다. 청미령 앞에만 서면 내 뜻과는 전혀 다른 소리만 늘어놓지 않는가. 차라리 이 마음을 그대로 옮긴 서찰을 한

장 써서 낭자에게 건네자. 언제까지 가슴 졸이고만 있을 수는 없다. 호흡을 가다듬고 세필에 먹을 찍었다. 청미령의 넓은 이마와 맑은 두 눈이 떠올랐다.

작야(昨夜)도 꼬박 낭자를 생각하며 보낸 듯합니다.

그 마음을 하늘도 아셨을까요. 동트자 딱새 한 마리 창으로 들어와 부리로 바닥을 콕콕콕 찧습니다. 낭자를 향한 단심(丹心) 열어 보이라는 두드림입니다.

다가서기 망설이며 헛되이 시간만 보냈습니다. 누가 보더라도 우리 둘은 만나서 사랑하기 힘든 처지니까요. 낭자 탓이 아니니 자책 마시길. 모든 게 제 탓이며 낭자에겐 잘못이 없답니다. 낭자 큰오라버니를 붙잡아 죽인 이가 바로 접니다. 작은오라버니를 붙든 이도 접니다. 왜 하필 낭자는 그 두 사람의 어여쁜 동생입니까? 옆집만 되었어도, 앞집만 되었어도, 이렇듯 가슴 아프지는 않았을 것을.

낭자가 저를 꺼리는 것은 정말로 당연합니다. 제 얼굴을 볼 때마다 두 오라버니의 끔찍한 모습이 떠올라 눈물 흘릴 테지요. 저 역시 낭자에게 그런 고통을 안겨 주기 싫어 머뭇거리고 뒷걸음질치기를 여러 번 했답니다. 이룰 수 없는 사랑은 시작하지 않는 것이 옳다고 스스로를 달래기도 했습니다.

그럴수록 자꾸 더 낭자가 그립습니다. 낭자의 청아성(淸雅聲, 맑고 고운 목소리)을 듣고 싶습니다. 낭자가 아니면 안 된다는 생각이 듭니다. 낭자만 허락한다면, 낭자만 이 마음을 밀어내지 않는다면, 이 사랑을 꼭 이루어 보고 싶습니다.

주위 눈 따윈 멀리하세요. 낭자의 처지를 동정하는 말도 물리치세요. 제 사랑이 낭자를 다시 일으켜 세울 겁니다. 슬픔을 지우고 기쁨을 안길 겁니다. 비록 행복한 첫 만남은 아니었으나 이제부터 두 배 세 배 큰 기쁨을 드리렵니다. 다시 한 번 적습니다. 우리가 만난 것은 결코 악연이 아닙니다. 하늘이 오래전부터 준비해 두었던 연분인 겁니다. 우리, 이 사랑을 운명으로 받아들입시다.

사랑합니다. 영원히.

서찰을 금낭(錦囊, 비단 주머니)에 넣어 소매에 감춘 후 명례방으로 갔다. 미리 연통을 넣고 예의를 갖출 여유가 없었다. 청미령은 갑작스러운 방문에 당황하면서도 사랑방으로 안내한 후 따뜻한 감잎차를 내왔다. 눈을 맞추기만 해도 쌀쌀한 바람이 몰아쳤는데 오늘은 훈기가 돈다. 이상한 일이다.

"안색이 어둡습니다. 눈이 움푹 들어간 것이……."

미령 낭자! 나보다 그대가 더 걱정되오.

"어머님은 좀 어떠십니까?"

청미령은 고개를 돌려 북받쳐 오르는 감정을 참으려고 애썼다.

"큰오라버니와 작은오라버니만 찾으세요. 숨쉬기가 곤란해 반듯하게 누워 주무시지도 못한답니다. 기침과 고열은 끊이지 않고…… 그리고 어젯밤엔……."

"무슨 일이 있었습니까?"

두 눈에 눈물이 얼핏 비쳤다.

"어떻게 아셨는지 모르겠지만…… 가끔 정신이 맑아질 때가 있거든요……. '작은애가 의금옥에 갇혔다는데, 사실이냐?' ……이렇게 물으셨습니다. 오늘은 당신께서 그렇게 물으신 줄도 기억을 못하시네요. ……이 아침에 무슨 일로 오셨는지요?"

나는 지난밤 김진이 한 제안을 장황하게 설명하기 시작했다. 청미령은 눈물을 들키지 않으려는 듯 고개를 숙이고 시선을 내렸다. 그러고는 꼼짝도 하지 않았다. 숨도 쉬지 않는 것 같았다.

"망자를 잡아들이고 능지처참한 잘못은 씻을 수 없을 만큼 큽니다. 하지만 결코 사사로운 감정에서 비롯한 일이 아님을 믿어 주오."

잠시 말을 아꼈다. 내 마음이 급해졌다.

"조선에서 제일가는 매설가를 죽음으로 내몰고 또 청운병까지 살인마로 만든 자들을 찾아야 하지 않겠습니까? 도와주오."

낭자! 낭자 도움이 없으면 나는 평생 죄책감에 짓눌려 살 게요. 낭자를 사랑하는 내 마음도 시들 테고, 낭자를 만난 기쁨도 사라지고 마오. 바위 같은 청운병의 마음을 움직일 사람은 이제 낭자뿐이오.

청미령은 겨우 감정을 수습한 듯 고개를 들었다.

"그 부탁을 먼저 한 것은 소녑니다. 나리 얼굴을 뵈올 때마다 큰오라버니 생각이 나서 힘든 것도 사실이에요. 과연 작은오라버니로부터 얻을 것이 있을지 솔직히 모르겠습니다. 워낙 속을 잘 보이지 않는 분이랍니다. 그래도 소녀 도움이 필요하다 하시니 당연히 도와야지요. 큰오라버니가 쓴 누명을 벗기는 일이라면 무슨 일이라도 돕겠다고 이미 약조하지 않았습니까. 또 작은오라버니를 위해서도 어머니를 위해서도 나리가 시키시는 대로 하겠어요."

잠시 침묵이 흘렀다. 나는 그 눈자위에 그때까지 남은 눈물을 놓치지 않았다. 꼭 다문 입술이 파르르 떨렸다.

안으로 안으로 삼키지만 말고 차라리 슬픔을 탁 터뜨리시오. 낭자! 아직도 내 마음을 모르겠소? 내 앞에서라면 낙루탄식(落淚歎息, 눈물을 흘리며 한숨을 쉼)도 허물이 될 수 없소. 혼자 끝까지 버티겠다고 움츠리지 마오. 그대를 위해 피 흘리고 땀 흘릴 기회를 내게 주오.

"고맙소."

사랑방 서안 아래에 청운몽이 쓴 『산해록(山海錄)』이 놓여 있었다. 붉은 간지를 끼운 걸 보니 이제 막 다시 읽기 시작한 모양이었다. 준비하고 있으라는 말을 남기고 일어서며 가만히 책 사이에 서찰을 끼워 넣었다. 가슴이 쿵쿵 쿵쿵 뛰었다.

답간(答簡, 답장)이 올까? 내 사랑을 받아들일까 아니면 예의 바르게 물리칠까?

대문을 나서기도 전에 불길한 예감이 들었다.

괜한 짓을 한 게 아닐까. 그 서찰을 읽는다면 틀림없이 부담을 느끼리라. 나에게 품었던 티끌만 한 호감도 이내 실망으로 바뀌리라. 더욱 움츠러들어 나와 눈을 맞추는 것조차 싫어할지도 모른다. 괜한 짓을 했다. 너무 서둘렀어. 지금이라도 되돌아갈까. 무슨 변명을 대고 사랑방으로 다시 들어간단 말인가. 이상한 일이다. 너무 늦었다.

걸음을 멈추자 뒤따라 걷던 청미령이 물었다.

"잊으신 물건이라도 있는가요?"

엉겁결에 다시 걸음을 옮겼다.

"아, 아니오."

어금니를 꽉 깨물었다. 엎질러진 물이다. 어차피 한 번은 내 마음을 전해야 한다. 내일이 오늘보다 더 낫다는 보장도 없지 않은가. 돌이켜 생각하지 말자. 잘한 일이라고 생각하자. 잘한 일이다, 잘한 일이다!

명례방을 나올 때는 당장 그 저녁에라도 의금옥으로 들어갈 수 있으리라 믿었다. 의금옥을 지키는 눈이 삼엄해졌다고 해도 그곳은 내가 사흘에 한 번씩 번을 서던 곳이 아닌가. 그러나 이 믿음은 급박한 상황을 헤아리지 못한 내 잘못이었다. 의금옥을 지키는 일을 전담한 박헌은 의금부 당상관도 출입을 막았다. 누구든지 이를 따르지 않으면 베어도 좋다는 어명까지 내려왔다.

청운병을 서둘러 능지처참하자는 분위기가 무르익더니 보름 후 서문 안에서 형을 집행하라는 어명이 내렸다. 청운몽이 사지를 찢긴 곳이다.

뇌물도 소용이 없고 친분도 헛되었다. 박헌은 의금옥 안에서 숙식을 해결하며 밖으로 나오지조차 않았다. 하루하루 시간이 흘러갔으나 대책이 없었다. 김진을 수소문하여 찾았지만 박제가 집 사랑채를 이미 떠난 뒤였고, 도성 밖 움집까지 찾아갔으나 종적을 찾기 힘들었다. 정말 나 혼자 남은 것이다.

시간이 나는 화살처럼 지나갔다. 날이 밝으면 또 한 사람 목숨이 사라진다. 이제 정말 여유가 없다.

살인 현장에서 나온 물증들이 가득 찬 방으로 들어가 벽에 머리를 꽝꽝 부딪쳤다.

이것으로 끝인가. 미령 낭자의 마지막 소원도 들어주고 또 청운병의 배후를 밝히는 것은 정녕 불가능한가. 청운병까지 죽고 나면 무슨 낯으로 낭자를 만나러 갈 수 있을까. 결국 이렇게 끝날 만남이었던가. 정녕 길이 없단 말인가. 불현듯 두 사람의 얼굴이 떠올랐다.

도승지 홍국영과 판의금부사 채제공.

도승지는 찾아가도 만나 주지도 않으리라. 지난번에 그렇듯 망신을 주었으니 나를 보면 화부터 낼 테지. 번암 대감을 찾아가자. 형의 집행을 늦출 수 없다는 뜻을 분명히 하였지만 그래도 마지막으로 매달릴 사람은 판의금부사뿐이다. 그때 방문이 가만히 열렸다.

"누구냐?"

장창을 든 나장이 들어왔다. 궁술과 표창 던지는 법을 가르쳤기에 대부분 낯이 익었는데, 처음 보는 얼굴이다.

"판의금부사께서 찾으십니다. 따르시지요."

"자네 말을 어찌 믿을 수 있는가?"

만지전에서처럼 경솔하게 당하고 싶지 않았다.

"이걸 보이라 하셨습니다."

허리춤에서 표창 하나를 꺼냈다. 채제공과 속 깊은 이야기를 나누었을 때 내게서 가져간 표창이 분명했다.

"가세."

앞서 걷는 나장이 경쾌한 발걸음으로 견평방을 벗어났다. 수진방을 지나 혜정교를 지나니 오른쪽으로 육조 거리가 나타났다. 나장은 원로대신들이 머무는 기로소 앞에 멈춰 섰다.

"왼쪽 첫 방에 계십니다."

늦은 밤까지 기로소에 남을 원로는 없었다. 은밀한 대화를 나누기에 적합한 장소인 셈이다. 주위를 살핀 후 서둘러 기로소 안으로 들어갔다. 어둠 속을 겨우 더듬어 방문을 찾았다.

"들게."

채제공이 먼저 방 안에서 말했다. 건복(巾服, 옷차림새)을 다시 한 번 고치고 안으로 들어섰다. 예의를 갖추려는데 채제공이 말했다.

"앉게."

희미하게 벽을 두른 책장과 서안이 보였다. 윗목 적당한 자리에 엉거주춤 엉덩이를 붙였다.

"자넨 역시 바보였군!"

채제공이 질책하기 시작했다. 나는 고개를 숙인 채 아무 말도 못했다. 청운병의 일을 의논하기로 약조하고도 찾아간 적이 없었다.

왜일까. 왜 나는 번암 대감을 찾지 않았을까. 대감에게 청운몽과 청운병 형제의 일을 논의했다면 일이 이 지경에까지 이르는 것을 막을 수 있지 않았을까. 몇 번 대감에게 가려고 했던 적은 있다. 그러나 쉽게 발걸음이 떨어지지 않았다. 번암 대감은 약점을 전혀 내보이지 않는 사람이었다. 대감을 만나면 내 실수와 한계만이 드러난다. 마지막 남은 자존심 때문이었을까. 무조건 머리를 조아리고 도움을 청하고 싶지는 않았다. 버틸 수 있을 때까지는 버티리라. 목숨이 경각에 달리더라도 번암 대감을 찾지 않으리라.

채제공이 박제가 집 사랑채에 나타났을 때는 쥐구멍에라도 숨고 싶었다.

"청운병을 잡았으면 당연히 먼저 알렸어야지. 의금부로 그냥 끌고 오면 어찌한단 말인가? 전부 드러내 놓고 옳고 그름을 따진다면 자네가 가장 먼저 다치네. 마른 볏단을 등에 지고 불기둥으로 뛰어드는 것과 같으이."

다시는 바보라는 비난을 듣고 싶지 않았다. 완벽하게 일을 마무리한 후 채제공을 깜짝 놀라게 하고 싶었다.

"청운병을 잡긴 했지만 범행 동기나 범행 방법 등을 몰랐습니다. 의금옥에 가두고 차차 문초할 생각이었습니다.

판의금부사이신 대감께서 관할하시는 의금부이니 가장 안전한 곳이라 여기기도 했습니다."

채제공이 혀를 끌끌 찼다.

"그러니까 자넬 바보라고 하는 게야. 의금부 도사인 자네가 의금부가 어떤 곳인지를 그다지도 모르는가. 의금부 당상관들은 대부분 겸직이지 않은가? 의금옥을 관리하는 일이나 그 외 의금부의 일상 업무는 의금부 도사들을 중심으로 이루어지네. 청운병을 의금옥에 가두는 순간부터 위로는 탑전에서부터 아래로는 소 돼지를 잡는 백정에 이르기까지 청운몽을 죽인 것이 잘못되었음을 알린 꼴이 되었네. 스스로 무덤을 판 것이야."

"청운병을 포박한 일을 숨겼어야 한단 이 말씀이시온지요? 비록 중벌을 받더라도 어찌 죄인을 숨길 수 있겠습니까?"

채제공이 혀를 끌끌 찼다.

"의협심만으로 세상과 맞서지 말라고 전에도 말하지 않았는가? 옳다는 것과 이긴다는 것은 전혀 다른 문제야. 사사로운 이익을 위하여 죄인을 숨길 수는 없다고? 참으로 눈물겨운 말이로군. 그로 해서 얼마나 많은 이들이 두려움에 떨지는 생각해 보지 않았는가? 자넨 어찌 자기 생각만 하는가?"

"죄인을 의금옥에 가둔 일 때문에 누가 힘들어진다는 것인지요?"

채제공이 오른 주먹으로 제 이마를 톡톡 쳤다. 답답함을 누르기 위함인 듯했다.

"자넨 어찌하여 의금부 도사가 되었는가?"

"그거야…… 무과에 급제하여……."

"무과에 급제한다고 다 의금부에 들어올 수 있는가? 자네와 함께 과거에 급제한 이들 중에서 의금부 도사가 된 이가 있나?"

의금부에 들어온 사람은 나뿐이다.

"없사옵니다."

"아무나 판의금부사가 되는 것이 아니듯 아무나 의금부 도사가 되는 것도 아니라네. 자네가 의금부 도사가 된 것은 전하께서 각별히 보살피셨기 때문일세."

"보살피셨다고 하셨습니까? 저는 용안을 겨우 두 번 뵈었을 따름입니다. 제가 의금부 도사에 임명될 때는 용안을 뵌 적도 없습니다."

"보지 않았다고 모른다 단정하지 말게. 비록 몸은 구중 궁궐에 있더라도 천하를 살필 수 있는 것이 바로 군왕 자리일세. 선무 이등 공신인 완흥군 후손이 무과에 급제하였는데 어찌 전하께서 관심을 두지 않으실 수 있겠는가? 전하께서는 특히 임진년 왜란과 병자년 호란에 깊은 관심이 있으시다네. 충무공(忠武公, 이순신의 시호)이나 충민공(忠愍公, 임경업의 시호)이라면 그 행적과 관련 시문을 모두 찾아 읽으셨어. 당연히 충무공을 충심으로 보좌하면서 완흥군이 세운 전공을 아실 터이니, 자넬 눈여겨보셨겠지. 모처럼 곁에 두고 쓸 종친이 무과에 급제하였다고 기뻐하셨을 수도 있음이야. 자네뿐만이 아니라 의금부에 들어온 관원들은 모두 제각각 이유가 있으이. 당색을 지닌 이들이 의금부에 연을 대고 있다 이 말일세. 청운병을 안전하게 보호하려 했다면 의금옥을 선택한 건 최악일세. 알겠는가?"

온몸이 떨렸다. 전하의 눈과 귀가 되고 손과 발이 되어야 할 의금부가 파당의 집결지라고? 청운병의 일로 이해득실을 따지는 자들과 긴밀히 연결된 곳이라고? 믿기 힘든 일이다.

"하오나 현재 의금옥은 조금도 빈틈이 없습니다. 어명을 받들어 의금부 관원도 출입을 통제하지 않습니까? 의금부 도사인 저도 내왕할 수 없습니다."

"그렇게 만들기 위해 내가 얼마나 많은 노력을 기울였는지는 모르는군."

"하온데 저를 찾으신 이유가……?"

"왜 자꾸 의금옥 주변을 배회하는가? 조용히 물러나 하명을 기다려도 부족한 상황이거늘 어찌하여 자꾸 의심받을 일을 하는가 이 말일세. 여기 있으니 어서 잡아가라고 시위라도 하는 겐가?"

"알고…… 계셨습니까?"

채제공이 엄하게 말했다.

"경고하네. 나서지 말게. 청운병을 처형할 때까진 자중하라 이 말이야. 그래야 자넬 살릴 수 있으이."

고개를 들고 채제공과 눈을 맞추었다. 나로 인해 조정에서 겪었을 어려움을 짐작하는 것은 어렵지 않다.

왜 이렇듯 나를 보살피고 배려하는 것일까? 판의금부사가 종구품 의금부 도사에게 베푸는 호의치고는 지나치지 않는가?

"대감, 한 가지 여쭈어도 되겠는지요?"

채제공이 도끼눈을 뜨고 나를 쳐다보았다.

"탑전에서 저를 죽이라 주청하신 대감이 아니십니까?"

"자네!"

"지금 저를 살리려고 하시는 까닭은 무엇입니까? 대감께 늘 짐만 되는 어리석은, 정말 바보 같은 의금부 당하관이 바로 접니다. 제가 대감이라면 벌써 바보 같은 의금부 도사를 함경도나 평안도 변방으로 내쫓았을 겁니다. 그런데 대감께서는 또 한 번 저를 살리려고 야심한 밤에 이곳까지 오셨습니다. 이것은 호의입니까, 아니면 아직 저를 이용할 곳이 남았기 때문입니까?"

침묵이 흘렀다. 분노를 이기지 못한 채제공이 야윈 볼을 씰룩거렸다. 그 분노를 못 본 체하며 말을 이었다.

"대감! 청이 있사옵니다."

자중하라는 말을 따를 수 없었다.

"참형을 연기시켜 주십시오."

"아니 되네. 이미 어명이 내려왔으이. 참형 시기를 재론하는 것은 어명을 어기는 일이네."

"배후가 누구누구라는 풍문이 벌써 도성에 널리 퍼지기 시작했습니다. 이대로 묻어 버리면 더 큰 불행을 초래할 것입니다."

채제공이 말을 끊고 내 얼굴을 노려보았다. 나는 입을 닫고 시선을 내렸다. 판의금부사는 누구 편일까. 한없이 나를 위하는 것 같으면서도 당장 내칠 것처럼 크게 꾸짖는다. 북학에 관심을 가졌으면서도 형암이나 초정을 폄하한다. 판의금부사로서 이 사건을 철저하게 파헤치겠다는 굳은 의지를 나타내지만 어둠을 향해 뛰어들려는 내 발목을 붙잡는다. 어디서부터 어디까지가 진심일까. 그 진심은 얼마나 성의(聖意, 왕의 뜻)를 따르는 것일까. 부드러운 것 같으면서도 단단하고, 느린 것 같으면서도 빠르다. 모든 걸

내게 맡긴 듯하면서도 내가 모르는 부분까지 챙기지 않는가. 대감 앞에만 서면 자꾸 움츠러드는 것도 이 때문이겠지. 이젠 숨기거나 바꿀 수 없다. 있는 그대로 내 뜻을 솔직히 밝히자. 잔재주를 부리다가는 덫에 걸리고 만다. 의금부 도사로서 내가 할 일을 하고 그다음은 운명에 맡기겠다.

"어허! 누가 그걸 모르겠는가?"

"하면 아시면서도……."

"때론 그렇게 덮는 것이 더 나을 때도 있는 법이야."

청운병의 노모 이야기는 꺼낼 수도 없었다. 배후를 밝히지 않기로 암암리에 합의를 보았다는 것인가. 어찌 그럴 수 있는가. 무참히 살해당한 사람이 열다섯 명이다. 그 사람들이 억울하게 죽을 수밖에 없었던 이유를 밝혀야 하지 않는가. 누구를 위하여 이 일을 덮는단 말인가.

"대감! 아직 시간이 있습니다. 의금옥에 저를 들여보내 주십시오. 청운병을 만나 설득해 보겠습니다. 기회를 주십시오."

채제공이 박안대로(拍案大怒, 서안을 치며 크게 화를 냄)하며 자리에서 벌떡 일어섰다.

"그 입 다물지 못할까. 경거망동 말라고 그렇게 일렀거늘 어찌하여 공을 세우는 데만 눈이 어두워 왕실과 조정에 누가 되는 짓을 하려 드는고? 난장이가 가마 메는 데 끼는 꼴이구먼(侏儒參 轎子擔, 하지 않아야 할 짓을 함). 썩 물러가서 자중하지 못할까?"

"대감!"

"물러가래도."

기로소를 나오자마자 땅이 꺼져라 긴 한숨을 쏟았다. 갑자기 한 사내가 앞을 가로막으며 물었다.

"뭘 그리 위연장탄(喟然長歎, 한숨 쉬며 길게 탄식함)하는가? 꼭 세상 다 산 사람처럼 보이는군."

황급히 고개를 들었다. 융복 차림을 한 도승지 홍국영이 서 있었다. 나는 박제가 집에서 홍국영 대신 백탑 서생들을 택했다. 백동수나 박지원처럼 홍국영의 뜻을 따르지 않는 버릇없고 건방진 존재가 된 것이다. 홍국영이 창백한 내 얼굴과 기로소를 번갈아 살핀 후 이야기를 이었다.

"아직 자네가 여길 드나들 나이는 아니지 않은가? 이 야심한 밤에 대체 예서 한숨을 쉬는 까닭이 무엇인가?"

홍국영은 성큼 나를 밀치고 기로소 안으로 들어가려고 했다. 아직 기로소에는 채제공이 있었다. 나는 급한 마음에 앞을 막아섰다.

"대, 대감! 잠시 산책을 나왔을 뿐입니다."

"산책이라! 자네가 그리 한가한 사람이었던가? 산책한다면서 기로소를 출입하다니 이상한 일이군. 정말 이상한 일이야. 저리 비켜서게."

홍국영이 바짝 다가서며 두 눈을 부릅떴다.

"대감!"

"편복(蝙蝠, 박쥐)처럼 모여 역적 모의라도 했는가? 비키게."

홍국영이 오른팔을 들어 나를 왼쪽으로 밀친 다음 기로소 안으로 성큼 들어섰다. 나는 울상을 지으며 그 뒤를 따랐다. 우연히 도승지 대감과 마주친 걸까? 아니다. 따르는 장졸도 없이 야심한 시각에 홀로 기로소에 나타날 대감이 아니지 않은가. 김진이 예상한 대로 벌써 미행이 붙은 것이다. 홍국영은 주저하지 않고 왼쪽 첫 방으로 갔다. 방을 막 나오던 채제공이 홍국영과 나를 발견하고 오른발은 마루에 왼발은 방 안에 둔 채 섰다. 홍국영이 웃으며 먼저 인사를 건넸다.

"아니 판의금부사 대감이 아니십니까? 오늘은 참 우연이 겹치는 날인가 봅니다. 방금 기로소 밖에서 산책 나온 이 도사와 우연히 만났거든요. 대감께서도 산책 나오셨습니까 아니면 먼 훗날 기로소에 머물 자리를 미리 보러 오셨습니까?"

채제공이 홍국영 뒤에 서 있는 나를 보았다.

자네가 일부러 도승지를 끌어들인 것인가?

나는 그 시선을 피하지 않았다.

아닙니다. 정말 소생은 모르는 일입니다. 미행이 붙었던가 봅니다.

홍국영이 밝게 웃었다.

"하하, 계속 문지방에 서서 이야기하실 겁니까? 안으로 드시지요. 이왕 이렇게 만났으니 정담이라도 나누도록 하십시다. 이 도사! 자네도 따라 들어오게."

나는 그 자리를 피하고 싶었다.

"소생은 아직 마치지 않은 일이 있어 의금부로……."

홍국영이 그 말을 잘랐다.

"들어오래도!"

더 이상 물러나지 못하고 방으로 들어섰다. 두 사람이 아랫목에 마주 보고 앉고 나는 윗목에 엉덩이를 붙였다. 채제공이 고개를 돌린 채 침묵했으므로 홍국영이 먼저 입을 열었다.

"판의금부사 대감! 저는 늘 대감께 고마운 마음이 있습니다. 장헌 세자를 죽이려는 비망기를 온몸으로 막은 분이 아니십니까. 금상께서 보위에 오르실 때도 누구보다 힘을 쏟은 분이 아니십니까. 어리석은 신료들이 저 홍국영을 시기하고 질투하여 대궐 출입을 삼갈 때 대감께서는 탑전에 나아오는 것을 부끄러워하지 않으셨습니다. 홍국영과 나라 안팎에서 일어나는 크고 작은 일들을 충심으로 맡으셨습니다. 다음 영상 자리는 대감께 당연히 돌아가야 한다고 탑전에 아뢴 것도 그 때문입니다. 비록 우리가 당색은 다르다고 하나 탕평을 뜻으로 품었다면 그 무슨 문제겠습니까. 속 좁은 당인들끼리 아등바등 다투는 붕당의 시대는 가고 이제 공맹에 정통한 바른 군주에 따라 충심과 능력 있는 자들이 등용되는 탕평의 시대가 온 것입니다."

채제공이 날카롭게 쏘아붙였다.

"그 일을 설명하기 위해 미행을 붙이고 직접 찾아온 것은 아니실 터인데……?"

홍국영이 솔직히 미행을 인정했다.

"오해는 마십시오. 아직 살인범을 참형에 처한 것도 아니고 또 그 배후 역시 밝히지 못했으니, 조정 중론을 이끄는 중신들을 특별히 보호할 필요가 있는 겁니다."

채제공이 말을 잘랐다.

"호오, 그렇소이까? 특별히 보호한 것이다? 감사한 일이외다. 하지만 내겐 그런 호의를 베푸실 필요 없소이다. 의금부에도 관원은 많아요."

홍국영이 나를 힐끔 본 후 웃음을 잃지 않고 말했다.

"그렇군요. 이 도사처럼 교주고슬(膠柱鼓瑟, 거문고의 안족을 아교로 고정시켜 악기의 소리를 제대로 내지 못하게 함. 너무 경직되어 융통성이 없음)한 이도 있습니다. 도승지인 제 부탁도 거절할 정도로 앞뒤 따지지 않는 젊은이더군요. 판의금부사 대감 부탁이라면 어디든지 달려오는 이 도사가 있으니 앞으로는 대감을 보호하는 일에 마음을 놓아도 될 듯합니다만…….."

"그 일 때문에 기로소까지 나온 건 아니실 테고……."

채제공은 또 말끝을 흐렸다. 홍국영이 말꼬리를 잡아챘다.

"제 부족한 생각으로는 이 세상엔 세 가지 배움이 있는 듯합니다. 하나는 양이가 가진 자잘한 손재주와 어색한 복색을 흉내 내며 새로운 신이 돕기를 바라는 서학(西學)이고, 또 하나는 거칠고 투박한 백성들의 삶을 글을 쓰는 근간으로 삼는 속학(俗學)이며, 마지막은 흉한 세상일들 모두를 공맹의 가르침과 주자의 체계 속에서 맑고 밝게 바꾸려는 정학(正學)이지요. 판의금부사 대감께서 서학과 속학에 깊이 빠진 젊은 서생들에게 각별히 도움을 많이 주고 계신다는 풍문은 들어서 압니다. 야소를 믿는 자들을 감싸고 오로지 북학만을 주장하는 저 어리석은 백탑 서생 중 몇몇을 연경으로 데려가기도 하셨습니다. 서학도 좋고 속학도 좋습니다만 어찌 그런 잡스러운 배움이 정학에 미칠 수 있겠습니까? 전하께서는 서학이나 속학을 주장하는 이들이 적고 또 단순한 호기심으로 접근하는 서생들이 대부분이니 크게 문제 삼지 않겠다고 하교하셨습니다. 시간이 흐르면 올바름이 그름을 누를 것이라 믿으시는 것이지요. 저는 하교를 충분히 받들면서도 조금 생각이 다릅니다. 오히려 그런 벌레들은 처음부터 솎아내야지요. 온몸이 가렵고 나서야 벌레를 잡으려 들다간 병만 깊을 뿐입니다."

채제공이 침착하게 답했다.

"누구도 정학을 부정하진 않소이다. 이미 백탑을 나고 드는 이들을 규장각을 비롯하여 조정 요소요소에 넣으라는 하교가 계셨습니다."

홍국영이 고개를 끄덕였다.

"그 역시 어심이 얼마나 넓고 따뜻한가를 만천하에 드러내는 일입니다. 하지만 이미 그 사악함이 뼛속 깊이 스며들어 결코 조정에 들여놓아서는 아니 되는 이도 있습니다."

귀를 기울이지 않을 수 없었다. 조정에 들어서는 아니 되는 자라니? 이미 백탑 서생들을 규장각에 받아들이겠다고 하교하시지 않았는가. 하면 서학을 따르는 무리들인가? 혹시?

"그 이야기를 왜 내게 하는 겁니까?"

채제공은 좀처럼 마음을 드러내지 않고 묻기만 했다.

"저 혼자 아뢰면 또 이런저런 말들이 많을 겁니다. 대감께서 함께 나서 주신다면 그 빚은 두고두고 갚겠습니다."

채제공이 내게 시선을 돌리며 홍국영에게 물었다.

"그 이름을 혹시 들을 수 있소이까? 이 도사 앞이라 불편하다면 자리를 옮겨도 좋소."

홍국영이 답했다.

"아닙니다. 백탑 서생들과 우정을 나눈 이 도사도 벌써 짐작했겠지요. 바로 박지원입니다. 또한 박지원을 연암골에 감춘 백동수도 받아들여서는 아니 됩니다. 두 사람만 제외한다면 제가 나서서 백탑 서생들을 중히 쓰자고 주청 드릴 겁니다."

박지원과 백동수!

홍국영이 그 두 사람만은 등용을 반대하고 나선 것이다. 채제공이 다시 물었다.

"이런 물음을 해도 되는지 모르겠으나…… 연암이 도승지를 비난한 것을 마음에 두고 이런 제안을 하는 것이 아닙니까? 사사로움은 사사로움으로 풀어야 하는 법이오. 나랏일에 묵은 감정을 끌어들여서는 아니 됩니다. 연암이 닦은 학덕과 문장이야 이미 정평이 나지 않았습니까? 전하께서 규장각 검서관으로 염두에 두시는 형암이나 초정 등도 연암으로부터 큰 배움을 받았어요. 연암을 중용하여 규장각 일을 관장시키는 것이 여러모로 자연스럽지 않겠습니까? 야뇌는 또 어떻습니까. 마상 무예의 달인으로 병법에

도 밝음을 전하께서도 아십니다. 연암과 평소 친분이 있고
또 연암을 도성에서 벗어나게 도왔다는 이유로 멀리하는
것은 옳지 않소이다."

홍국영이 답했다.

"결코 그렇지 않습니다. 제가 어찌 사사로운 감정과 나
랏일을 뒤섞을 수 있겠습니까? 박지원을 들일 수 없는 이
유는 자명합니다. 벼슬자리에 초연한 척하지만 박지원은
오직 결당(結黨, 무리를 모아 당을 만듦)을 바랄 뿐입니다."

"당이라 하였소? 연암이 무슨 당을 만든단 말이오?"

"서생들이 백탑 아래 우연히 모였다고 보시지는 않겠죠.
그자들은 모두 경세를 꿈꾸고 있습니다. 조정에 들어와서
이 나라를 자기들 뜻대로 바꾸고 싶어한다 이 말씀입니다.
박지원은 그런 야망이 있는 자들만 따로 백탑 아래 모은
겁니다. 그자를 규장각으로 부르는 것은 곧 박지원의 당
을 인정하는 결과가 될 뿐입니다. 따라서 다른 백탑 서생
은 받아들여 쓸 수 있으나 박지원은 결코 아니 됩니다. 또
한 백동수는 나라에서 내리는 명령보다 백탑 서생들, 특히
박지원과 맺은 의리를 더 중요하게 생각하는 인물입니다.
그런 자에게 장졸을 맡겼다가는 양호유환(養虎遺患, 범을 길
렀다가 그 범에게 해를 입음)을 당할 겁니다. 어명보다 자기 당
을 먼저 걱정하는 자들을 키우면 탕평이 품은 큰 뜻을 뒤

흔들 겁니다. 망국부주(忘國負主, 나라를 잊고 왕을 배반함)할 두 사람은 결코 등용해서는 아니 됩니다. 도와주십시오."

채제공이 타협점을 찾기 시작했다.

"두 사람 모두 전하께서 진작부터 관심을 두시지 않았습니까? 어명으로 부르신다면 어찌 신하 된 도리로 나서서 막을 수 있겠소이까? 먼저 그자들을 중용하라고 청하지는 않겠소만 그 이상은 어렵소이다."

두 사람을 뽑아 올리도록 청하지도 않겠지만 또한 그 사람들에게 벼슬을 내리는 것을 목숨 걸고 막지도 않겠다는 것이다. 홍국영이 두 눈을 번뜩이며 말했다.

"그러하십니까? 하면 서학을 따르는 무리들부터 먼저 손보아야겠습니다."

채제공이 조금 빨라진 목소리로 말했다.

"손보다니?"

"어명보다도 야소의 말을 더욱 아끼고 소중히 여긴다 하니 어찌 그런 자들을 그냥 둘 수 있겠습니까? 도성 안에 있는 무리들부터 하나씩 잡아들일까 합니다. 소광통교에서 은밀히 유통되는 서학 책들도 거두어 불태우고 말입니다. 모르긴 해도 판의금부사 대감 문하도 몇 명 걸려들 것으로 봅니다만……."

채제공이 조금씩 눈자위를 실룩거렸다. 홍국영이라면

서학에 관심을 가진 남인들을 모조리 잡아들일 수 있으리라. 이가환, 권철신, 정약전, 이벽, 그리고 어린 정약용의 얼굴을 떠올리는 것이었을까. 두 해 전(1777년) 경기도 양주에서 모여 서학을 논했던 것을 생각했던지도 모른다. 이윽고 채제공이 답했다.

"함께 탑전까지 가기는 하겠소. 말씀을 올리는 것은 도승지가 하오."

홍국영이 기다렸다는 듯이 반겼다.

"알겠습니다. 같이 가 주시는 것만 해도 큰 힘이 됩니다. 제가 항재(恒齋, 홍낙성) 대감의 후임으로 번암 대감을 적극 판의금부사에 추천한 것도, 대감의 그 넓은 아량 때문이지요. 참으로 감사합니다."

그리고 내게 시선을 돌렸다. 이렇듯 은밀한 이야기에 나를 끌어들인 이유가 설명되는 순간이었다.

"이 도사! 지난번 자네 선택은 꽤 감명 깊었네. 백탑 서생들과 그토록 깊은 우정을 나누는 줄은 몰랐으이. 하지만 이 일은 사사로운 우정 따위에 얽매일 문제가 아니라네. 자, 먼저 묻겠네. 자넨 전하의 하명을 우선으로 두는가 아니면 백탑 서생들, 특히 자네와 친분이 두터운 백동수와 맺은 의리를 먼저 생각하는가?"

이미 답이 있는 물음이다. 그러나 그 자리에서 질문이

어리석다는 걸 따질 수는 없었다.

"어명보다 앞서는 것은 없습니다."

"하면 백동수와 박지원을 잡아들이라는 어명이 자네에게 내린다면 그 일을 하겠는가?"

그 질문은 뜻밖이었다. 그 명이 왜 내게 내린단 말인가?

"……소생은……."

"힘들다는 건 나도 아네. 하지만 신속하게 그자들을 잡아들이기 위해서는 그곳 사정을 자세히 아는 자네 도움이 반드시 필요하네. 어명이 내려와도 그자들을 감싸고 두둔할 생각인가? 지금 답을 하게. 입장을 분명히 밝히란 말이야."

"어, 어명을 따를 것입니다. 한데 그토록 중한 일이 어찌 제게……."

홍국영이 말허리를 잘랐다.

"이유를 따질 필요는 없어. 어명은 이유를 묻는 것만으로도 불경한 일임을 모르는가?"

백동수가 위험하다. 나를 친아들보다도 더 아끼는 사람이 아닌가. 어찌 그이가 불행해지는 것을 보고만 있을 수 있으리.

홍국영이 흔들리는 내 마음을 읽은 듯 못을 박았다.

"이건 어명일세."

"어명……이라고 하셨습니까?"

홍국영이 내 눈을 똑바로 들여다보며 되물었다.

"믿지 못하겠는가? 거짓 어명을 전한다고 의심하는 게야? 내가 숙위대장 겸 도승지란 걸 잊은 건 아니겠지? 하루에도 대여섯 건씩 밀명을 받들고 있으이. 백탑 서생과 무인들이 어명을 따르지 않고 당을 만들어 사사로운 이익을 좇는 순간 모두 잡아들이라는 하교가 계셨다네. 그래도 믿지 못하겠다면……."

홍국영이 소매에서 서찰 하나를 꺼내 바닥에 탁 내려놓았다. 채제공이 촛불을 켜고 신장(宸章, 왕의 서한)을 펼쳐 눈으로 읽어 내렸다. 그리고 나에게 고개를 끄덕였다.

"어필이 분명하네. 금인(金印, 금으로 제작한 옥새)도 틀림없고."

신장을 건네받았다. 어필인가 아닌가는 판단할 능력이 없었으나 금인이 찍힌 것만은 확실했다. 홍국영과 약속하지 않을 수 없었다.

"무덤 속에 들어갈 때까지 오늘 보고 들은 일을 발설하지 않겠습니다."

홍국영이 기쁜 얼굴로 고개를 끄덕였다.

"자네를 믿겠네. 한마디라도 경설(輕說, 비밀을 지키지 못하고 가볍게 이야기함)하는 날이면 자네를 찬역(纂逆, 반역)죄로 다스릴 것이야. 명심하게."

19장

의금옥

(아버지 박지원께서는) 선과 악을 두고 이렇게 말씀하셨다.

"선이란 사람이 태어날 때부터 원래 몸에 있는 이치거늘 신명(神明)이 굽어
본다 할지라도 사람들이 행하는 선에 따라 일일이 복을 내려 주지는 않는다. 왜
그런가? 마땅히 해야 할 일을 한 것이므로 딱히 훌륭하다 할 것은 아니기 때문
이다. 그렇지만 악은 단 한 자리라도 행하면 반드시 재앙이 따른다. 이는 어째서
일까? 마땅히 해서는 안 될 일을 한 것이므로 미워하고 노여워할 만하기 때문
이다. 사람이 선을 행하여 복을 받겠다는 생각은 하지 말고 오직 악을 제거하여
죄를 면할 방도를 생각함이 옳다."

— 박종채, 『과정록(過庭錄)』

정녕 길이 없단 말인가? 미령 낭자와 한 약조도 지키지 못하고 살인 사건의 배후도 밝힐 수 없게 되었구나. 자중하라고? 물러가서 벌을 기다리라고? 청운몽의 일을 잘못 처리한 죄를 묻는다면 어떤 벌이라도 달게 받겠다. 하지만 이대로 포기할 수는 없다. 어이한다? 어이한다?

어느새 견평방이 가까웠다. 멀리 횃불을 밝힌 곳이 청운병이 갇힌 의금옥이다. 이제 날이 밝으면 청운병은 형 뒤를 따르게 된다. 나는 추위도 잊고 흔들리는 횃불을 지켜보았다. 갑자기 박헌이 등 뒤에서 내 이름을 불렀다.

"예서 뭘 하는가?"

보름 동안 바깥출입을 않던 그다.

"어찌 이곳까지 나오셨습니까? 날이 밝은 후 죄인을 끌고 서문으로 향할 때까지는 옥에 머무르실 줄 알았습니다."

박헌이 입김으로 차가운 손을 호호 불며 답했다.

"잠을 쫓으려고 나왔으이. 매일 새우잠을 잤더니 힘들구면. 의금부 도사들이 나누어 지키면 될 일인데 왜 내게만이 고생을 시키는 건지 모르겠어. 감홍로(甘紅露, 평양에서 나는 맛이 좋은 붉은 소주) 한 잔 마신 후 두 발 뻗고 푹 잤으면 좋겠네. 자넨 왜 집에 가서 편히 자지 않고 예서 이러는 건가? 아직도 청운몽을 잡아들여 죽인 일이 마음에 걸리는가? 그건 자네 잘못도 아니고, 의금부 전체에서 문제 삼지 않기로 하였으니 잊어버리게. 그 대신 살인마 청운병을 잡지 않았나? 앞에 저질렀던 실수 때문에 상이 내려오지는 않겠으나, 의금부 관원들치고 청운병을 포박한 공이 자네에게 있음을 모르는 이는 없으이. 그건 그렇고, 자네 그 소문 들었는가?"

"무슨 소문 말입니까?"

"허어, 옥 안에 있는 내게도 들리는 소문을 어찌 자네만 모를 수 있단 말인가? 청운병 뒤에 또 다른 살인마가 있다는 소문 말일세."

숨이 턱 막힐 정도로 놀랐다.

"부랑지설(浮浪之說, 떠돌아다니는 믿을 수 없는 말)이겠지요. 청운병이 진범입니다. 이번에도 실수를 한 거라면 저는 자결하겠습니다."

"끔찍한 소리 말게. 자넨 여기서 무얼 하고 있었나? 무슨 고민이라도 있는가?"

힘들면 언제든지 찾아오게. 박헌이 예전에 했던 말이 기억났다.

"청미령 말입니다. 참 불쌍하게 되었습니다. 청운몽도 죽었는데 청운병까지 그 뒤를 따르게 되었으니······."

"아, 그 침어낙안(沈魚落雁, 미인의 형용. 고기는 부끄러워 물속으로 들어가고 기러기는 하늘로부터 떨어짐)을 마음에 두고 있었는가?"

박헌이 슬쩍 넘겨짚었다.

"그게 아니라······ 너무 깊은 상처를 받을까 걱정되어······. 두 사람 모두 제가 잡아들이지 않았습니까? 그래서······."

나는 말을 맺지 못했다.

"호오, 푸욱 빠졌군그래. 그런데 왜 이러고 있나? 원앙지락(鴛鴦之樂, 남녀가 한 이부자리에서 자는 즐거움)을 이루자는 자네 마음을 뿌리치기라도 했는가?"

"아닙니다. 그런 게 아니에요. 형이 집행되기 전에 청운병을 마지막으로 보고 싶다는 바람이 하도 간절해서······ 그래서······."

박헌은 잠시 생각에 잠긴 듯했다. 그러더니 내 어깨를

툭 치며 말했다.

"그런 일이 있으면 진작 내게 부탁했어야지. 내가 자네에게 말하지 않았는가, 힘든 일이 있으면 언제든지 찾아오라고. 재미있는 이야기 하나 해 줄까? 만약 자네가 청운몽을 잡아들이지 않았더라면 난 의금부를 떠났을 걸세. 누군가 책임질 수밖에 없다면 의금부 당하관 중에서 가장 연장자인 내가 물러나는 것이 순리였으니까. 비록 진범은 아니었다고 해도 자넨 날 구한 은인일세. 오누이가 마지막으로 만나는 건 내가 책임지겠네. 자네 정인을 이곳까지 데려올 복안은 있는가?"

"더그레를 미리 준비시켜 두었습니다."

벌써 보름 전에 준비는 마쳤다. 대낮에는 여화위남(女化爲男, 여자가 남자 복장을 하여 남자로 행세함)해도 그 아름다움이 눈에 띄겠지만 밤이라면 감출 수 있다.

"그래, 하면 당장 데려오게."

"어찌하시려고요? 감시가 심하지 않습니까?"

"여기 의금옥 주변만 이렇게 이중 삼중으로 막을 뿐이네. 옥 안은 오히려 조용해. 워낙 중죄인인 탓에 오늘은 옆 감옥 죄인들까지 다른 곳으로 옮겼네. 여기서 기다릴 터인즉 함께 들어가세."

"그러다가 발각되기라도 하면 큰 화가 미칠 겁니다."

고마우면서도 걱정이 앞섰다. 나 때문에 또 한 사람이 다칠 수도 있는 것이다. 박헌이 웃으며 어서어서 다녀오라는 듯 손을 내저었다.

"자네와 내가 입을 맞춘다면 누가 이 일을 알겠는가? 당상관들이야 내일 아침나절에나 올 게고, 남은 관원들은 다 내 휘하라네. 속히 다녀오게. 그리 긴 시간을 허락하긴 힘들 테니까."

어떻게 명례방까지 단숨에 달렸을까. 적어도 세 번은 걸음을 멈추고 숨을 고를 거리지만, 그 밤에 정말 나는 한 번도 쉬지 않고 청미령 집 앞에 도착했다. 청미령이 황급히 마당으로 나왔다.

"웬일이십니까?"

내 서찰을 읽었소? 그런데 왜 아직 답간이 없소? 거절의 완곡한 표현이오? 거절할 때 거절하더라도 그대의 친필 서신 한 장은 간직하고 싶구려.

하인들을 물린 다음 속삭이듯 말했다.

"어서 더그레를 입고 나오시오."

"알겠어요. 사랑방에 가서 잠시만 몸을 녹이고 쉬세요. 밤바람이 찹니다."

"알겠소."

사랑방은 불이 훤하게 밝았다. 찾아오는 식객들을 맞이

하려고 일 년 내내 등불을 밝히고 구들장을 뜨겁게 달궈 놓는 것이 이 집안 관습이었다. 청운몽이 보였던 따뜻한 마음 씀씀이를 청미령이 이은 것이다. 그러나 감히 살인범 집을 찾는 이는 없었다. 청운몽이 잡혀간 다음부터 이 방은 하루 두어 차례 청미령만이 걸음하는 쓸쓸한 곳으로 바뀌었다.

서안 앞에 앉아서 잠시 숨을 골랐다. 차가운 겨울바람을 맞으며 달렸는데도 등과 사타구니에 땀이 축축했다. 허리를 주욱 펴는데 서안 아래 놓인 서책이 눈에 띄었다.

『산해록(山海錄)』.

서찰을 끼워 놓은 그 서책이다. 눈으로 대충 가늠해도 간지를 끼운 곳이 예전에 본 그 도입부이다.

깜박 잊고 서책을 읽지 않은 것은 아닐까. 그렇다면 내 서찰 역시 전해지지 않은 것이다. 바보 같군. 왜 꼭 이 서찰을 보았다고 단정했을까. 왜 쉽게 볼 수 있는 더 가까운 곳에 두지 못했을까. 아니다. 차라리 잘된 일일지도 모른다. 내 마음을 숨기고 조금 더 기회를 엿보는 것이 나을 수도 있다. 더욱 이것저것 노력한 다음 그때 다시 서찰을 보이라는 하늘의 뜻이 아닐까.

떨리는 마음으로 서책을 집어 들었다. 서찰 하나가 툭 하고 바닥에 떨어졌다. 겉봉이 내가 전에 끼워 둔 서찰과 일치했다.

역시 읽지 않았어.

서운한 마음과 안도하는 한숨이 동시에 나왔다. 서찰을 집어서 소매에 넣으려다가 다시 코앞으로 들어 올렸다. 이상한 향내가 서찰에서 났던 것이다. 언젠가 김진이 설명했던 치자꽃 향기였다. 가슴이 다시 쿵쿵쿵 뛰었다. 서둘러 겉봉을 열고 화간지(華簡紙, 한시나 편지 등을 쓰는 고운 종이)를 꺼내 폈다. 점 하나 찍혀 있지 않은 백지였다.

내 서찰을 읽었구나. 그런데 백지라니? 백지로 답장을 보낼 줄은 몰랐다. 대체 이 백지로 내게 무엇을 말하려는 걸까? 승낙은 아니리라. 사귐을 받아들인다면 짧더라도 기쁨의 글 몇 자를 적었으리라. 그렇다. 이건 단호한 거절이다. 거절하는 문장을 쓸 필요도 없음을 드러낸 것이다.

아, 나는 그 흰 종이를 똑바로 쳐다볼 수도 없었다. 나도 모르게 눈물이 핑 돌기까지 했다. 처음부터 흔쾌하게 승낙하리라 예상한 건 아니지만 이렇듯 단호하게 침묵하다니. 오빠의 누명을 벗기기 위해서는 무슨 일이든지 하겠으나 사사롭게는 나와 말 한마디, 문장 한 줄 섞고 싶지 않은 것이다. 이제 어떻게 해야 하나?

그러나 곰곰이 따져 보면, 청미령에겐 죄가 없다. 일을 이렇듯 복잡하게 만든 것도, 청미령에게 씻지 못할 상처를 준 것도 모두 내 잘못이다. 성급하게 다가서지는 말자. 천천히 아주 천천히 청미령이 뒷걸음질치지 않게 기다리자. 조용히, 아무 일도 없었다는 듯이.

"나오시지요."

더그레 차림을 한 청미령이 마당에서 나를 불렀다. 나는 백지 서찰을 소매에 넣고 아무 일 없다는 듯이 밖으로 나왔다. 입가에 옅은 웃음까지 머금고 앞장을 섰다.

"서두릅시다. 시간이 없소."

한 번도 쉬지 않고 의금옥으로 돌아왔다. 어둠이 거의 끝나 가기에 서둘러 왔는데도 박헌은 핀잔부터 주었다.

"대체 왜 이리 늦었나? 자, 어서 따르게. 곧 날이 밝을 거야."

박헌이 앞장을 서고 나와 청미령이 뒤를 따랐다. 문지기가 장창을 내밀며 막아섰다. 박헌이 창끝을 노려보며 말했다.

"어서 고쳐 쥐지 못하겠는가? 의금부 도사 이명방을 몰라보는 것이냐?"

"아무도 들이지 말라는 군령을 받았습니다."

문을 지키던 군졸도 지지 않고 답했다.

"그 군령을 네게 전한 사람이 누구냐? 바로 나다. 이 도사는 저 안에 있는 죄인 청운병을 사로잡은 사람이야. 무슨 문제가 된다고 창을 들이대는고?"

그제야 군졸은 창을 내리고 한 걸음 뒤로 물러섰다. 나와 청미령은 재빨리 박헌 뒤에 붙어 의금옥 안으로 들어갔다.

매캐한 먼지 냄새가 코를 찔러 왔다. 멀리 빛이 보였다. 박헌이 설명한 대로 다른 감옥은 텅 비었고 구석 자리에 군졸 두 명만이 서 있었다. 박헌이 눈짓을 하자 그자들도 밖으로 나갔다. 이제 나와 청미령 그리고 박헌만이 남은 것이다. 박헌도 나가 주었으면 했지만 드러내 놓고 종용할 수 없었다. 여기까지 우리를 데리고 온 것만도 머리 숙여 고마워할 일이다.

"작은오라버니!"

청미령이 옥문을 쥐고 쓰러질 듯 다가섰다. 고개를 숙인 채 시체처럼 있던 청운병이 머리를 천천히 움직였다.

"미령아! 네가 웬일로 예까지 온 게냐?"

박헌이 나서서 옥문을 열었다. 옥으로 들어간 청미령이 청운병의 품에 안겼다. 나와 박헌은 문밖에 서서 둘을 지켜보았다.

"혹시 어머님이?"

청운병은 누이동생이 갑작스럽게 나타난 것을 불길한 쪽으로 해석했다. 청미령이 고개를 저었다.

"괜찮아요. 우린 다 괜찮아요. 어머닌 잘 주무시고…… 아침엔 미음도 한 그릇 뚝딱 비우셨어요. 우린 괜찮아요.

그러니까…… 걱정은…….”

목소리가 촉촉하게 젖어 들었다.

“어머니는 정말 별 탈 없이 무고하시냐?”

청미령이 오른손으로 입을 막은 채 고개를 끄덕였다. 북받치는 슬픔을 진정시킨 후 답했다.

“작은오라버닐 많이 그리워하시는 거 빼면 다…… 다 괜찮아요, 괜찮아요.”

그제야 청운병은 얼굴을 조금 풀었다.

“그래, 조금만 기다리시라고 해라. 곧 나갈 테니.”

청운병은 살아 나갈 수 있다고 굳게 믿는 듯했다. 박헌이 귓속말로 속삭였다.

“오늘이 형을 집행하는 날이라고 말했네만 전혀 믿으려들지 않네. 뭔가 단단히 의지하는 구석이 있는 것 같아. 이제 날이 밝으면 끝날 일인데…….”

청미령이 말했다.

“작은오라버니! 지금이라도 마음을 편히 가지셔요. 오라버닌 곧 큰오라버니를 따라가실 거예요.”

청운병이 그 얼굴을 뚫어져라 쳐다본 후 피식 웃었다.

“미령아! 이 오빤 그렇게 쉽게 죽지 않아. 저들은 아무것도 모른단다. 누가 감히 내 목을 가져간단 말이냐?”

청미령이 점점 더 축축하게 가라앉는 목소리로 말했다.

두 눈에서 눈물이 줄줄 흘렀다.

"오라버니! 말해요. 오라버니 혼자 한 게 아니죠? 누가 오라버니에게 그 일을 시킨 거예요? 그 이름만 말하면 오늘은 넘길 수 있어요. 어쩌면 어머닐 뵐 수 있을지도 몰라요. 오라버니."

다시 침묵이 흘렀다. 나는 한 걸음 앞으로 다가가서 입을 열려는 청운병을 노려보았다. 단 한마디도 놓치지 않기 위함이었다. 드디어 그 입술이 열렸다.

"미령아! 날 믿으렴. 난 결코 죽지 않아. 우리 미령이가 좋은 사람 만나 행복하게 사는 모습을 보기 전까지는 죽을 수 없지. 형이 쓴 소설 「당원몽(唐原夢)」 기억나? 거기 보면 여동생 당매가 노래하는 대목이 나오지. 큰형은 그 대목을 바로 미령이 너를 보며 썼다고 했어. 이렇게 시작하지. '우리 형제 어려서부터 놀던 다리를 건너 회화나무 아래로 갑시다. 거기 연잎 따는 여인이 허리와 어깨 살랑살랑 흔들며 부르는 노랫소리 들읍시다. 봄버들 남쪽 길에 모습 드러내고/ 추위 타는 꽃 차가운 이슬 속에 잠겼다/ 오늘 성 밖에 술잔치 있다고 하여/ 거울 닦아 눈썹을 짙게 그렸네/ 안개비에 젖어 수레 무거워질까 근심된다/ 붉은 비옷으로 아름다운 옷 가렸지만/ 화사한 춤옷 따뜻하지 않아/ 술기운도 더디 올라온다(이하(李賀), 「화유곡(花游曲)」)' 지금 생각해도 참 멋진 대목이야. 미령아! 아무 걱정 마. 난 반드시 살아서 돌아갈 게다. 알겠니?"

박헌이 옥문을 열고 들어섰다.

"청운병! 괜한 헛소리 지껄이지 마라. 오늘 너는 능지처참될 것이다. 네가 사는 것보다 태산이 무너지는 게 더 쉬우리라. 만약 네가 공범을 댄다면 그 즉시 의금부 당상들에게 보고하겠다. 하면 공범들을 잡아들여 너와 대질할 때까지 네 목숨은 이어지는 게다. 저토록 서럽게 눈물 흘리는 누이동생이 불쌍하지도 않느냐? 이름을 대라. 누구냐? 누가 너를 도운 것이냐?"

청운병이 가래침을 박헌 얼굴에 뱉었다.

"시끄럽구나. 닥쳐라. 네놈들이 감당할 일이 아니다. 태산이 무너지는 것보다 내가 살 가능성이 적다고 했느냐? 허어, 그럼 오늘 태산이 무너지겠구먼."

선한 인상은 온데간데없었다. 나는 옥문으로 들어갔다.

"이건 개죽음이야. 그자들이 네게 어떤 약속을 했는지 모르겠지만 이제 모든 게 명명백백해졌어. 그자들은 네가 하루라도 빨리 죽기를 바라고 있어. 그날이 오늘이다. 오늘이 지나면 기회는 없어. 자, 나와 흥정을 하는 건 어때?"

"흥정이라고? 네까짓 게 뭔데?"

청운병이 얼음처럼 차가운 눈빛을 흘렸다. 그 얼굴에서

선한 웃음을 본 것이 믿기지 않을 정도였다. 나는 청미령의 눈에 맺힌 눈물을 흘낏 보며 답했다.

"나? 널 의금옥에 가둔 사람이지. 그리고 널 위해 미령 낭자를 이곳까지 안내한 사람이고. 잘 들어. 나를 믿든지 말든지 그건 네 마음이야. 하지만 기회는 한 번뿐임을 명심해. 이름을 대. 누가 네 뒤에 있지?"

청운병이 갑자기 고개를 돌리며 피식 웃었다.

"벽뿐이군. 내 뒤엔 벽이 있어."

"작은오라버니!"

청미령이 다시 설득하려 했지만 박헌이 끼어들었다.

"이제 나가야 해. 곧 날이 밝는다고. 더 이상은 이 자리를 지킬 수가 없으이."

그래도 청미령은 청운병에게 매달렸다.

"정말이어요. 오늘 오라버닌 죽는다고요! 살아야죠. 살려면, 살아서 어머니를 보려면 말해요. 말하라고요."

청운병이 유언을 하듯 입을 열었다.

"미령아! 아무도 믿지 마라. 오직 너 자신만 믿어. 그래야 해. 알겠지?"

나는 눈물을 떨어뜨리는 청미령을 잡고 의금옥을 나왔다. 어느새 동쪽 하늘이 불그스름해졌다. 박헌이 주위를 살핀 후 작게 속삭였다.

"어서 나가게. 혹시 의심을 받을지 모르니 다시 돌아오
진 말고 형장에서 보세."

"고맙습니다. 나중에 이 은혜 꼭 갚겠습니다."

아픈 군졸을 부축하듯 어깨를 감싸 안고 의금부 마당을
지나 밖으로 나왔다. 청미령은 왼손으로 입을 막은 채 울
음소리를 삼키고 또 삼켰다. 기어이 오늘 또 혈육을 한 사
람 저승으로 떠나보내야 하는 것이다. 까마귀 한 마리가
어지럽게 명례방 하늘을 휘돌며 까악까악 울음을 울었다.
하늘은 구름 한 점 없이 푸른빛을 띠고 있었다.

20장

일생일대의 실수

사람이 사냥개를 시켜 사슴을 쫓게 하면 사슴은 반드시 재빨리 달아나고 개가 그 뒤를 쫓는다. 거의 물어뜯을 만하면 사람은 개를 불러 먹을 것을 주며 쉬게 한다. 사슴은 반드시 개가 이르기를 기다려 돌아보며 서 있는다. 개가 다시 이를 쫓다가 또 앞서와 같이 쉬고, 사슴은 또 전처럼 기다린다. 무릇 여러 차례 이렇게 하면 사슴은 힘이 다하여 거꾸러지고, 개가 이에 그 불알을 물어서 죽인다. 이것은 인(仁)인가 신(信)인가? 곰과 범이 서로 싸울 때 범은 발톱과 어금니를 벌리고서 위세로 으르대니 그 힘을 씀이 온전하다. 곰은 반드시 사람처럼 서서는 우러러 키 큰 소나무를 꺾어 힘껏 내려친다. 한 번 치고는 버려서 쓰지 않고 다시 소나무를 꺾으니, 수고로움은 많고 힘은 나뉘어 마침내는 범에게 죽는 바가 되고 만다. 이것은 의(義)인가 정(貞)인가? 사람이 골짜기에 나무를 가로 걸쳐 놓고 나무에다 노끈으로 만든 올가미를 설치한다. 담비가 여러 마리 고기를 꿰고서 나무를 건너다가 먼저 가던 놈이 머리를 올가미 가운데 시험 삼아 들이밀며 기분이 좋은 것같이 굴면, 뒤에 오던 놈이 앞을 다투어 머리를 들이밀어 잠깐 만에 주렁주렁 목매어 죽어 한 놈도 남음이 없다. 이것은 순한 것인가 공손한 것인가? 오직 한쪽으로 치우친 견해를 지녀 능히 곡진히하여 화통하지 못하는 자는 단지 명분 없는 일에 몸을 해치게 되니, 이것은 사슴이나 곰, 담비로 의관을 두른 자라 하겠다.

— 이덕무, 「이목구심서」

명례방으로 돌아온 청미령이 대문 앞에서 뒤돌아섰다.

"고마워요. 작은오라버니를 만나게 해 주신 은혜 평생 잊지 않겠어요."

어둑새벽(어둑어둑한 이른 새벽) 거리에는 오가는 이들이 아무도 없었다. 나는 지금이 기회라고 생각했다. 청미령이 보낸 백지를 받은 내 마음 깊은 곳의 일렁임을 전하고 싶었다. 영원히 곁에 머물겠다는 고백을 하고 싶었다.

"낭자!"

한 걸음 앞으로 다가섰다. 청미령은 턱을 조금 들어 나를 바라보았다. 오른손을 뻗었다. 손을 꼭 쥔 채 고백을 시작하리라.

손끝이 닿았을까.

청미령이 씨암탉걸음(아기작아기작 가만히 걷는 걸음)으로 물러섰다. 부끄러움을 참지 못해 뒷걸음질친다고 여겼다. 한 걸음 더 다가섰다. 그런데 청미령이 갑자기 서너 걸음 뒤로 물러나며 반쯤 열린 대문 안으로 쓰러지듯 엉덩방아를 찧었다.

"낭자!"

황급히 달려가서 부축하며 안아 일으켰다.

"아, 괘, 괜찮아요. 잠시 어지러웠을 뿐이에요."

청미령은 이내 정신을 차리고 다시 일어나 고개 숙여 예의를 차렸다. 노파를 돌보던 여종이 황급히 달려온 것은 그 순간이었다.

"노마님이, 노마님이 없어지셨습니다요."

"어머니가? 제대로 걸음도 못하는 분인데 없어지시다니? 이 엄동설한에 어딜 가셨다는 것이냐?"

여종은 꼭 쥔 양손을 가슴에 대고 발을 동동 굴렀다.

"해가 뜰 때 자리를 봐 드렸어요. 그때까진 분명 계셨는데, 방금 아침 미음을 끓여 가니 없어지셨어요. 집 안을 샅샅이 뒤졌지만 안 계세요. 분명 계셨는데, 계셨는데."

그래서 문이 반쯤 열렸던 것일까?

"어머니!"

어머니를 부르며 집 안 여기저기를 돌아다녔다. 노파는

보이지 않았다. 경황없이 다니던 청미령이 걸음을 멈추고 내게 말했다.

"이제 그만 돌아가세요."

"함께 찾으리다."

"아닙니다. 저희 집 일이에요. 그만 돌아가 주세요."

단칼에 내 호의를 잘랐다.

그런가? 아무리 따뜻하게 대해도 나는 두 오라비를 붙잡은 의금부 도사일 뿐인가?

"안녕히 가십시오. 멀리 배웅하지는 못하겠어요."

발길을 돌릴 수밖에 없었다. 뒤에서 대문이 꽝 소리 나게 닫혔다. 돌아섰다. 대문이 훨씬 크고 단단해 보였다. 다시는 저 문으로 들어갈 수 없을 것만 같았다. 청미령이 저 문 뒤에 숨어 영원히 나를 찾지 않을 것만 같았다.

곧장 명례방을 떠난 것은 아니었다. 혹시 노파가 길을 잃고 헤매지는 않을까 싶어 마을을 세 바퀴나 돌았다. 골목골목을 훑으며 나는 계속 자책하는 말을 씹어 삼켰다.

참으로 어리석구나. 오늘은 청운병이 참형되는 날이 아닌가. 미령 낭자의 참담한 심정을 헤아렸어야 옳다. 그런데 대문 앞에서 철없는 고백을 하려 했으니 얼마나 한심스러운가. 고백을 시작하지 않은 것만도 참으로 다행이다. 잠시 눈이라도 붙이자. 다시 마음을 가다듬자.

마지막 탐문도 소득 없이 끝나고 의금부로 돌아가려는 데 낯익은 목소리가 귓전을 때렸다.

"어디 가는가? 저기 과녁빼기 집(조금 먼 거리에 똑바로 건너다 보이는 곳에 있는 집)에서 아침이라도 하세."

왼쪽 눈을 검은 천으로 가리고 봇짐을 진 보부상 하나가 서 있었다.

장돌뱅이 주제에 감히 의금부 도사에게 반말지거리를 하다니, 건방지군.

괜히 주먹에 힘이 들어갔다. 잘생긴 코와 깊은 눈이 어디선가 본 듯했다. 김진! 틀림없이 내 친구 김진이다.

"아니 자네, 몰골이 그게 뭔가?"

김진이 양팔을 펼쳐 앞으로 내밀며 되물었다.

"내 꼴이 어때서? 보름달처럼 어여쁜 낭자가 더그레를 입는 것보다는 낫지 않나?"

"둔갑장신지술(遁甲藏身之術, 몸을 감추거나 변화시키는 술법)이라도 쓰는 게야? 언제부터 명례방 근처를 어슬렁거렸어? 미행이 있을까 싶어 주위를 살폈는데……."

"지난밤부터 청운몽 집 대문 앞 소나무 뒤에 있었다네. 자네가 나타날 거라 짐작했거든."

"짐작이라니? 어떻게 그런 짐작을 할 수 있나?"

한 가지 짚이는 구석이 있긴 했다.

"자네가 청운병 뒤에 또 다른 악한들이 있다는 풍문을 퍼뜨렸는가?"

김진이 두 손으로 양쪽 귀를 가리며 어깨를 으쓱 들어 올렸다.

"뭘 그리 놀라는가? 친구의 사랑을 돕기 위해 그 정도 수고야 얼마든지 할 수 있네. 의금옥에서 청운병을 만난 일은 어찌 되었는가?"

"의금옥까지 따라 들어왔더랬나?"

객점 바닥에 털썩 주저앉으며 물었다. 한차례 손님들이 밀려왔다 간 모양이다.

"허허, 내가 무슨 귀신이라도 되는 줄 아는가? 난 그저 여기서 굶어 가며 사랑에 빠진 의금부 도사를 기다렸을 따름일세."

"자꾸 그렇게 놀리긴가? 그럼 나도 가르쳐 주지 않겠으이."

"허허허, 농담일세. 자네 정말 미령 낭자를 아끼는 모양이구면. 얼굴이 홍시보다도 더 붉어졌으이."

나는 거호탕(巨鱙湯, 큰새우로 만든 국)을 먹으며 차근차근 청운병과 만난 일을 들려줬다. 기로소에서 홍국영과 채제공이 나눈 대화까지 밝히려다가 그만두었다. 비밀을 지키라는 어명을 받았을 뿐만 아니라 의금옥 일과 그 일은 아무 상관없다고 판단한 것이다. 김진은 숟가락을 들지도 않고 내 이야기를 처음부터 끝까지 들었다.

"왜 자네는 먹지 않는가? 배고프다고 하지 않았나?"

김진은 내가 밥 한 그릇을 비우는 동안 눈을 지그시 감은 채 무엇인가를 생각하는 듯했다. 나도 재차 권하지는 않았다. 그렇게 생각에 빠져들면 누가 무슨 소리를 해도 듣지 않는 친구니까. 이윽고 김진이 눈을 뜨고 물었다.

"오늘 형을 집행할 때 자넨 무슨 일을 맡게 되는가? 함거를 형장까지 끌고 나오는 건······."

"그거야 박 도사가 의금옥에서부터 책임을 지네."

"죄상을 널리 알리는 일은?"

"의금부 동지사가 맡으셨네."

"깃발을 드는 일은?"

붉은 기를 휘둘러 사지를 찢으라고 신호하는 임무를 맡은 자가 누구인지 묻는 것이다.

"청운몽 때는 내가 맡았지. 의금부 도사들끼리 돌아가면서 하네."

사람 목숨을 끊는 일이므로 연이어 기를 휘두르는 것을 피하는 것이다.

"자네가 자청하게. 자청하면 그 깃발을 들 수 있겠지?"

"그렇긴 하네. 누구나 꺼리는 일인즉······. 하지만 왜 내가 깃발을 들어야 한다는 거지?"

"하여튼 자넨 깃발을 들기만 하면 되네."

"무슨 일이 또 벌어진다는 겐가? 형장에서 소란이 있었다는 소린 듣지 못했네. 그건 그렇고 지난밤부터 명례방 미령 낭자 집 앞을 지켰다면 혹시 노파가 나오는 것을 보지 못하였는가?"

"노파라니? 누구 말인가?"

김진이 짐짓 너스레를 떨었다.

"미령 낭자 어머니지 누구겠는가?"

"아, 영당께서…… 없어지셨는가?"

"혹시 보지 못했나?"

"지난밤 그 집을 나고 든 사람은 자네와 미령 낭자뿐일세."

"그렇다면 왜 문이 반쯤 열렸을까?"

"아, 그것 말인가? 더그레 차림을 한 두 사람이 대문을 나서는데 뭐가 그리 급한지 문을 제대로 닫지도 않고 뛰더군. 그때 조금 열린 문이 바람에 밀려 더 벌어졌던 모양일세."

내가 그랬던가? 지난밤 일인데도 기억이 나지 않았다. 그렇다면 노파는 어디 간 것일까?

우리는 객점 앞에서 헤어졌다. 박제가 집 사랑채에라도 함께 가서 눈을 붙이자고 했지만 김진은 확인할 것이 있다고 했다. 김진과 동행하기에는 너무 힘에 겨웠다. 잠시라도 눈을 붙이지 않고는 깃발은커녕 작은 화살도 들 수 없을 듯했다. 윤감(輪感, 돌림감기)이라도 걸렸는지 열이 나고 한기가 들었다. 오시를 넘겨서까지 잘까 하여 김진이 시간 맞춰 의금부로 오겠다고 했다. 역시 남을 배려할 줄 아는 속 깊은 친구다. 의금부에 도착한 나는 곧바로 물증들이 있는 방으로 갔다. 서안 위에는 지난번에 읽다 만『소운전』이 펼쳐져 있었다. 방으로 들어설 때는 눕자마자 잠들 것처럼 곤곤(困困, 피곤하고 지침)했는데, 막상 누우니 잡념만 많아지고 잠이 오지 않았다. 자세를 고쳐 앉아『소운전』에 눈을 주었다.

……상층에 올라가니 층암절벽 앞에 수간초옥(數間草屋)이 정쇄(精灑)한 가운데 일위 학발노인이 갈건야복으로 거문고를 희롱하는데 그 곡조 청아하여 뜰 앞에 청학백학이 쌍쌍이 춤을 추는지라. 생이 공손히 서서 들으니 그 곡조에 하였으되 "부모 잃은 저 소년이 원수의 집을 떠남이여, 고택에 돌아오도다. 모친 정씨 산중에 은거함이여, 언제나 만나 볼꼬?" 하였더라. 생이 듣기를 다함에 마음을 단정치 못하다가 다시 정신을 가다듬어 나아가 절하고 존성대명을 물을 즈음에 문득 선관과 동자 간 곳이 없고 옥저 소리 그

치지 않는데 몸은 의연히 절벽 위에 앉았는지라…….

아직도 그 책을 보고 있습니까? 많이 바쁘고 괴로운가 봅니다.

청운몽 당신이오?『소운전』을 읽으려고만 하면 나타나서 방해하니 어찌 이 소설을 끝까지 읽을 수 있겠소?

하하, 그랬습니까? 미안합니다. 어떤 책은 마지막까지 쉽게 쓰이기도 하고 또 어떤 책은 아주 힘겹게 중반을 넘어서기도 합니다. 읽는 것도 마찬가지 아니겠습니까? 어떤 책은 하룻밤 사이에 완독하고, 또 어떤 책은 평생 동안 앞부분만 읽다가 결국 다 읽지 못하는 경우도 있습니다. 이 도사, 그대가 힘들 때마다 하필 그 소설이 서안 위에 놓여 있군요. 아마도 그 소설의 호방한 기운을 받아 당신 가슴을 채운 슬픔을 잠시 잊으려 하기 때문이 아닐까 싶네요.

아니오. 아무리 비창(悲愴, 마음이 몹시 슬픔)하여도 어찌 소설로부터 위회(慰懷, 괴롭거나 슬픈 마음을 위로함)받을 생각을 하리오. 그건 마음 약한 아녀자들이나 하는 일이라오.

꼭 그렇게 시치미를 떼지 않아도 됩니다. 그대가 지금까지 계속 소설을 읽어 왔던 이유를 아니까요. 무과에 응시하기 전날 밤에도 그대는 병법서 대신 제 소설을 읽었습니다. 연쇄 살인범의 단서를 찾지 못해 힘겨울 때도 그대는 세책방으로 달려갔지요. 소설을 통해 위로받는 것은 결코 흉이 아닙니다. 원래 이 소설이란 놈은 변화무쌍한 이야기로 사람들을 어루만지는 예술이니까요. 이 작은 이야기를 통해 삶이 조금이라도 따뜻해진다면 매설가인 저로서도 큰 행복입니다. 지금 그대가 소설을 읽으려는 이유 역시…….

그만! 함부로 짐작하지 마오.

허허, 역시 그대는 이야기꾼의 자질을 타고났군요. 그렇듯 마음을 숨기거나 꾸미지 않으셔도 됩니다. 벌써 그대의 불안, 그대의 슬픔, 그대의 안타까움이 제 손끝까지 전해졌으니까요. 연모지정은 아름다운 겁니다. 숨기려 들지 마세요.

역시…… 이건 옳은 선택이 아니었소. 낭자를 사랑하지만, 하지만…….

사랑한다면, 다른 건 문제가 되지 않죠. 그 많은 애정 소설들을 떠올려 보세요. 주인공들이 불행했던 것은 사랑을 믿지 못하고 세상 이목에 끌려다녔던 탓입니다. 사랑을 믿으세요. 그럼 다른 건 아무 문제도 되지 않습니다.

노력하고 있소. 하지만 미령 낭자는…….

그 아이 역시 노력하고 있는 겁니다. 그렇지 않다면 이 도사에게 그런 답장을 남겼을 리 없지요. 그대가 쓴 음신(音信, 편지)은 그 어떤 사랑의 고백보다도 아름답고 진실되었습니다.

낭자는 어머니를 함께 찾겠다는 나를 냉정하게 나가라 하였소.

그대를 진정으로 아끼기 때문입니다. 자신의 부족한 부분을 감추고 싶은 그 마음을, 진정 모르시겠습니까?

하지만…… 하지만…… 너무나 매몰차게…… 가슴이 터지도록…….

그 아이 역시 사랑이 처음이라 그렇습니다. 익숙한 첫사랑이 어디 있겠습니까? 서툰 만큼 더 아끼고 감싸 주십시오. 그 아이의 사랑을 믿어 주십시오. 교배석(交拜席, 결혼할 때 신랑 신부가 서로 절을 하는 자리)에 나아갈 때가 곧 옵니다. 그 아이는 반드시 건즐소임(巾櫛所任, 아내로서 남편을 뒷바라지하는 소임)을 훌륭하게 할 겁니다.

짧은 단잠 덕분이었을까. 신문 안 저잣거리에 닿았을 때는 몸이 유난히 가벼웠다. 나는 곧 황소 다섯 사이로 들어섰고 김진은 신문을 등진 구경꾼들 사이에 끼었다. 청운병이 지은 죄를 널리 알리기로 약정된 의금부 동지사 최남서가 몰려든 구경꾼들을 보며 혀를 찼다. 작고 날카로운 송곳눈이 더 위로 찢어진 듯했다. 내가 읍하며 인사를 건네자 오른손을 들어 주변을 훑었다.

"우선 저자들을 뒤로 물리게. 너무 가까이 오면 황소들이 걸어 나갈 여유가 없네. 말을 듣지 않는 자는 잡아들여도 좋아."

"알겠사옵니다."

구경꾼들을 대여섯 걸음씩 물린 후 다시 와서 청을 넣었다.

"소생이 깃발을 들어도 되겠는지요?"

최남서가 두 눈을 감았다가 뜨며 되물었다. 기억을 더듬는 모양이다.

"청운몽을 처형할 때도 자네가 그 일을 맡지 않았는가?"

"그렇습니다."

"그런데 또 피를 부르는 깃발을 맡겠다? 그때는 자네 공을 빛나게 하기 위해 내가 적극 추천했으이. 이번 일은 그렇지 않네. 오히려 자네 잘못을 만천하에 드러내는 거야. 서로 하지 않으려는 일을 연거푸 자원하는 이유가 뭔가?"

"마지막까지 책임지고 싶습니다."

최남서는 입꼬리를 올리며 고개를 끄덕였다.

"그리하게. 그렇지 않아도 저기 깃발을 잡은 의금부 도사 조명도가 이 일을 꺼리는 눈치네. 자네가 맡게. 실수하면 아니 되네."

"알겠습니다. 감사합니다."

깃발을 넘겨받은 후 맞은편에 선 김진과 눈을 맞추었다. 김진이 가볍게 오른손을 들었다 놓았다.

멀리서 흙먼지가 일었다. 박헌이 장검을 높이 치켜들고 크게 외쳤다.

"물러서라. 앞을 막는 자는 누구든지 베겠다."

대나무가 갈라지듯 길이 열리자 함거가 빠져나왔다. 그 안에는 오늘 사지가 찢길 죄인 청운병이 앉아 있었다. 함거가 멈추자 박헌이 곁에 있는 나장에게 명했다.

"끌어내라!"

나장들이 함거로 들어가서 청운병을 끌고 나왔다. 박헌이 먼저 의금부 동지사 최남서에게 읍했다. 뒤따라 끌려온 청운병이 무릎을 꿇자 최남서가 두루마리를 펴고 읽어 내렸다.

"죄인 청운병은 들어라. 천하 만물이 바른 이름을 갖고 만백성이 삼강과 오륜에 따라 태평성대를 누리는 시절이로다. 간악한 성품을 가진 죄인은 위로는 종묘와 사직을 위태롭게 하고 아래로는 민심을 어지럽혔도다. 재물에 눈이 어두워 귀한 생명을 헛되이 빼앗고, 어둡고 탁한 이야기에 귀를 기울여 백성들을 불안에 떨게 한 죄 마땅히 극형으로 다스려야 하리라. 죄인을 능지처참하여 하늘이 내린 도리가 바로 서는 본보기로 삼으리라."

청운병의 입가에 엷은 미소가 머무르다 지나갔다.

"묶어라!"

나장 두 사람이 부축하듯 옆구리에 팔을 꼈다. 그래도 청운병은 싸늘하게 웃기만 했다. 두 팔이 묶이고 두 발이 결박당하자 분위기는 점점 고조되어 갔다.

그 순간 오른쪽 구경꾼들 속에서 청미령을 발견했다. 원이 점점 좁아지면서 얼굴과 머리를 가렸던 너울이 벗겨졌다. 청미령은 겨우 중심을 잡은 후 너울을 쓰려고 했지만, 다시 뒤에서 사람들에게 떠밀리면서 너울 끝을 놓치고 말았다. 당장 달려가서 보호하고 싶었지만 내 손에는 깃발이 들려 있었다.

낭자!

오지 않는 것이 나을 뻔했소이다. 청운병이 죽는 것을 눈으로 확인할 필요가 있겠소? 사지가 찢겨 나가는 건 청운몽을 본 것으로 충분하지 않소? 이 깃발을 휘두르는 모습을 낭자에게 보이기 싫구려. 지금이라도 돌아가면 아니 되겠소? 낭자가 있건 없건 달라지는 건 아무것도 없다오. 낭자 가슴만 더 아플 뿐이라오. 돌아가오, 낭자! 제발!

다섯 황소 중 두 마리가 뒷발을 걷어차며 울음을 토했다. 죽음에서 흘러나온 냄새가 신문 안을 감쌌다. 갑자기 청운병이 허공을 향해 외쳤다.

"나는 결코 죽지 않아. 혼자서는 죽을 수 없다고. 나를 이렇게 만든 사람이 누군 줄 아느냐? 날 이렇게 만든 사람이 누군 줄 아느냐고?"

최남서가 서너 걸음 앞으로 나서면서 그 얼굴을 내려다보고 물었다.

"이제 이실직고하겠느냐? 누구냐? 내통한 자를 말하면 참형을 즉시 중단하라는 어명이 계셨느니라. 누구인가? 이름을 대라."

청운병이 최남서의 얼굴을 뚫어지게 노려보았다. 그러고는 좌우로 고개를 저으며 말했다.

"판의금부사를 모셔 오시오. 그럼 말하리다."

최남서가 호통을 쳤다.

"능지처참을 당할 중죄인 주제에 감히 누구를 오라 가라 하는고? 판의금부사께서는 지금 탑전에 계시느니라. 그곳까지 다녀오면 오시 안에 형을 마치라는 어명을 지킬 수 없다. 자, 내게 말하여라. 누구냐? 누가 네 뒤에 있는 게냐?"

청운병은 주춤주춤 혀로 윗입술만 훑을 뿐 말을 못했다. 그러다가 갑자기 허공으로 소리를 질러 댔다.

"나는 새가 없어지면 활을 활집에 넣고 날랜 토끼가 죽으면 사냥개를 삶아 먹는다더니……. 하늘이 부끄럽지도 않소?"

최남서도 목소리를 높였다.

"이놈! 네가 드디어 실성을 한 모양이구나. 누가 누구에게 감히 하늘 운운하는가? 자, 어서 이름을 대라. 그렇지 않으면 당장 형을 집행하리라."

"안 된다!"

그 순간 뛰어나온 사람은 놀랍게도 새벽에 사라졌던 청운병의 어머니였다. 산발한 흰 머리카락이 굽은 허리 아래로 흘러 맨발에 닿았다. 그 끔찍한 몰골 때문에 나장들도 잠시 정신을 놓고 제지하지 않았다.

"어머니!"

청운병이 겨우 고개를 돌렸다. 노파는 하나 남은 아들을 품에 끌어안았다. 나장 둘이 달려들어 노파를 끌어낸 것은 그 순간이었다. 청운병이 갑자기 절규하듯 외쳤다.

"말하겠소. 말하리다. 그 사람은 바로 조정의……."

날카로운 손날이 내 목을 찔렀다. 비명도 지르지 못하고 앞으로 푹 고꾸라졌다. 누군가가 내가 든 깃발을 잽싸게 빼앗았다. 김진이 구경꾼 무리에서 달려 나왔지만 그보다 먼저 깃발이 허공에 펄럭였다. 황소들이 일제히 울음을 울며 첫발을 내디뎠고, 청운병의 팔과 다리 그리고 머리가 순식간에 찢어져 사방으로 피가 튀었다. 김진이 내뻗은 두 발이 깃발을 든 박헌의 가슴을 쳤지만 이미 청운병은 저세상으로 떠난 후였다. 나는 겨우 몸을 일으켜 내 앞에 떨어진 붉은 깃발을 움켜쥐었다. 손바닥에도 온통 붉은 피였다. 일생일대의 실수를 저지른 것이다.

"아악!"

노파가 찢겨 나간 오른팔을 움켜 안고 쓰러졌다. 쿵 소리와 함께 미동도 하지 않았다.

"어머니!"

청미령이 달려와서 노파를 안아 일으켰지만 이미 생명줄을 놓은 후였다. 이제 그 집안에서 남은 이는 청미령뿐이다.

"잡아랏! 저놈을 당장 잡아."

박헌이 김진을 가리키며 소리쳤다. 나장들이 달려들어 두 팔을 꺾었다. 김진과 눈이 마주쳤다. 이렇게 말하는 것만 같았다.

어서 와서 날 구해 줘.

고개를 마구 흔들며 눈을 찡긋하는 것이 다르게도 읽혔다.

어서 와서 날 쳐. 다른 나장들처럼 내 팔을 비틀라고.

"이 도사도 포박하라."

박헌이 다시 명령을 내렸다. 이러지도 못하고 저러지도

못한 채 멍하니 서 있는 내게도 나장들이 몰려들었다.

"윽!"

허벅지를 걷어차인 나는 무릎을 꿇으며 짧은 비명을 토했다. 눈물이 그렁그렁한 청미령이 보였다. 어머니를 품에 안은 채 고개를 든 것이다.

낭자!

끌려가면서도 청미령과 마주친 눈을 놓치지 않으려고 애썼다.

낭자! 내가 깃발을 자진해서 넘겨준 것이 아니오. 날 믿어야 하오. 난 박 도사에게 빼앗긴 게요. 낭자! 울지 마오. 끔찍한 결심 같은 건 하지 마시오. 두 오빠와 어머니까지 잃은 슬픔이야 망극하고 또 망극하겠으나 낭자에겐 내가 있소. 지금은 비록 끌려가지만 곧 다시 나와 낭자를 지키리다. 포기하지 말고, 절망하지 말고 기다리오. 제발! 내가 가리다. 곧 가리다.

청미령이 군중 속으로 사라졌다. 다시는 나타나지 않을 것처럼.

21장

반전 반전 그리고

군주가 이른바 밝다는 것은 보지 않는 곳이 없다는 말이다. 그러면 뭇 신하들이 감히 간사한 짓을 하지 못하며, 백성들이 감히 그릇된 짓을 하지 못한다. 이러한 까닭에 군주는 네모난 침상 위에 앉아 현악기와 관악기의 연주 소리를 들어도 천하가 잘 다스려진다. 이른바 밝다는 것은 군주가 백성들을 법에 따르지 않을 수 없게 하는 것이다.

군주가 이른바 강하다는 것은 천하 사람들이 복종한다는 것이다. 천하 사람들이 복종하기 때문에 군주는 힘을 모은다. 이러한 까닭에 용감하고 강한 사람이 감히 포악한 짓을 하지 못하며, 비범한 지혜가 있는 사람도 감히 속이는 짓을 하거나 공허한 말로써 등용되지 못한다. 아울러 천하 사람들은 감히 군주가 좋아하는 것을 하지 않을 수 없고, 군주가 싫어하는 것을 피하지 않을 수 없다.

군주가 이른바 강하다는 것은 용감하고 힘있는 사람들로 하여금 스스로 쓰이도록 애쓰게 한다는 말이다. 그 의지가 충분하면 천하 사람들은 군주를 돕는다. 의지가 충분치 않아도 천하 사람들은 군주를 즐거워한다.

천하 사람들을 의지하는 군주는 천하 사람들이 버리며, 스스로를 의지하는 군주는 천하를 얻는다. 천하를 얻는 군주는 먼저 스스로를 얻는 사람이며, 강한 적을 이길 수 있는 군주는 먼저 자기를 이기는 사람이다.

— 상앙, 『상군서(商君書)』

그 후로 열흘 남짓 청미령을 만나지 못했다.

명례방으로 가고픈 마음은 굴뚝같았지만 청운병과 노파의 잇따른 죽음이 내가 박헌에게 깃발을 빼앗겼기 때문인 것 같아 걸음이 떨어지지 않았다. 참하라는 명령이 있기 전에 박헌이 깃발을 휘두른 혐의는 인정되지 않았다. 의금부 동지사 최남서가 명령을 내렸지만 내가 깃발을 휘두르지 않자 박헌이 깃발을 빼앗아 흔든 것으로 결론이 난 것이다. 의금부 나장 두 사람이 박헌의 주장을 앵무새처럼 반복했다. 나는 결국 의금옥에 갇혀 하루를 지낼 수밖에 없었다. 또 다른 나장 두 사람은 그런 명령을 들은 적 없다고 증언했다. 동지사 최남서를 찾았지만 노모의 병환이 위중하여 낙향한 뒤였다. 충청도 연산까지 가서 노모를 보살피고 오려면 적어도 열흘은 걸리리라. 혹시 노모가 유명을 달리하기라도 하면 귀경이 더욱 늦을 것이다. 판의금부사 채제공은 최남서가 돌아오면 이 일을 처음부터 다시 조사 하겠다고 밝힌 후 일단 나를 석방했다. 도성 밖으로 나가 지 못한다는 족쇄와 함께.

김진은 나와 사정이 달랐다. 형장에서 있었던 불미스러운 일을 불문에 부치라는 어명이 내려오지 않는다면 적어도 몇 년은 옥에서 썩을 상황이었다. 참형을 방해한 죄까지 뒤집어쓴 결과였다.

의금옥에서 조사를 받고 풀려나자마자 박헌 집으로 갈 생각이었다. 청운병의 입을 틀어막은 이유를 듣기 위함이다. 박헌은 최남서의 명에 따랐다고 했으나 죄인을 참하라는 명은 내려온 적이 없다. 제멋대로 달려들어 깃발을 빼앗은 것이다.

살인 사건에 깊이 연루되었음이 분명해. 등잔 밑이 어둡다더니, 호형호제하던 박헌에게 뒤통수를 맞을 줄이야. 판의금부사 대감 말씀이 옳았어. 적은 의금부 안에 있었던 게야. 그런데 대감은 왜 박헌을 순순히 풀어 준 걸까. 왜 내 말을 믿지 않고 박헌을 두둔하였을까. 박헌을 만나야 한다.

저물 무렵 의금부를 나서니 백동수가 기다리고 있었다.

"고생 많았지?"

"하룻밤 조사받고 나왔는데 고생이라뇨? 참형을 방해한 혐의로 억울하게 갇힌 화광이 걱정입니다. 구해 낼 방법이 없을까요?"

"지금은 그 안에 들어가 있는 게 나을 수도 있어. 좀처럼 자신을 드러내지 않는 친구인데 그렇게 많은 사람들 앞에서 발길질을 하다니 놀라운 일이야. 청운병의 최후를 지켜보려고 몰려든 이들에게 완전히 노출되었어. 밖에 나와 돌아다니다가는 급습을 당할 수도 있음이야."

"누가 화광을 공격한다는 겁니까?"

"박헌 그 친구와 같은 생각을 가진 사람들이겠지. 청운병의 입을 막으려는 사람들 말일세."

"형님도 박 도사가 의심스러우십니까?"

"그야 삼척동자도 아는 일이네."

"그럼 함께 가시지요."

"어딜 말인가?"

"박 도사의 거처 말입니다. 산림동 근방인데 두어 번 놀러 간 적이 있습니다."

백동수가 고개를 저었다.

"이미 다녀왔네. 빈집이더군. 가솔은 도성을 떠났고 박 도사도 전혀 걸음을 않는다는 거야. 그런 짓을 해 놓고 집에 머물 멍청이는 아닌 게지."

"박 도사도 도성을 빠져나갔습니까?"

"아닐세. 의금부에는 계속 나오고 있네만 대문 앞에서 아무리 기다려도 만날 수가 없으이. 비밀 통로가 있는 모양이지?"

나는 고개를 끄덕였다.

"그렇습니다. 만약을 대비해서 의금부 도사들만 내왕하는 협문이 아홉 개 정도 됩니다. 지금 당장 박 도사를 만나기란 어렵겠군요. 내일 제가 의금부로 가 보겠습니다."

백동수가 걸음을 늦추며 목소리를 깔았다.

"화광의 일이 완전히 처결될 때까지는 견평방 근처에 오지도 말라고 판의금부사께서 말씀하시지 않았는가?"

"형님께서 그걸 어찌 아십니까?"

사실이었다. 오늘 아침 채제공은 당분간 의금부로 출근하지 말 것을 지시했다. 몸이 아파 요양하는 것으로 이미 처결해 두었다는 것이다.

"자네가 그동안 화광과 어울린 것을 문제 삼을 수도 있음이야. 자네는 깃발을 흔들지 않았고 화광은 깃발을 흔드는 의금부 도사에게 발길질을 했으니, 둘 사이에 어떤 합의가 있지 않았느냐는 의문이 제기될지도 모르네."

"아닙니다. 저는 정말 화광 그 친구가 튀어나올 줄 몰랐습니다. 깃발 역시 제가 흔들지 않은 것이 아니라 흔들라는 명령이 없었습니다."

"난 자네를 믿고 싶네. 하지만 세인들도 그 말을 믿을까? 이 일이 공론화되면 자넨 또 잡혀 들어갈 걸세. 그러니 의금부 근처는 얼씬도 말게."

나는 물러서지 않았다.

"박 도사를 하루라도 빨리 만나야 합니다. 구더기 무서워 장 못 담그겠습니까? 내일이라도 찾아가겠습니다."

백동수가 답답하다는 듯 오른 주먹으로 내 어깨를 툭 쳤다.

"그 많은 사람들이 보는 앞에서 무얼 어찌하겠다는 건가? 오히려 저들에게 빌미만 줄 뿐일세."

"그래도 만나겠습니다. 이대로 있다간 심장이 터져 죽을 것 같습니다."

백동수가 걸음을 멈추었다. 행인 세 사람이 지나가기를 기다린 다음 속삭였다.

"그럼 나와 함께 가겠는가? 박헌을 잡으러 말일세."

그 말에 나는 놀라지 않을 수 없었다. 방금 전까지는 박헌이 은신한 곳을 모른다고 하지 않았는가? 얌전히 집에서 자중하라고 하지 않았는가? 그런데 박헌을 잡으러 가겠느냐고? 백동수는 무엇을 믿고 감히 의금부 도사를 체포하러 가겠다는 것인가? 혹시?

백동수가 빙긋 웃으며 이야기를 이어 갔다.

"오늘 일은 무덤 속에 갈 때까지 비밀로 해야 하네. 자네
와 난 그저 소광통교 아래 객점에서 갱반(羹飯, 국밥) 한 그
릇 먹고 헤어진 걸로 하자고. 싫으면 하지 않아도 좋아. 목
숨이 위태로울 수도 있으니까."

"무슨 그런 섭섭한 말씀을 하십니까? 형님과 함께라면
어떤 일이라도 하겠습니다. 박 도사를 포박하는 일이 아닙
니까? 평생 비밀을 지키겠습니다. 약속하지요."

"알겠네. 그럼 가세."

백동수가 팔을 끌며 슬쩍 소매에 표창 다섯 개를 집어
넣었다. 미리 표창까지 준비한 것을 보면 위험이 도사리고
있다는 말이 단순한 위협은 아닌 듯했다.

"어떻게 은신처를 찾아냈습니까?"

백동수가 고개를 저었다.

"더 이상은 묻지 말게. 자세한 건 나중에 차차 알게 될
것인즉 지금은 박헌을 사로잡는 것이 중요하네. 명심하게.
다른 이들은 몰라도 박헌만은 생포해야 하네. 그래야 배후
를 밝힐 수 있을 테니까."

"알겠습니다."

백동수는 걸음을 점점 더 빨리했다. 이교를 지나 연화방
을 건너 건덕방에 이르기까지 곧장 앞만 보며 걸었다. 허

리를 곧게 세우고 양팔을 휘저으며 인적이 드문 길만 골랐다. 무쇠도 벤다는 의천검(倚天劍, 조조의 명검 중 하나로 여기서는 명검의 대명사로 쓰임)이 그 등에 감추어져 있었다. 건덕방에 접어들자 처마 끝이 멋있게 말려 올라간 기와집이 나왔다. 대문을 삥 둘러 다섯 사내가 서 있었다. 벌써 주위가 어둑어둑했지만 나는 첫눈에 사내들을 알아보았다.

"의금부 나장들이 아닙니까?"

백동수가 길 건너 참나무 뒤에 몸을 숨긴 후 답했다.

"그렇다네. 의금부 내에서 박헌을 따르고 보호하는 무리들이지. 그자들이 사사건건 방해했기 때문에 행방을 찾기가 더 어려웠던 게야. 저들은 판의금부사의 명도 듣지 않는 자들이야. 박헌과 생사를 함께하기로 결심한 듯하이."

"밖을 지키는 자가 다섯이라면 안에는 더 많은 이들이 있겠군요. 나장들과 싸우게 될 줄은 몰랐습니다."

쉽지 않은 싸움이 될 것이다. 나장들에게 표창과 궁술, 그리고 검술을 가르친 사람이 나다. 일대일로 맞붙는다면 자신 있지만, 백동수와 둘이서 열 명이 넘는 나장들과 맞선다면 승리를 장담할 수 없다. 저들 역시 십 년 넘게 무예를 익혀 온 자들이다.

백동수가 등에서 검을 뽑아 들었다. 칼집을 풀자 푸른빛이 선명했다.

"살수(殺手)는 되도록 쓰지 말게."

"알겠습니다."

"협공하세. 내가 왼편에서 치고 나갈 터이니 자네는 오른쪽 퇴로를 봉쇄하게. 소리 없이, 조용히! 자, 가지."

나장들은 벽에 등을 대거나 허리를 숙여 허벅지를 손바닥으로 문질렀다. 아랫배를 쓸며 허공에 숟가락질을 하는 이도 있었다. 오후 내내 서 있기에 지친 탓이다. 저녁때가 가까웠고 나 역시 배가 고팠다. 새벽에 희멀건 국 한 사발을 마신 후 저녁에 풀려날 때까지 굶었다.

짙푸른 빛이 언뜻 나타났다 사라졌을까.

대문 앞에 서 있던 두 사내가 동시에 앞으로 꼬꾸라졌다. 다른 세 사내가 숨겨 둔 장검을 뽑아 들었지만 그보다 먼저 백동수가 뻗은 칼날이 또 한 사람 허벅지를 베었다. 비명을 내지르는 순간 백동수의 주먹이 오른쪽 뺨을 강하게 때렸다. 사내는 가문 날 논바닥에 죽은 개구리처럼 두 팔과 두 다리를 쫙 벌린 채 기절했다. 남은 두 나장이 슬금슬금 뒷걸음질쳤다. 가볍고 날카롭게 몸을 놀리는 백동수에게 겁을 먹은 것이다. 나는 소매에서 표창을 꺼내려다가 다시 제자리에 두었다. 그리고 발소리를 죽여 앞으로 나아갔다. 양손을 곧게 들어 목을 내리쳤다. 나장들은 비명도 지르지 못하고 쓰러졌다.

백동수가 눈짓으로 담벼락을 가리켰다. 두 길 정도는 가볍게 넘을 수 있다. 말을 타고 가다가도 동시에 두 발을 떼어 나무나 담장 위에 올라서는 훈련을 몇 해 동안 받았던 것이다. 이번에는 내가 먼저 담장을 넘었다. 백동수에게 일을 모두 맡길 수는 없었다.

대문 밖에 섰던 나장들을 너무 쉽게 제압했기에 긴장이 풀려서 그랬을까. 아니면 하루 동안 차디찬 의금옥에 엉덩이를 붙였다가 나왔던 탓일까.

땅에 내려서는 순간 왼쪽 발목이 끊어지듯 아팠다.

"윽!"

비명을 삼키려 했지만 이미 짧은 소리가 어둠을 찢으며 흘러 나간 뒤였다. 뒤이어 담을 넘은 백동수가 두 발을 땅에 붙이기도 전에 칼과 창을 든 나장들이 몰려들었다. 나는 우선 표창 하나로 제일 앞에서 달려오는 텁석부리의 왼쪽 무릎을 꿇게 했다. 저들이 주춤하는 사이 백동수가 나를 부축해서 일으켜 세웠다.

"괜찮은가?"

"발목을 조금 접질린 것뿐입니다. 끄떡없습니다."

말은 그렇게 했지만 한 발을 떼자마자 지독한 통증이 밀려들었다. 어느새 나장들이 반원을 그리며 우리를 에워쌌다. 아홉 명 모두 낯익은 얼굴들이다. 그중 하나는 내 명령에 따라 함거 안으로 들어가 청운몽을 끌어내 업기도 했다. 그런데 지금은 검극을 곧추세운 채 맞선 것이다.

"물러서라. 나를 모르느냐? 의금부 도사 이명방이다. 박 도사를 만나러 왔느니라."

표창을 맞았던 텁석부리가 절뚝거리며 앞으로 나왔다.

"박 도사는 왜 만나려는 겁니까?"

"박 도사와 내가 호형호제하는 사이임을 의금부에서 모르는 이가 없지 않느냐? 어찌 이렇듯 방자하게 앞을 막는고?"

"아우를 자처하는 자가 어찌 형을 잡으러 왔단 말인가?"

목소리를 높여 꾸짖는 소리가 나장들 뒤에서 들려왔다. 박헌이었다. 백동수가 나보다 먼저 입을 열었다.

"박 도사 그대는 왜 쥐새끼처럼 이런 곳에 숨어 지내는가? 큰 죄를 지었음을 알긴 아는 모양이지?"

박헌이 답했다.

"죄라니? 의금옥에 몰래 들어가 죄인을 몰래 만난 이도 저 이명방이고, 형장에서 깃발을 휘두르지 않은 이도 저 이명방이며, 내게서 깃발을 빼앗으라고 김진이란 서자를 부추긴 것도 저 이명방이다. 나는 의금옥에 갇히지 않았으나 이명방은 하루 동안이나 그 어둠침침한 옥에 갇혔던 것만 보아도 누구에게 죄를 물어야 하는지는 명명백백하지 않는가? 감히 내 뒤를 미행하고 도적처럼 담을 넘었으니 응징하지 않을 수 없다. 자, 어서 순순히 오라를 받아라. 하면 목숨은 살려 주마. 오른팔과 오른다리만 부러뜨리는 것으로 우리 악연을 끝맺으려 한다. 어서 장검을 내려놓아라. 소매에 숨긴 표창도 내놓고 꿇어라."

백동수가 껄껄껄 웃음을 터뜨렸다.

"감히 나에게 항복을 강요하는가? 야뇌에게 무릎을 꿇으라고? 박헌 이노옴! 네 어찌 이렇듯 오만방자할 수 있단 말인가? 순순히 죄를 자복하고 오라를 받지 못할까?"

박헌이 코웃음을 치며 명령을 내렸다.

"쳐라! 죽여도 좋다."

백동수가 나를 내려놓고 한 걸음 앞으로 나섰다. 균형을 잡으며 서 있기에는 발목 통증이 너무 심했다. 퉁퉁 부어오르기 시작한 것을 보니 아무래도 발목을 삔 듯했다.

백동수가 휘두르는 장검이 허공에서 춤을 추었다. 이번에는 다리가 아니라 머리와 가슴을 노렸다. 혼자서 아홉 명을 상대하려면 살수를 쓸 수밖에 없었다.

휘익.

칼날이 번뜩이자 맨 앞에 선 텁석부리의 목에서 붉은 피가 뿜어져 나왔다. 이번에는 나장들도 물러서지 않았다. 좌우로 네 명씩 나누어 동시에 달려들었다. 백동수가 왼쪽 키 작은 사내의 가슴을 베는 순간 오른쪽 사내의 장창이 백동수의 옆구리에 닿았다. 있는 힘을 다해 표창 두 개를 동시에 뿌렸다. 하나는 장창을 든 손목을 쳤고 또 하나는 사내의 이마에 박혔다. 백동수가 다시 몸을 오른쪽으로 돌려 그 뒤에 선 사내의 목을 베는 순간 나머지 나장 셋이 한꺼번에 백동수를 덮쳤다. 아무리 검술이 뛰어나도 목과 허리와 다리를 붙잡힌 채 상대를 벨 수는 없다. 어느 틈에 다가선 박헌이 명치를 주먹으로 힘껏 내질렀다.

윽!

백동수가 허리를 숙이자마자 나장들이 그 몸을 오라로 꽁꽁 묶었다. 박헌이 웃으며 나를 보았다. 내 손에는 마지막 남은 표창이 들려 있었다.

"이 도사! 이제 때가 온 것 같으이. 자네 덕분에 난 누명을 벗을 수 있게 되었네. 고마우이. 자네가 청운몽 형제와 내응하여 도성 민심을 어지럽혔고, 끝까지 청운병을 구하려고 노력했음을 이제 모든 이들이 알게 될 걸세. 내가 곧 소(疏)를 탑전에 올릴 테니까. 날 너무 원망하지 말게. 그러니까 모든 문제를 나와 먼저 의논하자고 당부했던 걸세. 자넨 나 대신 꽃에 미친 서생을 택했더군. 큰 실수를 한 걸세. 아니 그런가?"

이대로 당할 순 없다. 당할 때 당하더라도 박헌 저놈의 목숨을 끊어 놓겠다.

표창을 날리려는 순간 융복을 입은 사내들이 담을 넘어
왔다. 서른 명은 넘어 보였다. 사내들은 박헌을 단숨에 제
압하였을 뿐만 아니라 나까지 오라로 묶었다. 박헌이 고래
고래 고함을 질러 댔다.

"이놈들! 이게 무슨 짓들이냐? 의금부 도사를 포박하고
도 무사할 성싶으냐? 당장 이걸 풀어라, 풀어!"

"닥쳐라."

대문으로 들어선 관복 차림 사내가 큰 소리로 꾸짖었다.
왼손에 장검을 든 사내는 도승지 홍국영이 분명했다.

"대, 대감!"

박헌이 두 눈을 휘둥그레 떴다. 박헌이 변명을 늘어놓을
사이도 없이 홍국영이 명령을 내렸다.

"마당으로 끌어내라."

두 사내가 좌우에서 박헌을 끼고 일어서려 했다. 박헌이
두 발을 동동거리며 반항했지만 소용없었다. 홍국영이 백
동수에게 다가왔다.

"무사한가?"

백동수가 답했다.

"감사합니다. 대감이 아니셨다면 큰일 날 뻔했습니다.
하온데 일을 다 마친 후에 연통을 넣기로 약조하지 않았습

니까? 위험할 수도 있었습니다."

나는 놀란 눈으로 백동수를 쳐다보았다.

형님! 언제 도승지와 손잡으셨습니까?

홍국영이 백동수와 나의 오라를 차례차례 풀며 답했다.

"더 기다리려고 했다네. 그렇지만……."

홍국영이 말을 끊고 잠시 시선을 앞마당으로 돌렸다가 다시 나를 향했다.

대감! 야뇌 형님을 빠른 시일 안에 멀리 내치겠다고 하지 않으셨습니까? 한데 오늘 이 일은 무엇입니까? 야뇌 형님을 끝까지 이용하겠다는 건가요?

홍국영은 기로소의 일을 잊은 사람처럼 따뜻하고 너그러운 표정을 지어 보였다. 나는 고개를 돌려 백동수를 쳐다보았다.

가여운 분! 지금이라도 말을 해야 하지 않을까? 도승지가 형님 목숨을 노리고 있다고. 어명만 아니라면…… 어명만 아니라면…….

홍국영이 백동수에게 향하는 내 시선을 막으며 물었다.

"다리가 불편해 보이는군. 걸을 수 있는가?"

"괜찮습니다. 이까짓 것쯤이야……. 윽!"

홍국영이 품은 속마음을 설명하기에는 상황이 좋지 않았다. 일어서다가 다시 엉덩방아를 찧었다. 홍국영이 고개를 설레설레 저으며 말했다.

"아니 되겠구먼. 자넨 먼저 집으로 돌아가게."

백동수도 거들었다.

"그래. 이 몸으로는 무리야. 나중에 내가 따로 오늘 일을 설명하겠으이."

고집을 부렸다.

"아닙니다. 저는 박 도사가 이실직고하는 걸 들어야겠습니다. 다리가 좀 불편하지만 상관없습니다."

홍국영이 다시 물었다.

"전하께 예를 갖출 수 있겠는가?"

"전하라시면?"

백동수가 나를 부축해서 일으켰다. 홍국영이 오른손으로 수염을 쓸며 말했다.

"암행을 나오셨다네. 의금부 도사 박헌을 친국하려고 말일세. 야뇌에게 은밀히 박헌과 그 잔당을 포박하라 하명하셨지. 역시 어려운 일이었어. 박헌이 의금부 나장들을 이렇듯 많이 거느린 줄은 몰랐으니까. 망극한 일이야."

오늘처럼 중요한 날에 물러나 발목 찜질이나 하고 있을 수는 없다. 내가 다시 물러날 뜻이 없음을 강력하게 밝히자 홍국영은 백동수와 나를 배석시킬 것인가를 논의하려고 자리를 떴다.

"미리 귀띔해 주셨어야지요?"

백동수가 오른팔로 내 허리를 감으며 말했다.

"우리가 박 도사에게 잡히기라도 하면 어명을 받았음을 숨겨야 했네. 두 입을 막는 것보다는 내 입 하나를 막는 게 나으니 그리한 걸세. 너무 서운하게 생각지 말게."

"저들은 누굽니까? 날렵한 몸놀림이 오랫동안 무예를 연마한 듯합니다."

"숙위소 장정들이라네. 전하를 호위하기 위해 특별히 차출한 사람들이지. 궁술, 검술, 봉술, 마상무예를 두루 배웠으니 실력이 일당백일세."

"그래도 서른 명은 너무 적습니다."

"많은 수가 움직이면 세인들 눈에 띄기 쉽네. 암행을 왜 하는가? 아무도 모르게 민심을 파악하는 것이라네."

"저는 형님이 도승지 대감과 견원지간(犬猿之間)인 줄로만 알았습니다. 언제 화해하셨습니까?"

백동수가 사람 좋게 웃었다.

"화해랄 것이 무엇이겠는가? 전하께서 그때 그러시지 않았는가. 도승지와 판의금부사, 그리고 백탑 아래 모인 우리들은 모두 같은 당이라고 말일세. 전하를 위한 당. 당인들끼리 뜻을 합하는 것은 당연한 일이야. 자, 이제 용안을 뵈러 가 볼까?"

대청마루 교의(交椅, 의자)에 융복 차림으로 앉아 계셨다. 좌우로 장정 두 사람이 횃불을 들었고 나머지 장정들은 흐르는 시내처럼 그 아래로 줄지어 섰다. 도승지 홍국영은 왼쪽 횃불 바로 아래에 한 걸음 뒤로 물러나 양손을 모으고 허리를 약간 숙인 채 서 있었다. 마당 한가운데에 무릎을 꿇은 박헌이 양손으로 땅바닥을 짚고 고개를 숙인 채 흐느꼈다. 오라를 풀었지만 저항할 생각은 꿈에도 없는 듯했다. 백동수와 나는 박헌 옆에 나란히 섰다. 옥음이 들려왔다.

　"이리 올라와서 도승지 곁에 서도록 하라."

　나는 겨우 부축을 받으며 홍국영 옆으로 갔다. 홍국영이 박헌을 노려보며 말했다.

　"죄인은 고개를 들라."

　박헌이 천천히 턱을 들었다. 홍국영이 몸을 돌려 친국이 시작됨을 알리려 했다. 어수를 들어 만류하셨다.

　"과인이 직접 묻겠다. 의금부 도사 박헌이라고 하였느냐?"

　"그, 그러하옵니다."

　"저기 서 있는 자를 아는가?"

　어수가 나를 가리켰다. 박헌도 어수를 따라 나를 보았다.

　"아옵나이다. 의금부 도사 이명방이옵니다."

"두 사람이 절친한 사이라고 들었느니라. 맞느냐?"

"……."

박헌이 즉답을 못했다. 나는 떨리는 목소리로 답했다.

"그러하옵니다. 의금부 내에서 가장 친하게 지냈사옵니다."

"그 우정에 금이 간 게로군. 서로 검극을 겨루는 사이가 되었으니 말이다. 박헌, 네 가솔은 모두 어디로 갔느냐?"

"모, 모르옵니다."

"모른다? 지아비인 네가 어찌 가솔들 행방을 모른다 하는고? 이 집을 네게 은신처로 제공한 이는 누구인가?"

"모르옵니다."

옥음이 점점 커졌다.

"너는 어찌 모른다 모른다고만 하는고? 과인을 능멸하려 함인가? 또다시 모른다는 소릴 내뱉는다면 그 혀를 잘라 버리겠다. 청운병을 참형에 처할 때 왜 너는 명령도 내리지 않았는데 깃발을 흔들었느냐?"

"아니옵니다. 신은 분명 의금부 동지사가 내린 명령에 따랐사옵니다."

"명령에 따랐다? 저기 있는 이명방이 의금부 동지사 최남서가 명령을 내렸는데도 깃발을 흔들지 않자 네가 대신 깃발을 빼앗아 흔들었다는 것이렷다?"

"그러하옵니다."

옥음이 갑자기 작고 어두워졌다.

"이상하구나. 의금부 동지사가 죄인을 참하라는 명령을 내렸다고 치자. 또 이명방이 그 명령을 따르지 않고 깃발을 흔들지 않았다고 치자. 그렇더라도 누가 네게 그 깃발을 빼앗아 흔들라는 명령을 내렸느냐?"

"동지사께서……."

"동지사는 단지 참형을 시작하라는 명령을 이명방에게 내렸을 뿐이다. 깃발을 빼앗아 흔든 것은 너 혼자 스스로 판단해서 행한 일일 따름이다. 아니 그런가?"

"참형을 속히 거행해야 할 상황이었나이다. 구경꾼들의 웅성거림이 커졌고 언제 어디서 불순한 놈들이 참형을 방해할지도 알 수 없는 형국이었사옵니다. 이명방이 깃발을 쥔 채 꿈쩍도 하지 않기에 신은 참형을 속히 마무리해야 한다고 생각했사옵니다."

"그렇군. 이제야 바른말을 하는구나. 그러니까 깃발을 빼앗은 건 오로지 너 혼자 한 일이로구나. 월권임을 알면서도 말이다. 아니 그러하냐?"

"형을 무사히 마치기 위해서……."

그 말을 자르셨다.

"이상하구나. 아무리 다급하였다고 해도 우격다짐으로

깃발을 빼앗을 필요가 있었을까? 너는 이명방과 매우 친한 사이가 아니었느냐? 가까이 가서 깃발을 흔들라고 충고할 수도 있고 동지사의 명령을 다시 확인할 수도 있다. 그 후에 죄인을 참하여도 늦지 않았느니라. 그런데 너는 그렇게 하지 않았다. 아무리 구경꾼들 동요가 있었다고 해도 납득하기 힘들구나. 월권을 저지르면 관직을 잃을 수도 있음이야. 죄인을 참하는 모든 절차는 국법이 정한 대로 엄히 지켜야 함을 모르지는 않겠지? 이런 생각이 드는구나. 넌 혼자서 그런 결정을 내리지 않았을 것이다. 아무리 급박한 상황이라도 많은 이들이 보는 앞에서 그런 짓을 할 수야 없지. 저기 서 있는 이명방은 동지사에게서 명령을 받은 적이 없다고 지금도 주장하고 있다. 이명방이 하는 말이 사실이라면 참형을 방해한 이는 이명방이 아니라 박헌 바로 네가 되는 것이다."

"아니옵니다. 명령이 분명히 떨어졌사옵니다."

홍국영에게 하명하셨다.

"아니 되겠군. 그 두 놈을 끌어내라."

"죄인들을 끌어내라신다."

홑저고리에 산발한 두 사내가 끌려 나왔다. 양 볼이 불에 그슬리고 머리카락이 눈과 코를 가렸지만 나는 곧 사내들을 알아보았다. 의금부에서 유독 박헌을 따르던 나장들이었다. 그러고 보니 두 사람이 이곳에서 박헌을 지키지 않은 것이 이상하기도 했다. 박헌에게 하문하셨다.

"저 두 놈을 알렷다? 네가 가장 아끼는 의금부 나장 김종과 문성태다. 어젯밤, 최남서가 죄인을 참하라는 명령을 두 귀로 들었다고 증언한 나장들이지. 다른 이들은 아무도 그 같은 명령을 들은 적이 없건만 오로지 저 두 놈만 들었다는 게야."

박헌이 변명을 늘어놓았다.

"워낙 주변이 시끄러워서 동지사 곁에 섰던 저들만이 명령을 제대로 들었던 것이옵니다."

"이상한 일이군. 너는 죄인이 누운 마당 아래에 서 있었고 동지사는 위에서 명령을 내렸다. 저 두 나장은 명령을 들을 수 있다고 쳐도 어찌 네게까지 그 소리가 전해졌다는 말이냐? 그리고 나장과 너 사이에 있던 장졸들은 왜 아무 말도 못 들었다고 하는고? 이놈아! 어디서 함부로 거짓을 고하느냐? 벌써 저 두 놈이 모든 걸 다 토설했느니라. 네 부탁을 받고 거짓 증언을 하였다고 말이다."

"......."

"믿지 못하겠느냐? 하면 네 앞에서 다시 확인시켜 주마. 두 나장은 고개를 들라. 너희들은 형장에서 죄인을 참하라는 동지사의 명령을 들었느냐?"

김종이 벌벌 떨면서 답했다.

"아니옵니다. 듣지 못하였사옵니다."

"전에는 왜 거짓을 아뢰었느냐?"

문성태가 답했다.

"박 도사가 한 번만 도와달라 하여 그리했사옵니다."

"들었느냐? 거짓 증언을 하는 대가로 은 두 덩이씩을 받은 것도 확인했느니라. 이러고도 거짓을 계속 아뢸 것인가? 자, 이제 깃발을 빼앗아 흔들도록 사주한 자가 누군지 이실직고하렷다."

"아니옵니다. 그런 일 없사옵니다."

"이노옴! 구족을 멸해야 입을 열 것이냐? 승야도주(乘夜逃走, 밤을 틈타 도망침)한 네 가솔도 수원 근방에서 붙잡았느니라. 그 많은 돈과 귀한 보석들은 다 어디서 난 것이냐? 정말 멸족을 당하고 싶은가?"

"아아!"

박헌이 괴로운 듯 두 손으로 머리를 감쌌다. 다시 하문하셨다.

"네가 입을 열지 않더라도 전모가 밝혀질 것이다. 지금 입을 연다면 가솔들 목숨만은 살려 주마. 두 딸과 두 아들의 목이 잘리는 것을 원하지는 않겠지?"

박헌이 닭똥 같은 눈물을 뚝뚝 흘렸다. 이제 곧 입을 열 것 같았다.

"신의 가솔을 도성에서 탈출시키고…… 신을 이곳에 숨어 지내게 한 이는…… 신에게 형장에서 조금이라도 이상한 기운이 있으면 청운병을 죽이라고 명한 이는…… 바로……."

거기서 말이 뚝 끊어졌다. 어둠 사이로 날아온 편전이 목을 꿰뚫은 것이다. 백동수가 몸을 날려 마당으로 내려섰지만 이미 목숨이 끊어진 후였다. 박헌이 꼬꾸라지는 것과 동시에 또 다른 화살들이 살갗을 찢는 겨울바람처럼 쏟아져 내렸다. 기습에 대비하지 못한 장정들이 순식간에 쓰러졌다.

"자객이다. 지붕!"

백동수가 외치는 것과 동시에 복면을 쓴 사내들이 우수수 내려왔다. 마당은 순식간에 검과 검이 부딪치는 전쟁터로 바뀌었다. 백동수가 휘두르는 장검이 전후좌우로 춤추었지만 사내들도 만만치 않았다. 다리나 팔에 화살을 맞은 장정들이 힘없이 쓰러졌다. 화살촉에 맹독이 묻은 것이 분명했다.

상방검(尚方劍, 왕이 차는 칼)을 뽑아 들고 의자에서 일어서신 것은 그 순간이었다.

"전하! 피하셔야 하옵니다. 신을 따르시옵소서. 뒷문으로 안내하겠나이다."

홍국영이 창을 넘어 뒷마당으로 피신할 것을 청했지만,
오히려 한 걸음 더 앞으로 나오셨다. 오른손에는 여의주를
입에 문 화려한 용 문양을 한 장검이 들려 있었다. 두 눈은
호랑이처럼 불을 뿜었고 굳게 다문 아랫입술은 당장이라
도 사자후를 토할 듯했다.

"전하! 따르시옵소서."

홍국영이 다시 자리를 떠날 것을 청했다.

휘익!

그 순간 바람을 가르며 편전 하나가 날아들었다. 정확하
게 옥체를 향하는 화살이었다.

"전하!"

그 소리가 먼저였는지 내가 몸을 날린 것이 먼저였는지
는 확실하지 않다. 어찌 사람이 화살보다 빨리 움직일 수
있으랴. 그러나 나는 분명 화살이 옥체에 닿기 전에 병풍
처럼 그 앞을 가렸다. 왼쪽 팔꿈치로 지독한 통증이 밀려
오는 것과 동시에 중심을 잃고 뒹굴었다. 고개를 돌려 화
살이 날아온 방향을 가늠하기도 전에 발 하나가 내 턱을
후려갈겼다.

"윽!"

다시 머리를 마룻바닥에 심하게 부딪힌 다음 섬돌 위로

떨어졌다. 허리가 끊어질 듯 아렸고 정신이 혼미했다. 그때 내 턱을 갈긴 사내의 머리가 툭 떨어졌다. 단칼에 목을 자르신 것이다.

맹독이 팔을 지나 목을 타고 머리까지 올라왔다. 허리를 젖히려 해도 등줄기가 타 들어가듯 아렸다. 눈에서 자꾸 눈물이 흘렀고 턱이 덜덜덜 떨렸다. 지독한 추위가 밀려들었다.

전하를 지켜 드려야 해. 이대로 죽을 순 없어.

소매에서 마지막 남은 표창을 집어 드는 순간 장검을 든 두 사내가 동시에 마루 위로 올라서는 것이 보였다. 먼저 왼쪽 사내의 옆구리를 노려 검을 휘두르셨다. 사내는 옆구리에 검이 닿자마자 그 검을 양손으로 잡고 버텼다. 양손에서 피가 솟구쳤다. 그 틈을 노려 오른쪽 사내가 장검을 높이 치켜들었다. 피하시기에는 이미 늦었다.

내 몸은 벌써 돌처럼 딱딱하게 굳기 시작했다. 오른팔을 들어 올리려 했으나 어깨까지 올라가지 않았다. 나는 오른발을 바닥에 짚고 엉덩이를 붙인 채 빙글 맴을 돌았다. 그리고 그 힘으로 마지막 표창을 뿌렸다. 표창이 사내의 오른 손등에 꽂힌 것을 보았다. 나는 자객의 머리가 바닥에 닿기 전에 정신을 잃었다. 죽음이 바로 코앞에 와 있었다.

22장

끝의 시작

정관 3년, 태종이 곁에 있는 신하에게 말하였다.

"중서성과 문하성은 모두 매우 중요한 기관이오. 재능 있는 자를 선발하여 실제로 중요한 임무를 맡기도록 하시오. 만일 군주가 내린 명령이 부당하여 실행할 수 없다면 각기 의견을 말하여 토론할 수 있소. 근래 아랫사람들은 내 뜻에 영합하며 무조건 네네 하며 받아들일 뿐 조서에 쓰인 글을 놓고 솔직히 직언하거나 간언하는 말 한마디가 없으니 어찌 말이 되오? 만일 조서를 관할하고 문서를 시행하는 일이 이렇다면 누구인들 감당할 수 없겠소? 어찌 수고롭게 인재를 선발하여 중임을 맡길 필요가 있겠소? 이후로 황제가 내린 조서 가운데 부당하여 실행할 수 없는 부분이 있으면 반드시 자기 의견을 견지하도록 하고, 잘못되었음을 분명히 알면서도 두려운 마음이 있어 침묵을 지키는 일이 없도록 하시오."

— 오긍, 『정관정요(貞觀政要)』

"발목과 팔꿈치는 괜찮은가?"

백동수는 구랑(勾郞, 밤빛 말)을 타고 달리다가도 종종 갈림길에 서서 나를 기다렸다. 길을 잘못 들 것을 염려해서가 아니다. 의금부 도사라면 방방곡곡 수맥처럼 뻗은 길과 그 요충지에 자리 잡은 역참을 외운다. 나라에 큰 죄를 지은 죄인일수록 더 멀리 더 찾기 힘든 곳에 숨게 마련이다. 준총(駿驄, 걸음이 빠른 말)을 몰고 죄인을 잡으러 가는 의금부 도사가 길을 찾느라 시간을 허비할 수는 없다. 백동수가 속도를 늦추는 것은 나를 위한 배려이다. 사흘 전에 삔 발목과 독화살에 맞은 팔꿈치가 완전히 낫지는 않았다. 그러나 목숨이 위태롭던 상황에서 하루 만에 이렇듯 말을 몰 수 있는 것 자체가 기적이었다.

"끄떡없습니다. 채찍을 휘두르기엔 조금 불편하지만 곧 나아지겠죠. 제 걱정 마시고 먼저 가십시오."

백동수가 내 왼손을 내려다보며 고개를 끄덕였다.

"그만하길 천만다행일세. 옥체 상하실까 염려하여 내의 원을 집 밖에 세워 둔 것이 참으로 자네에겐 행운이었네. 조금만 늦었어도 큰 화를 당할 뻔했어."

"참으로 대단한 의술입니다. 팔에 든 독이 중화되었을 뿐만 아니라 발목까지 나았으니까요."

"아무나 내의원이 되는 건 아닌 듯하이. 화타가 따로 없네그려. 하지만 곧장 길을 떠난 건 무리야. 나 혼자 가도 되는데."

웃으며 말고삐를 잡아끌었다.

"지금은 이깟 몸을 살필 때가 아닙니다. 모든 일이 저로부터 비롯되었어요. 제가 청운몽을 잡아들이지만 않았어도 그런 엄청난 일이 생기지 않았을 겁니다. 여기 이렇게 독을 다스릴 환약을 가지고 가니 마음 든든합니다."

"어찌 그 밤에 벌어진 일이 자네 잘못이겠는가? 자넨 오히려 옥체를 지키려고 목숨을 걸었으이. 시쳇말로 하자면 생명의 은인이다 이 말일세. 그런데 아침에 탑전에 올린 말은 무언가? '연산에서 일을 마치고 나면 청을 하나 해도 되겠사옵니까?'라고 했지?"

고개를 들어 떠가는 뭉게구름을 살폈다. 기로소에 있는 그 어두컴컴한 방이 구름을 따라 펼쳐졌다.

"차차 말씀드리겠습니다. 형님! 이번 일이 끝나면 기린으로 다시 돌아가실 겁니까?"

"그래야겠지. 전하께서 백탑 서생들을 규장각으로 부르겠다고 하셨지만 나는 아직 나설 때가 아닌 듯싶으이. 무엇보다도 연암 형님이 도성으로 돌아오지 못하셨으니 나만 먼저 환도하는 건 의리를 저버린 일이지."

의리!

그 두 글자가 가슴을 쳤다.

"형님! 형님은 전하께서 백탑 서생들과 무인들을 널리 쓰겠다 하신 하교를 전부 믿으십니까?"

"전부 믿느냐고? 이상한 소릴 다 하는군. 하교를 그럼 전부 믿지 않을 수도 있다는 말인가? 서얼인 형암과 초정을 거두겠다고 하시는 것만 보아도 기대가 남다르심을 알 수 있지. 지금껏 전하처럼 학덕에 밝고 나라를 제대로 바꿔 보려고 결심한 군왕은 없었다네."

"만에 하나…… 이건 정말 만약입니다만, 전하께서 형님을 찾지 않으시면 어찌하시렵니까? 형님이 새로운 무예서를 쓸 준비를 모두 마쳤는데도 부르지 않으신다면, 어떻게 하시려는지요?"

백동수가 잠시 답을 미루고 내 얼굴을 멀뚱멀뚱 쳐다보았다.

"기다려야겠지. 더욱더 준비에 만전을 기하면서 말일세."

"끝내 찾지 않으신다면?"

"찾으실 게야. 내게 이미 약조하지 않으셨는가? 자넨 왜 그리 어두운 소리만 하는가?"

백동수가 목소리를 높였다.

"전하께서 용상에 오르신 지도 세 해가 넘었으나 아직 불측한 무리들이 모두 사라진 것은 아닙니다. 백탑 서생들을 중용하는 것도 대신들 합의를 이끌어 내지는 못했습니다. 물론 전하께서 백탑 서생들을 아끼는 것은 사실이지만 조정에는 전하께서 처결하실 일들이 산적해 있습니다. 당색을 드러내며 논의하는 것을 엄하게 금하였으나 당색에 따라 서로 다른 입장을 내보이는 건 여전합니다. 백탑 서생 중 일부가 규장각으로 들어간다 하여도 다시 그이들을 내쫓기 위한 살벌한 음모가 시작될 겁니다. 최악의 경우에는 중종 대왕께서 정암 선생을 버리셨듯 전하께서 백탑 서생들을 버리시는 날이 올 수도 있습니다. 그리되면 어찌하시겠습니까?"

백동수가 갑자기 웃음을 터뜨렸다.

"하하하! 자네가 평소에 내두길흉(來頭吉凶, 미래에 일어날 좋은 일과 흉한 일)까지 염려하고 또 불길한 예감에 의지하여 이런저런 말을 하더니 오늘은 그 정도가 심하구먼. 버림받는다? 전하께서 백탑 서생과 무인들을 모두 버리신다? 그런 일은 없을 걸세. 우리처럼 어심을 미리 알고 따르는 이들이 어디 있단 말인가. 만에 하나 그런 날이 온다고 하더라도…… 어명이라면 따라야겠지."

백동수는 어명을 따르겠다고 짧게 덧붙였다. 홍국영의 이름이 혀끝까지 밀려 올라왔다.

형님! 전하께서는 이미 그날까지 예상하고 계십니다. 도승지에게 밀명을 전하셨어요.

"아니야! 그런 일은 없을 걸세. 그런 예상을 한다는 것 자체가 불충일세."

백동수가 말문을 막아 버렸다.

형님! 제가 형님과 연암 선생을 포박하는 임무를 부여받았답니다. 그런 날이 없어야 할 터인데……. 제가 어찌 형님을 제 손으로 잡아들일 수 있단 말입니까. 어명을 거역할 수는 없으니 백탑 서생들이 결코 당을 만드는 일은 없어야겠습니다. 오직 그 길만이 형님 은혜를 배신하지 않는 겁니다.

"형님은 도승지 대감을 어찌 생각하십니까?"

"어찌 생각하다니?"

"연암 선생을 핍박한 장본인이 아닙니까? 또한 형님에게도 좋지 않은 감정이 있고."

백동수가 주저 없이 답했다.

"그건 사사로운 오해에서 비롯한 일이야. 시간이 가면 곧 풀리겠지. 도승지 대감이 전횡하는 것에 말들이 많고 거기에 연암 형님도 한 말씀 보태 이런 일이 벌어졌지만, 그래도 탑전엔 도승지 대감과 같은 이가 있어야 한다고 보네. 조정 대신들 중에 누가 목숨을 걸고 전하를 지켜 드리겠는가? 내가 생각하기엔 두 사람뿐일세."

"도승지 대감과 판의금부사 대감을 말씀하시는 것인가요?"

"그렇다네. 지금은 그 두 대감에 의지하여 풍파를 헤쳐 나갈 수밖에 없으이."

가여우신 분! 아뇌 형님! 바로 그 도승지 홍국영이 형님 목숨을 노리고 있습니다.

"왜 그리 차탄(嗟歎, 한숨지어 탄식함)하는가? 발목과 팔꿈치가 역시 아픈 건가? 조금 쉬었다 갈까?"

나는 급히 말고삐를 잡아챘다.

"서두르시지요. 늦어도 내일 새벽까지는 개태사(開泰寺)에 닿아야 하니까요."

"알겠네. 사람하곤. 자네가 채근하지 않아도 서둘러 가

212

야 하네. 이제 마지막 남은 희망은 의금부 동지사 최남서 대감이니까 말일세. 자넨 어찌 생각하는가? 판의금부사 대감의 추측처럼 박헌을 배후에서 움직인 사람이 동지사 대감이라고 생각하는가? 그 일이 발각될 것을 염려하여 박헌을 죽인 것도 동지사 대감이고?"

천천히 가라(加羅, 검은 말)를 몰며 답했다.

"솔직히 확언은 못하겠습니다. 두 대감 당색이 다른 건 사실입니다. 판의금부사 대감은 남인이고 동지사 대감은 노론에 가깝지요. 하지만 남인인가 노론인가가 이번 일을 판단하는 기준이 되어서는 곤란할 듯합니다. 백탑 서생들이 조정으로 들어오는 것만 해도 판의금부사 대감께서 오히려 더 강경하게 우려를 표명하셨으니까요. 청운병의 배후를 캐려고 불철주야 노력한 이도 동지사 대감이십니다. 한데 그 동지사 대감이 배후라니, 세상에 이런 일이 또 있을까요? 동지사 대감이 박헌과 연관되었다고 해도, 옥체까지 상하시도록 만드는 일을 과연 했을까 의문입니다. 하여튼 동지사 대감을 뵈어야지요. 헛걸음이 아니기를 바랄 뿐입니다. 이미 연통을 받고 몸을 피한 것은 아닐까요?"

"처음부터 피할 생각이었다면 연산에 내려가지도 않았을 거야. 벌써 종적을 감추었겠지. 어젯밤 미리 연통을 띄워 알아본 바로는 연산에 있다고 하네. 전하는 말로는 자당의 병환이 깊어 며칠을 넘기기 힘들다는군. 외아들인 대감으로서는 상주를 맡아 장례를 끝까지 주관해야겠지. 망극한 슬픔을 이기면서 말일세."

"그렇겠군요. 동지사 대감을 만나러 가는 때가 좋지 않네요."

용인, 평택, 천안, 온양, 공주, 노성을 거쳐 연산에 닿기까지 한순간도 쉬지 않고 달렸다. 내게는 초행이지만 백동수는 이미 여러 차례 충청도를 둘러보았다. 전혀 길이 보이지 않는 숲에서도 능숙하게 지름길을 찾아내곤 했다. 말을 탈 때는 눈으로 읽지 말고 귀로 들어야 한다는 충고가 귓전을 때렸다.

김진이 떠올랐다. 그 친구를 못 본 지 겨우 사흘이 지났건만 석 달은 족히 넘은 듯했다. 의금옥에서 하루만 자고 나와도 일 년 내내 뼛골이 쑤신다지 않는가. 험한 일을 겪지나 않을까 걱정이었다. 박헌을 따르던 잔당이 의금부에 남아 있을 가능성은 충분했다. 나장이나 옥리 몇 명이 작당한다면 김진을 반병신으로 만드는 것 또한 어려운 일이 아니다.

조금만 참게. 자네가 없으니 자꾸 실수를 하는군. 어제도 발만 삐지 않았더라면 자객 중 한두 놈은 생포했을 텐데. 연산에서도 비슷한 실수를 범하지나 않을까 걱정일세.

겨울바람이 나뭇가지를 흔들어 댔다. 김진이 전하는 목소리가 말갈기처럼 내 몸을 감쌌다.

아니야. 자넨 잘 해낼 걸세. 돕지 못해 오히려 미안하이. 박헌이 움직이는 걸 좀 더 일찍 눈치채지 못한 것이 아쉬울 따름일세. 조심하게.

충청도 연산은 조선 예학을 집대성한 사계(沙溪) 김장생이 터를 닦고 후학을 기른 곳이다. 우암 송시열과 동춘당(同春堂) 송준길이 근처에 살았으며, 신독재(愼獨齋) 김집과 서포 김만중도 그 뿌리는 연산에서부터 출발한다. 가까운 황산벌에는 계백 장군 무덤이라고 전하는 봉분이 있고 큰 무쇠솥으로 유명한 개태사는 고려 때에도 번성한 사찰이다. 최남서 집은 개태사에서 황산벌 쪽으로 언덕 두 개를 넘어 백 보가량 떨어져 있었다.

그 집을 찾는 것은 어렵지 않았다. 큰 오동나무가 마을 입구에 있었고, 산을 등지고 들을 바라보며 자리 잡은 기와집 다섯 채가 동지사의 고향집이었다. 대문 밖에서부터 곡소리가 또렷했다.

"한발 늦은 모양일세."

백동수는 마른 장작을 가득 지게에 싣고 그 집으로 들어가려는 하인 하나를 붙들었다.

"상(喪)이 났나 보구나."

얼굴에 여드름이 그득한 젊은 하인은 백동수와 나를 아래위로 훑으며 퉁명스럽게 답했다.

"노마님께서 방금 전에 돌아가셨습니다요. 문상하러 오신 게 아닙니까?"

내가 얼른 끼어들었다.

"마지막으로 뵐까 싶어 왔건만 벌써 가셨다니 참으로 안타까운 일이로세. 동지사 대감의 슬픔이 참으로 크시겠군. 안에 계신가?"

"상주가 안에 있지 그럼 길거리를 싸돌아다니기라도 합니까요? 문상 오신 분들이 이상한 것만 물으십니다."

백동수와 나는 눈을 맞추며 고개를 끄덕였다. 헛걸음하지 않은 것만도 다행이었다.

"가서 아뢰게. 의금부 도사 이명방과 야뇌 백동수가 왔다고 말일세."

의금부 도사란 말을 듣는 순간 하인 얼굴이 새하얗게 질렸다.

"알겠습니다요. 예서 잠시만 기다리십시오."

바삐 대문 안으로 사라졌던 하인이 곧 다시 와서 공손하게 허리를 숙였다.

"드십시오. 별채로 손님들을 안내하라 하셨습니다."

"알겠네. 가세."

대문으로 들어서려는 백동수의 소매를 잡아끌었다.

"잠깐만! 아무래도 미행이 있는 듯합니다."

개태사에서부터 낯선 사내들이 뒤를 따랐던 것이다. 백동수가 저만치 앞서가는 하인을 힐끔 본 후 목소리를 낮추었다. 소리는 작았지만 신경질이 묻어났다.

"조용히 따라오라 일렀거늘, 어리석은 놈들! 미안하이. 신경 쓰지 않아도 된다네. 만약을 대비하여 전하께서 특별히 보낸 훈련도감의 장정들일세. 도승지 대감이 장졸들 중에서 특별히 뛰어난 이들로 골랐다는데 이제 보니 영 아니구먼. 저래 가지고서야 어찌 일을 제대로 할 수 있겠는가."

"왜 미리 귀띔해 주시지 않으셨습니까?"

"어명을 어길 수는 없었다네. 별문제 없이 동지사 대감과 함께 한양에 이르면 구태여 저들이 드러날 일도 없고. 아무래도 탑전에서 너무 조심하시는 것 같으이. 이제 다 끝난 상황이 아닌가. 급한 일이 생기면 단적(短笛)을 불도록 약조했네. 이것만 불면 장정 쉰 명이 우릴 구하러 달려올 걸세. 그럴 일이야 없겠지만 말이야. 자, 이제 들어가지."

앞마당은 음식 준비를 하는 아낙들로 분주했다. 아직 부고를 내지 않아 문상객은 그리 많지 않았다. 마당을 가로질러 부엌을 끼고 도니 작은 지당(池塘, 못)이 나왔고, 그 가운데 작고 둥근 섬을 왼편으로 도니 거기 별채가 있었다.

언제 끓였는지 따뜻한 국화차가 소반에 담겨 서안 옆에 놓여 있었다.

"잠시만 기다리십시오. 곧 오실 것입니다."

자리에 앉자마자 백동수가 한마디 했다.

"그래도 마을 인심을 잃지는 않았나 보군. 저 정도 아낙이면 이 동네에서 음식을 만들 수 있는 사람들은 모두 온 듯하이. 문상객들이 앉을 자리며 바람막이를 만드는 사내들도 대부분 이 마을 사람인 것 같네."

"아직 농사 시작하려면 멀었습니다. 구들장에 아랫배만 대고 있으니 동지사 댁 일을 돕는 편이 낫겠지요. 상을 마치고 나면 품삯도 제법 두둑하게 나올 테고."

나는 마을 사람들이 동지사 댁 상을 돕는 것을 애써 낮추어 말했다. 백동수가 국화차를 한 모금 마신 다음 말했다.

"그게 그렇지가 않네. 아무리 품삯을 후하게 줘도 신망을 잃었다면 사람들은 전혀 움직이지 않았을 것이야. 동지사 대감과는 딱 한 번 함께 활을 쏜 적이 있었지. 겨우 이 겼네만 그 솜씨가 탁월했네. 마침 광풍이 불어 대감이 쏜 편전 하나를 삼켜 버린 일이 있었지. 나는 천재지변이니 다시 한 발을 더 쏘라고 권했다네. 하지만 대감은 사대를 내려왔네. 바람까지 다스려 쏘는 것이 궁술이라고 하더군. 오늘 고향집을 보니 새삼 그 강직함을 다시 느끼네. 의금부 동지사 댁치고는 참으로 아담하고 소박하지 않은가. 당상관에 오르자마자 수많은 전답을 사들이고 오십 세간이니 구십구 세간이니 떠벌이며 큰 집을 짓는 데 혈안인 자들도 적지 않으이. 겨우 가난을 면하면서도 넉넉하고 여유로운 삶을 즐긴 것 같군. 좀 더 일찍 만나 많은 이야기를 나누었더라면 좋은 벗이 될 수 있었을 것을."

"깡마른 얼굴만큼이나 매사에 빈틈없는 분이지요. 치켜올라간 눈으로 죄인을 추궁하면 아무리 간이 큰 자라도 움찔 몸을 떨고 맙니다. 판의금부사는 바뀌어도 동지사 자리는 삼 년 내내 변치 않는 이유가 다 있었습니다. 강직함과 청빈함. 이 두 가지를 함께 지닌 이가 드무니까요."

"먼저 문상부터 하는 게 도리가 아닐까? 아무리 어명을 가지고 은밀히 내려왔다고 해도 상가에 와서 어찌 조문을 하지 않을 수 있겠는가?"

"동지사 대감이 어찌 그런 이치를 모르시겠습니까? 그런데도 우리를 이곳으로 안내한 것은 피치 못할 사정이 있는 듯합니다."

"피치 못할 사정?"

갑자기 찬바람이 가슴을 찔렀다.

"형님!"

몸을 날려 백동수를 안고 뒹굴었다. 찻상이 부서지며 찻

잔이 튀어 올랐다. 창호지를 뚫고 철전들이 비 오듯 쏟아졌다. 방문뿐만 아니라 오른쪽 창문에서도 계속 화살이 들어왔다.

"윽!"

갑자기 백동수가 팔꿈치를 잡고 비명을 질렀다. 화살이 오른 팔뚝에 박힌 것이다.

"너, 너무 방심했어."

"우선 이 자리를 피하셔야 합니다. 함정을 파고 우릴 기다린 듯합니다. 마당으로 나가시지요. 제가 앞장을 서겠습니다."

"아니야. 이대로 나갔다간 온몸에 고슴도치처럼 화살을 맞고 죽을 거야. 이걸 사용하세."

백동수가 품에서 단적을 꺼냈다.

"최남서 이노옴! 감히 봉명(奉命, 어명을 받듦)하고 온 우리를 죽이려 들다니. 네 역심이 만천하에 드러났구나. 각오해라."

백동수는 힘껏 단적을 불었다. 고막을 찢을 듯한 소리가 길게 울려 퍼졌다. 날아오던 화살이 뚝 멈추었다. 저들도 그 소리가 누군가를 부르는 신호임을 직감한 모양이다. 잠시 침묵이 흘렀다. 나는 급히 달려오는 발소리를 기대하며 귀를 기울였다. 백동수와 내가 안에서 버티고 훈련도감 장정들이 밖에서 협공한다면, 최남서가 사사롭게 거느린 장정들쯤은 쉽게 제압할 수 있을 것이다. 그런데 아무 소리도 들려오지 않는다. 지금쯤이면 담을 넘어 별채에 도착할 만도 한데, 놀란 아낙들의 비명이 들려올 만도 한데, 조용하다.

"이상한걸. 이놈들이 다 어디로 간 거야?"

백동수가 다시 단적을 길게 불었다. 역시 발소리는 들리지 않았다. 백동수가 세 번째로 단적을 부는 순간 화살이 쏟아졌다.

장정들은 오지 않는다. 우릴 돕지 않는다. 우리가 함정에 빠진 줄 알면서도 구하지 않는 것이다. 다시 말해 우리가 여기서 죽기를 기다리는 것이다. 왜? 무엇 때문에 이런 짓을 한단 말인가?

최남서에게 일어나는 분노도 컸지만 대문 밖에 숨어 이쪽을 구경하고 있을 장정들에 대한 울분이 더 컸다. 지금은 함정을 빠져나가는 것이 급했다.

"검을 들 수만 있어도…… 이놈들, 이놈들을……."

엎친 데 덮친 격으로 백동수의 오른팔이 벌겋게 부어오르기 시작했다. 등에 숨겨 둔 장검을 뽑아 들 힘도 없어 보였다.

전하를 습격한 놈들이다!

촉에 독을 묻힌 화살로 급습하는 수법이 똑같았다. 나는 황급히 품에서 전의가 준 환약을 내밀었다. 지금 당장 독을 중화하지 않으면 견대팔(어깻죽지와 팔꿈치 사이의 부분)을 잘라야 한다. 백동수가 한입에 약을 털어 넣었다. 위기를 극복하는 것은 오로지 나만의 일이 되었다.

"실력 발휘를 해 보게. 그동안 배우고 익힌 솜씨를 보고 싶으이."

백동수가 등에 멘 장검을 왼손으로 풀어서 내게 던졌다.

"표창과 장검을 합친 무예는 익히지 못했습니다만……어울리지 않는 둘을 함께 써 보겠습니다."

왼 소매에 있던 표창들을 오른 소매로 옮겼다. 오른손에 장검을 쥐면 왼손으로 표창을 던질 수밖에 없다. 이런 날을 대비하여 오른손은 물론 왼손으로도 표창을 던지는 연습을 해 왔다. 표창을 세어 보니 모두 스무 개다. 산길에서 도적 떼라도 만나지 않을까 싶어 넉넉하게 챙겨 온 것이 불행 중 다행이다. 표창 하나에 한 사람씩 쓰러뜨린다 해도 스무 명이 넘으면 표창이 바닥나고 만다. 자객이 스무 명을 넘는다면 힘든 대결이 될 것이다. 아무리 내가 백동수로부터 검술을 익혔다 해도 혼자서 많은 수를 감당하긴 어렵다.

활을 잡은 놈들부터 처치하는 게다. 이 왼손에 화살이라도 박힌다면 그 순간 우리는 죽은 목숨이다. 전하를 습격할 때도 놈들은 지붕에 매복했다. 이번에도 담장이나 지붕에 숨었을 공산이 크다. 무릎을 최대한 낮추고 배가 하늘로 향하게 몸을 돌린 다음 표창을 던져야 한다. 한순간도 실수가 없어야 한다.

가만히 숨을 골랐다. 청운몽과 청운병, 청미령의 얼굴이 스치고 지나갔다.

"말을 타고 험한 언덕을 오르다가 산적 떼와 마주쳤다고 생각하게. 나무와 바위들 때문에 좌우를 살필 수도 없고. 몸의 균형을 최대한 유지해서 찰나를 놓치지 말게."

엄지발가락 두 개에 동시에 힘을 넣었다. 그리고 장검을 휘둘러 문을 부수며 마당으로 뛰어내렸다. 발이 땅에 닿기도 전에 벌써 손에 들린 표창 두 개가 허공으로 날아갔다. 오른쪽 귓불을 스치며 편전 하나가 땅에 박힌 후 지붕에 있던 장정 두 사람이 쿵 소리와 함께 마당에 널브러졌다. 왼쪽으로 두 걸음 비켜서자 처음 발을 디뎠던 곳으로 화살이 쏟아졌다. 다시 뒤로 두 걸음 물러서며 표창을 뿌렸다. 이번에는 상대의 목숨을 배려할 틈이 없었다. 머리나 가슴, 목이나 배 등 틈이 보이면 바로바로 표창을 꽂아 넣었다. 마당은 어느새 피로 물들었다. 빙글빙글 몸을 돌렸다. 멈추면 죽는다. 화살이 시위를 떠나는 것보다 먼저 자리를 옮

겨야 한다. 자객들이 내가 있을 것이라고 여기는 자리에서
도 비켜서야 한다. 화살이 날아들지 않을 좁은 구멍 하나
를 찾아 빠르게 송곳처럼 파고 들어갔다. 화살이 계속 빗
나가자 검을 들고 직접 달려오는 자들도 있었다. 검과 검
을 맞부딪치며 겨룰 여유가 없었다. 계속 움직이며 일 합
에 상대의 검을 반 토막 내거나 급소를 베어 버려야 했다.
온몸이 땀으로 뒤범벅이 되면서 빠르게 지쳐 갔다. 남은
표창도 다섯 개뿐이다. 벌써 열다섯 명에게 표창을 꽂은
것이다. 장검으로 벤 숫자도 일곱이 넘었다. 그런데도 화살
은 계속 날아오고 검을 휘두르며 달려드는 자들의 고함 소
리도 줄지 않았다. 정면에서 날아오는 화살을 피하며 표창
둘을 뿌렸고, 갈지자로 뒷걸음질치며 오른쪽과 왼쪽으로
표창 하나씩을 더 뿌렸다. 내 손에 들린 표창 하나, 이것이
마지막이다.

"이얏!"

거친 숨을 몰아쉬는데 갑자기 머리 위에서 살기가 느껴
졌다. 고개를 들 틈도 없이, 장검을 휘두를 여유도 없이, 마
지막 남은 표창을 던지며 엉덩방아를 찧었다. 미간에 표창
을 맞은 사내가 떨어뜨린 장검이 오른쪽 발등을 찍었다.

"윽!"

피가 튀었다. 이제 일어설 힘도 없었다.

끝인가. 이대로 죽고 마는 것인가. 독화살 하나면 무방비로 앉아 있는 내 목을 꿰뚫을 수 있으리라. 아, 정녕 이대로 끝나고 마는 것인가.

낯선 침묵이 조금 길게 이어졌다. 더 이상 화살은 날아오지 않았다. 검을 든 자객들이 하나둘 협문이나 나무 뒤에서 모습을 드러냈다. 대충 봐도 열 명을 넘지 않았다.

저들도 편전이 떨어진 게다. 그렇다면 싸워 볼 만하지.

다리를 쩔뚝거리며 겨우 몸을 일으켰다. 자객들은 내가 부상을 당한 것을 알면서도 쉽게 접근하지 못했다. 내 왼손이 오른 소매 안에 머물러 있었던 탓이다. 나는 자객들이 동시에 달려드는 것을 막기 위해 소매 안에 표창을 쥔 시늉을 했다. 벌써 스무 명이나 표창에 찍혀 목숨을 잃거나 중상을 당했으니 쉽게 덤비지 못했다. 그러나 원은 점점 좁아졌고 결국은 내게 덤빌 것이다. 발의 통증이 점점 더 심해졌다. 당장이라도 주저앉고 싶었다. 견뎌야 한다. 끝까지 서서 싸우다가 죽으리.

그 순간 함성과 함께 장정 한 떼가 몰려들었다. 내게 검을 겨누던 괴한들을 단숨에 베어 쓰러뜨린 후 나아와서 읍했다.

"이제 역도들을 모두 잡았사옵니다. 걱정 마십시오."

어느새 마루로 나온 백동수가 터벅터벅 내게 다가섰다.

백동수는 부들부들 떨리는 내 오른 주먹을 붙들었다.

형님! 이거 놓으십시오. 우리가 죽어 가는 걸 구경한 놈들입니다. 어찌 이놈들을 그냥 둘 수 있습니까?

백동수가 고개를 저었다.

경거망동 말게. 저들도 어명을 받은 자들일세. 주저한 이유는 모르겠으나 여기서 저들과 맞서는 건 옳지 않네. 어쨌든 저들은 자네 목숨을 구했네. 아니 그런가?

이럴 수는 없습니다.

어허, 진정하래도. 아직 우리는 해야 할 일이 남았지 않은가?

백동수가 두 눈을 부릅뜨고 물었다.

"동지사는 어디 있는가?"

"뒷문으로 피하려는 것을 겨우 붙잡았습니다. 한양으로 압송하겠습니다."

"아닐세. 일단 우리가 먼저 만나야겠네."

"포박하는 즉시 압송하라는 어명이⋯⋯."

"어허, 웬 말이 그렇게 많은 게야. 나도 어명을 따르려는 것이야. 지금 나와 싸우자는 것인가? 그러한가?"

"아, 아닙니다. 어디서 만나시렵니까?"

백동수가 방금 걸어 나온 방을 턱짓으로 가리켰다.

"저기서 기다리겠네. 대충 시신들과 무기들을 치우도록

하게. 우리가 동지사를 만나는 동안에는 잡인들 출입을 막아 주게. 자네들도 몰래 엿들을 생각은 버리도록 해. 의금부 도사의 표창에 당하고 싶지 않으면 말이야."

내 왼손은 여전히 오른 소매에 들어가 있었다.

"알겠습니다."

사내들이 빠르게 격투 현장을 수습하는 동안 백동수와 함께 방으로 들어섰다. 거친 숨이 여전히 턱까지 차올랐다.

"대단했네. 상산 조자룡 같았으이."

"과찬이십니다. 그저 잔재주를 조금 부렸을 뿐이지요."

우리를 방으로 안내했던 하인이 겁을 잔뜩 먹은 채 들어와서 걸레로 구석구석을 훔쳤다. 따로 끓인 국화주가 다시 나왔다.

"에헴!"

헛기침 소리가 들려왔다. 우리는 서둘러 자리에서 일어섰다. 왼쪽 어깨와 가슴은 상복으로 가렸지만 오른쪽 어깨와 가슴은 그저 옷고름을 늘여 거칠게 묶었다. 상복을 반만 걸친 것으로 보니 염을 하기 전인 듯했다. 최남서의 얼굴은 몰라보게 야위었다. 광대뼈는 튀어나오고 입술은 갈라졌으며 두 뺨에는 검버섯이 송송송 피어났다. 두 눈은 충혈되었고 수염은 서너 가닥으로 비비 꼬여 제멋대로 뻗었다. 우리를 죽이려던 살의도, 전하께서 보낸 장졸들에게 제압당한 절망감도 보이지 않았다. 어머니를 잃은 외아들의 애잔한 슬픔만이 그 몸을 휘감고 돌 뿐이다. 최남서가 먼저 말했다.

"앉읍시다."

최남서는 눈을 반쯤 감은 채 우리가 용건을 꺼내기만을 기다렸다. 백동수도 피하지 않고 정면 돌파를 택했다.

"전하께서 대감을 모셔 오라 하셨습니다."

최남서가 눈을 뜨고 내게 물었다.

"박헌의 가솔들은 어찌 되었는가?"

박헌이 죽은 것을 아는구나!

"의금옥에서 간단히 조사한 다음 모두 도성 밖으로 내쫓았습니다. 좀 더 문초해야 한다는 의견도 있었으나, 이미 박헌이 죽었고 또 그자를 따르던 의금부 나장과 군졸들도 모두 잡아들였으니 그 가솔까지 옥에 가둘 필요는 없다고 하교하셨습니다."

"나장과 군졸들은 몇이나 잡아들였는가?"

"박헌과 함께 죽은 이가 일곱이고, 나중에 따로 잡아들인 이가 나장이 열두 명, 군졸이 서른 명입니다."

최남서가 몇몇 사람들의 얼굴을 그린 다음 입을 열었다.

"잘 알겠지만 그 사람들에게는 큰 죄가 없으이. 죄가 있다면 박 도사를 믿고 따른 잘못뿐이라네."

나는 그 말꼬리를 붙들고 늘어졌다.

"박헌은 끝까지 동지사 대감이 내린 명령에 따랐다고 하였습니다. 그때 저는 아무런 명령도 받지 못했습니다. 이 점 분명히 확인해 주셨으면 합니다."

시선을 피하지 않았다. 최남서는 언제나 당당하게 정면을 응시하는 사람이다. 원칙이 서면 물러설 줄 모르고 제 목숨을 던져서라도 자존심을 지키는 인간. 그 곧은 성품이 오랫동안 의금부에 머무르게 했다. 최남서가 맡은 일은 믿을 수 있었다. 그러나 사심 없음이 곧 모든 일을 명명백백하게 처리하는 것으로 이어지지는 않는다. 무엇이 옳고 무엇이 그른가에 따라 무게 중심을 옮겨야 하는 순간이 오는 법이니까. 최남서는 백탑 서생들을 멀리하는 쪽, 그러니까 북학을 봉쇄하는 쪽으로 기울었다. 바뀐 세상에서 들어오는 새로운 문물을 받아들이지 않는 것이 또 다른 원칙이 되었고, 최남서는 그 원칙을 지키기 위해 최선을 다했다.

살인 사건까지 사주했어야 하는가는 재론할 여지가 있다. 아무도 죽지 않고 다치지 않고 목소리조차 높이지 않고 물 흐르듯 지나치면 참 좋았다. 그러나 이것은 정치며 생존이다. 한 나라를 흥하게 하느냐 망하게 하느냐 하는 문제였다. 한 치도 양보가 있을 수 없다. 그 명분 앞에 작은 희생과 더 작은 음모는 감수해야만 했다.

"내가 자네에게 죄인을 참하라는 명령을 내리지 않은 것은 사실이지. 박 도사가 내 명령을 따른 것 역시 사실일세."

"그 무슨 말씀이십니까? 둘 중 하나는 거짓이 분명한데 둘 다 사실이라고 하시다니요?"

최남서는 잠시 호흡을 고르며 묵연침음(默然沈吟, 말없이 속으로 깊이 생각함)했다.

"자네들은 금상께서 성군이 되실 것이라고 믿겠지?"

나는 그 물음을 이해하기 힘들었다. 신하 된 자가 어찌 감히 주군을 논할 수 있으리. 백동수가 대신 답했다.

"동궁 시절부터 배움이 깊고 세상을 보는 눈이 영민총혜(英敏聰慧, 총명하고 슬기롭고 민첩함)하다며 칭송하는 소리가 높았소이다. 공맹을 따르는 제자를 자처하시며 한 번도 경연을 빠진 적이 없으십니다. 나라를 지키는 일과 무예를 닦는 일에도 남다른 관심을 쏟으십니다. 이렇듯 문무를 겸비하고 백성을 내 몸과 같이 보살피는 군왕은 대국에서도 찾아보기 힘들 것이외다."

최남서가 그 말을 이었다.

"과연 그렇다네. 전하께서는 참으로 높은 뜻과 밝은 지혜, 과감한 결단력이 있으시지. 세종대왕과 같은 성군이 되실 자질이 충분히 있으시네. 하지만!"

이야기를 끊고 백동수와 나를 번갈아 쳐다보았다.

"하지만 무엇이 문제라는 것이오니까?"

성미가 급한 백동수가 큰 소리로 물었다. 최남서는 백동수를 정면으로 쏘아보며 답했다.

"그대와 같은 서얼과 이 도사와 같은 종실이 함께 어울리는 것이 문제겠지."

"무엇이라고?"

백동수가 자리를 박차고 일어섰다. 이런 모욕을 참을 수는 없었다. 나는 급히 따라 일어서며 백동수를 만류했다.

"형님! 잠시 참으십시오. 동지사 대감! 말씀이 지나치셨습니다."

최남서는 턱을 치켜들고 그 뜻을 굽히지 않았다.

"무엇이 지나치다는 것인가? 적서에 구별을 둔 것은 그만한 이유가 있기 때문이야. 종묘사직을 위협하고 백성을 도탄에 빠뜨린 서자들을 모르는 건 아니겠지? 어려서부터 울분과 슬픔을 차곡차곡 가슴에 쌓은 자는 위험해. 반드시 그 울분과 슬픔을 다른 이에게 옮기고 싶어하니까. 금상께서는 그 구별을 단숨에 지우려고 하신다네. 자네처럼 앞길이 창창한 종실 젊은이가 도성 잡배인 서얼과 의형제를 맺는 것도 모른 체하셨지."

나는 백동수의 팔을 끌어 자리에 앉힌 후 따지듯 물었다.

"동지사 대감! 그런 뜻을 왜 한 번도 제게 말씀해 주시지 않으셨습니까? 아무 말씀 아니하시기에 대감께서는 저와 야뇌 형님의 일을 좋게 보시는 줄로만 알았습니다."

"괜히 분란을 일으키고 싶지 않아서였네. 판의금부사께서 새로 오신 후로는 내가 하고픈 충고를 대신 다 하셨고. 당색을 초월하여 서얼 허통을 반대할 때는 그 주장에 한 번쯤 귀 기울일 필요도 있는 법일세. 하지만 금상께서는 그리하지 않으셨지. 너무 자신감에 차 계신 거야."

마음이 급해졌다.

"청운병을 움직인 이가 대감이십니까?"

최남서는 시선을 천장에 두며 침묵했다. 오른쪽 눈 밑이 실룩이면서 두 뺨이 가늘게 떨렸다.

"탕탕평평! 모두에게 복되고 모두에게 인정받을 수 있는 도를 찾겠다는 뜻은 좋으나 그 뜻이 어디서부터 왔는가를 살필 필요가 있다네. 혹 어떤 상처에서 온 것은 아닐까. 오랜 시간 숨기고 또 숨기며 남몰래 불태웠던 횃불은 아닐까. 그리하여 탕탕평평을 내세우면서도 사실은 어느 한쪽을 편드는 것은 아닐까. 결국 그 탕탕평평은 한 사람을 위한 탕탕평평이 되는 것은 아닐까. 서얼에게도 탕탕평평하고 종친에게도 탕탕평평하며 그 둘을 합한 사이에도 탕탕평평한 도가 과연 있을까. 이것도 옳고 저것도 옳다는 논리 속에는 모든 것을 단번에 자를 비수가 숨어 있다네. 허어, 참으로 어려운 일이구먼."

뒤주에 갇혀 죽은 장헌세자의 일을 꺼낸 것이다. 금상의 용비(龍飛, 왕의 자리에 오름)를 끝까지 반대한 이들은 장헌세자를 동궁에서 밀어내는 데 앞장섰던 사람들이다. 부모의 복수. 이보다 더 사무친 상처가 있으랴. 연산군 역시 처음에는 성군 소리를 듣지 않았는가. 이미 잊혀졌던 상처에서 썩은 고름이 흐르자 나라 전체가 피비린내에 휩싸였다. 금상께서 그런 전철을 밟지 말란 법이 없지 않은가. 연산군에게는 기억에도 없는 어머니였지만 금상께서는 다르다. 이미 용상에 오르기 훨씬 전부터 아버지가 어떻게 죽어 갔는가를 여러 경로로 전해 들으셨다. 지금도 밤마다 조용히 장헌세자께서 아끼시던 『무예신보(武藝新譜)』를 꺼내 읽으신다는 것은 공공연한 비밀이다.

탕탕평평.

그 누구도 덤비지 못할 지극히 당연한 명분을 내세웠지만, 이것은 영조 대왕 말년 정책을 온건하게 비판하는 것이기도 했다. 탕평책을 널리 주창한 영조 대왕이셨지만 장헌세자의 죽음을 전후로 하여 어심이 급격히 노론에게 기울었던 것이다. 지금의 탕평책이 소론과 남인, 나아가 소북에 대한 관심임을 모르는 이는 없다.

최남서는 그런 어심을 미리 알고 있다. 사사로운 복수를 꿈꾼 왕은 바른 정사를 펼 수 없다. 이 얼마나 무서운 말인가. 이것은 최남서 한 사람의 목소리가 아니라 최남서를 가르치고 또 최남서에게서 배운 이들이 함께 내세우는 입장이다. 내게는 그 주장이 이미 권세를 쥔 사람이 그 자리를 잃지 않으려는 몸부림처럼 느껴졌다.

"하면 대감이 속한 당이 대대손손 당상관을 대부분 차지하여야 한다고 보십니까?"

최남서가 쓸쓸하게 웃었다.

"그런 오해가 있긴 하지. 이걸 단순히 노론과 다른 당파의 대결로 몰고 가는 자들은 그렇게 정리하는 게 편할 수도 있네. 탑전의 헤아리심도 또 거기에 머물러 있는지 모르지. 대신들 전체를 상대로 이런저런 일을 만들 수는 없으니, 그중 하나를 궁지로 몰아 없애고 나머지에게는 같은 편이라는 환상을 심어 주는 거야. 잘 듣게! 자네의 남다른 충심은 듣고 보아 잘 아네만, 너무 길 하나만 보며 달려가진 말게. 길은 많다네. 그 많은 길의 장단점을 알려면 시간이 필요해. 일을 만들어 가는 입장에선 그런 여유를 낭비로 받아들일 수도 있어. 이 나라는 지금 오로지 단 하나의 당만 남는 쪽으로 가고 있으이. 노론도 아니고 소론도 아닌, 양반 당도 아니고 중인 당이나 천민 당도 아닌, 단 하나의 당 말일세. 나는 결코 그 당이 오래 유지되리라 보지 않네."

이해하기 힘들었다.

"충심을 지니지 말란 뜻인가요?"

"아닐세. 충심이 없다면 벼슬할 까닭이 없지. 자네만 충심이 있다고 믿지 말라 이 말일세. 내게도 보국안민(輔國安民, 나랏일을 돕고 백성을 편안하게 함)의 간절한 뜻이 있다네. 그 충심이 때론 서로 부딪히기도 하지. 우리가 이렇듯 부딪힌 것도 너무 충심이 깊어서일 걸세. 나와 자네가 충심이 아닌 다른 무엇으로 타협할 자리는 없다는 뜻이지. 전하께서 자넬 택하신 것은 잘한 일일세."

궤변을 더 이상 듣고 싶지 않았다.

"백탑 서생들을 모함한 이가 정녕 대감이십니까?"

"내가 기른 강아지에게 복사뼈를 물린다고 했어. 백탑 서생들은 언젠가 종묘와 사직을 뒤흔들 자들일세. 과거를 보지도 않고, 압록강 너머 신기한 일들을 떠벌리며, 또 자기 문장을 뽐내며, 신세 한탄까지 섞어 세상을 미혹하는 것은 정녕 쉬운 일이지. 이것이 멋이고 참 문장이고 나라에 대한 바른 고뇌라고 강변하는 이들은 태곳적부터 있었다네. 하지만 그 멋스러움은 항상 중심을 향한, 중심을 공격하는 멋스러움일 뿐이야. 최선을 다하여 서책을 읽고 외운 후 힘겹게 과거에 급제하고 열심히 벼슬길에 나아가 종묘와 사직을 위하여 최선을 다하는 것. 세상에 이보다 더 어렵고 멋진 일은 없으이. 너무나도 할 일이 많기에 그 멋을 뽐내지 않을 따름일세. 그런데 변두리에 있기 때문에 이름값을 하던 자들이 중심으로 들어오겠다는군. 아무런 통과 의례도 없이, 과거도 치르지 않고, 더군다나 서얼 주제에, 금상 눈에 꼭 맞는 문장 몇 개를 지었다는 이유로 그냥 돈화문으로 들어오겠다는 걸세. 아니 될 말이지. 연경에서 일어난 새로움을 아는 자들을 뽑는다면 역관이 으뜸일 것이고, 글재주가 있는 자들을 가리겠다면 별시를 열어 시관 주재 아래 옥수(玉樹, 인재)를 찾아야 하네. 이도 저도 아닌 자들이 그저 풍문만 등에 업고 중심으로 오겠다는 것이야. 이것이 변두리의 논리인가? 이것을 그곳에선 모함이라고 하는가?"

"많은 이들이 죽었습니다. 도대체 그 사람들에게 무슨 죄가 있습니까?"

"게다가 그자들은 우정을 내세워 양반과 천민의 구별도 없이 서로 어울려 지낸다는군. 양반과 중인과 천민이 한데 어울려 놀고 먹고 마신다는 게야. 그 만남을 아름답다 이르고 그 사귐을 귀하다 여기는 매설가도 있다더군. 세상을 미혹하는 데 소설보다 더 좋은 수단이 있겠는가. 필사로 그 흉측한 것을 돌려 보는 것도 모자라 이제는 목판을 짜서 직접 새기기까지 한다지. 이미 많은 이들이 그 소설을 읽고 흉측한 마음을 품게 되었지. 나라님 하명은 따르지 않을지언정 매설가가 지은 소설은 금과옥조로 여기는 무리들! 아, 그 위험하고 가엾은 무리들!"

최남서는 나와 백동수를 진작부터 그 무리에 넣어 두고 있었던 것이다.

"다시 묻겠습니다. 청운병의 배후가 대감이십니까? 대감과 대감이 속한 당이 이 일을 꾸몄습니까?"

최남서는 점점 더 내 물음과 상관없는 이야기를 늘어놓았다. 혼잣말 같기도 하고 나를 꾸짖는 소리 같기도 했다.

"도도히 흘러가는 강줄기를 막겠다고 가장 좁은 곳을 택해 제방을 쌓는다고 치세. 물은 좌우로 흩어지거나 흘러넘치게 마련일세. 한두 사람을 지목하여 도성 출입을 막을 수는 있겠지. 역사란 이 도도한 강줄기와 같아서 한두 명을 벤다고 흐름이 달라지는 건 아니라네. 지금 이 나라에서 당을 꾸릴 수 있는 곳은 한 군데뿐이야. 서얼과 종친을 엮고 양반과 천인을 사귀게 만드는 당 말일세. 나머지는 그저 역사만을 믿는 가여운 서생일 뿐이라네. 그 당을 앞세우고 배후로 머무르는 곳도 한 군데뿐일세. 자네가 잡아들인 매설가 형제, 청운몽과 청운병도, 만약 그자들에게 배후가 있다면, 그자들을 형장으로 이끈 자가 있다면, 그건 그 당일 게야."

백동수가 버럭 화를 냈다.

"무슨 말이오? 하면 백탑 서생들과 이 도사가 청운몽 형제를 죽였고, 그 형제가 살인을 하도록 조종한 이가 전하이시란 말이오? 이런 불충이 어디 있는가?"

최남서의 음성이 더욱 차가워졌다.

"불충? 자네들은 충(忠)이 무엇인지 알기라도 하는가? 어심을 살펴 미리 말하고 움직이는 것이 자네들의 충이겠지. 하지만 그건 호랑이에게 물려 죽기 두려워 좋은 말만 하는 토끼와 다를 바 없어. 그래도 전왕께서는 중심과 변두리를 가리셨고 공맹의 가르침이 왜 소중한가를 아셨네. 자네들은 용상 외에는 아무것도 보지 않는군. 화려하고 멋스러울 수는 있겠으나 과연 그런 당이 이 나라를 이끌 수 있겠는가. 모든 기준은 사라지고 오직 한 곳만이 모든 걸 좌지우지하는 세상이 올 걸세. 진(秦)이 왜 금방 멸망하였는지 아는가. 시황제도 처음엔 바른 도리만을 생각하는 군왕이었다네. 시황제에게 직언을 했던 신하들을 자네도 기억하겠지. 또 그 사람들이 어떻게 죽어 갔는지도."

나는 결국 마지막 물음을 던졌다.

"박 도사가 죽던 밤, 자객들은 감히 옥체까지 노렸습니다. 그 일도 미리 알고 계셨습니까? 방금 저와 맞섰던 자들이 쏜 편전에도 그날처럼 독이 묻어 있었습니다. 이 모두

가 대감께서 꾸민 일이십니까?"

최남서의 몸이 좌우로 흔들렸다.

"내가 미리 아는 것과 미리 알지 못하는 것이 뭐 그리 중요한가? 알든 알지 못하든 내 목이 필요한 게 아닌가? 확실한 사실은 앞으로도 계속 형가나 고점리(진시황을 암살하려다 실패한 자객들)의 후예들이 나오리란 사실일세."

"아셨습니까, 모르셨습니까?"

최남서가 대답 대신 스르르 자리에서 일어섰다. 그리고 북향사배(北向四拜, 왕이 있는 북쪽을 향하여 네 번 절함)한 후 방바닥에 두 손을 짚었다.

"전하! 신 의금부 동지사 최남서 돈수백배하고 아뢰옵니다. 전하께서는 이 나라를 아름답고 부유하며 바른 나라로 만들겠다 하셨사옵니다. 주려 죽는 자 하나 없고, 백성들의 피와 땀으로 배를 불리는 자 하나 없으며, 공맹의 도가 실현되는 나라를 만들겠다 하셨사옵니다. 그리고 그 꿈을 위해서는 군왕이 군왕답고 신하가 신하다우며 백성이 백성다워야 한다 하셨사옵니다. 신 최남서는 그 하교를 한시도 잊은 적이 없사옵니다. 탑전에서 자주 여러 말씀을 올린 것도 신하의 직분, 특히 당상관의 직분을 다하기 위함이었사옵니다. 그중에는 성심에 합당한 말도 있었겠으나 많은 부분들은 약처럼 쓰고 입에 맞지 않았을 것이옵니다.

전하! 남자가 여자 노릇 할 수 없고 여자가 남자 노릇 할 수 없듯이, 하늘이 땅이 될 수 없고 땅이 하늘이 될 수 없듯이, 결코 변할 수 없는 도리가 있는 법이옵니다. 통촉하시옵소서. 전하께서는 그 모든 구별을 없애고 오직 필요에 따라 쓰려고만 하시옵니다. 신 의금부 동지사 최남서, 이 일을 바로잡기 위해 노력하였사오나 역부족이옵니다. 의금부의 도사와 나장들 역시 나라를 위한다는 순수한 마음에서 신의 말에 귀를 기울인 것이오니 굽어살펴 주시옵소서. 잘못이 있다면 신에게 있사옵니다. 신은 그동안 성심을 어지럽힌 잘못을 참회하며 이렇게 부족한 모습으로 마지막 인사를 올리옵나이다. 전하! 부디 천천세 만만세를 누리시옵소서. 공맹의 나라를 세우시옵소서. 전하!"

울부짖던 목소리가 뚝 끊어졌다. 고목이 쓰러지듯 몸이 스르르 왼쪽으로 기울었다. 급히 안아 일으켰지만 온몸을 부들부들 떨다가 이내 축 늘어져 버렸다. 운절(殞絶, 목숨이 끊어짐)한 것이다.

"대감! 동지사 대감!"

창백한 뺨을 문지르고 어깨를 흔들어 깨우려고 했다.

이대로 보내면 안 된다. 아직 따져야 할 일이 산더미처럼 쌓여 있다. 혼자 책임지다니? 그 모든 불충을 혼자서 다 감당하겠다는 것인가? 역적으로 청사(靑史)에 오명을 남기겠다고?

"이미 늦었으이. 미리 독약을 먹은 듯하네. 지독한 사람이구먼."

백동수가 혀를 끌끌 차 댔다. 배후를 더 깊이 파헤치는 것은 불가능해졌다. 먼저 안색을 살피지 않은 것을 후회했지만 때늦은 일이었다.

23장

옥에서 세상을 읽다

효자는 그 어버이에게 아첨하지 않고 충신은 그 임금에게 아부하지 않는 것이 신하와 자식이 갖춰야 할 훌륭한 태도이다. 어버이가 말한 것을 모두 찬성하고 어버이가 하는 일을 모두 좋다고 한다면 세상에서는 바보 자식이라 하며, 임금이 말한 것을 모두 찬성하고 임금이 하는 일을 모두 좋다고 한다면 세상에서는 어리석은 신하라 할 것이다. 그러나 이것이 과연 그럴까? 세상에서 그렇다고 하는 바를 그렇다 하고 좋다고 하는 바를 좋다고 하면 아첨하는 인간이라 하지 않는다. 그러고 보니 세상 쪽이 어버이보다 엄하고 임금보다도 고귀하단 말인가! 자기를 아첨꾼이라고 보면 벌컥 성을 내고 자기를 비웃살 좋다고 하면 올컥 화를 내면서도 평생 아첨꾼으로 있다. 그럴듯하게 비유를 늘어놓아 말을 꾸며서 사람들을 모아들이지만 아첨꾼이라 비난받는 일이 전혀 없다. 훌륭한 옷차림을 하고 거기에 갖가지 치장을 한 채 표정을 꾸며 세상 비위를 맞추면서도 스스로 그것을 아첨이라 생각지 않는다. 세상 사람들과 한패가 되어 함께 찬성하고 반대하면서도 스스로는 대중의 한 사람이라 생각지 않는다.

— 『장자』, 「천지편(天地篇)」

"배고픈 호랑이 고자 가리지 않는다지만 그래도 그렇지 의금부 도사 가슴을 발로 차고도 살아남기를 바랐는가? 중곤 서른 대로 끝난 게 다행일세. 포락지형(炮烙之刑, 불에 달군 쇠로 단근질하는 극형)을 당해도 할 말이 없었을 거야."

나는 의금부에서 풀려난 김진을 나무라기부터 했다. 김진이 울상을 지어 보였다.

"검장(檢杖, 매질하는 수를 셈하는 것) 소리가 혼을 빼는 줄은 처음 알았네. 열 대를 맞은 것 같은데 일곱이라 하고, 스무 대를 맞은 것 같은데 열다섯이라고 해. 셈하는 나장이 내게만 매를 더할 까닭이 없잖은가. 빨리 이 고통이 끝나기를 바라는 마음이 환청까지 만들어 내는 게지. 아무튼 고마워. 자네 아니었으면 몸이 많이 상할 뻔했네."

최남서가 자살하기 전 마지막으로 남긴 말을 전해 올려도 오른쪽 성수로 이마를 짚으신 후 아무 말씀이 없으셨다. 이제 내가 중벌을 청할 때가 되었다는 생각이 들었다. 압송할 죄인이 의금부 도사가 보는 앞에서 자살하였으니 그 죄만 따져도 삭탈관직을 당하기에 충분했다. 도승지 홍국영도 고개를 숙인 채 아무런 눈짓도 보내지 않았다.

"전하! 신을 엄히 벌하여 주시옵소서."

오른쪽 어수가 천천히 아래로 내려왔다.

"연산으로 떠나기 전 청이 하나 있다고 했지? 말해 보라."

"신은 연산에서 일을 제대로 끝마치지 못하였사옵고……."

말허리를 자르셨다.

"동지사 최남서는…… 노모를 잃은 궁천지통(窮天之痛, 이루 말할 수 없이 큰 고통)이 극심하여 그 뒤를 따른 것이다. 지금 당장은 아니겠으나 적당한 때를 보아 효자로 봉하는 문제를 공론에 부쳐야겠다. 노모가 세상을 뜨기 전 손가락을 깨물어 그 피를 입에 넣기까지 했으니 효자로 봉할 이유는 충분하도다."

백동수와 나는 당황하지 않을 수 없었다. 최남서가 효자라니? 이 무슨 하교이신가? 방금 전에 최남서가 한 해괴한 유언을 전해 올리지 않았는가?

"전하! 신들에게 큰 벌을 내려 주시옵소서. 동지사를 데려오라신 하명을 따르지……."

"청을 말해 보래도."

문밖에 서 있을 대전 내관을 의식하며 목소리를 높이셨다. 그제야 나는 최남서의 자살을 감추고 싶어하신다는 것을 알았다. 어머니의 상중에 자살한 것이 세상에 알려지면 지탄을 면하기 힘들 것이다. 지금이라도 손을 쓴다면 동지사의 자살 소식이 도성까지 들어오는 것을 막을 수 있다.

"전하! 신들을 벌하여 주시옵소서."

백동수는 아직 어심을 알지 못하고 다시 한 번 중벌을 청했다. 문 쪽을 본 후 오른쪽 어수를 드셨다.

"이리, 가까이 오라."

백동수와 나는 서너 걸음 앞으로 나아갔다.

"좀 더 가까이!"

다시 두 걸음 나아갔다. 손만 뻗으면 용안에 닿을 거리였다. 옥음을 낮추어 꾸짖으셨다.

"왜 그리 어리석으냐? 조정 대신 절반을 의금옥에 가두기라도 하자는 말이냐? 최남서가 책임을 지겠다고 했으면 거기서 끝맺음해야지. 자꾸 뿌리를 캐다 보면 오히려 과인이 그 뿌리에 휘감겨 위험할 수도 있도다. 박헌과 최남서가 죽었으니 이제 뒤를 캘 수도 없어."

"전하! 저들은 감히 옥체를 상하게 하려는 흉측한 뜻을 품은 역도들이옵니다. 어명을 받들고 낙향한 신들을 급습한 자들이옵니다."

"역도! 맞다. 하지만 단번에 쓸어 낼 수 있는 자들이 아니니라. 과인이 용상에 앉기 전부터, 아니 동궁에 들기 전부터 돈화문을 출입하던 자들이니라."

"하오나 전하!"

"웬 말이 그렇게 많은 게냐? 작은 승리를 얻고자 큰 패배를 자초할 수는 없느니라. 조금 물러서더라도 확실하게 모든 것을 원래대로 돌릴 수 있는 큰 승리를 얻을 방도를 찾아야 하느니라. 자, 이제 청을 말해 보라."

백동수는 이마가 바닥에 닿을 만큼 허리를 숙였다. 나는 도승지 홍국영을 슬쩍 살핀 다음 겨우 소원 하나를 아뢰었다.

"의금옥에 갇힌 김진을 선처해 주시옵소서."

"김진을 풀어 달라? 형장에서 의금부 도사에게 발길질을 한 사내를 석방하라 이 말이냐?"

옥음에 노기가 서렸다. 백동수는 고개를 돌려 눈을 찔끔 감았다 떴다. 주청을 멈추라는 뜻이다. 그러나 김진에게 옥살이를 시킬 수는 없었다.

"의금부 도사에게 발길질한 것은 중벌을 받아 마땅한 일이오나 청운병을 체포하는 데 공이 컸사옵니다. 김진이 돕지 않았더라면 진범을 잡지 못하였을 것이옵니다."

"네 공을 김진에게 돌리는 것이냐? 김진을 석방하면 네게 돌아갈 상은 사라지느니라. 그래도 좋으냐?"

"신은 상을 받을 만한 일을 못하였나이다. 포상할 사람은 신이 아니라 김진이옵니다."

"그러한가? 야뇌와 초정도 모두 김진을 칭찬하였다. 담헌과 연암의 제자라고 했던가?"

"그러하옵니다."

"입은 무거운가?"

"너무 무거운 것이 흠이옵니다."

"그래도 박헌과 최남서의 일이 밖으로 알려지면 큰 분란이 있을 것이다. 차라리 의금옥에 가두어 두는 것이 안전하지 않겠느냐?"

나는 황급히 아뢰었다.

"전하! 차라리 신을 가두시옵소서. 김진은 어떠한 처지에 있더라도 결코 이번 일을 누설하지 않을 것이옵니다."

백동수가 곁에서 거들었다.

"그러하옵니다. 나이는 비록 어리오나 전하에게 충성하고 벗들을 아끼는 마음만은 누구보다도 깊사옵니다."

잠시 침묵이 흘렀다. 단숨에 청을 물리치지 않으신 것에 안도했다. 맺고 끊음이 분명하시니, 청을 거절하려 하셨다면 벌써 우리를 내치셨을 것이다. 이윽고 옥음이 내렸다.

"알겠다. 김진을 옥에 가두어 두지는 않겠노라. 하지만 세인의 이목도 있고 지엄한 국법도 있으니 그냥 석방할 수는 없다. 결곤방출(決棍放出, 곤장을 쳐서 내쫓음)하겠노라. 이도사!"

"예, 전하!"

"네가 할 일이 한 가지 더 있다."

"하명하시옵소서."

"저잣거리와 세책방에 흘러 다니는 방각 소설을 모두 거두어들여라."

"청운몽이 쓴 방각 소설만이 아니라 방각 소설 전체이옵니까?"

"그렇느니라. 어찌 진담누설(陳談陋說, 진부한 소리와 구저분한 말)로 가득 찬 소설 따위를 값비싼 목판에 새겨 판단 말이냐?"

"이미 대국에서는 방각 소설이 널리 팔리고 있사옵니다."

나는 김진에게서 들은 청나라 근황을 입에 올렸다. 성노를 살지도 모른다는 생각이 들었으나 주워 담기에는 이미 늦었다.

"과인은 용납할 수 없노라. 방각 소설 때문에 살인 사건까지 일어난 것이 아닌가. 의금부 관원들을 모두 풀어 방각 소설을 모두 압수하도록 하라."

"필사되어 떠도는 소설들은 어찌하오리까?"

잠시 생각하신 후 답을 주셨다.

"저 소설이란 사람이 진실로 따라야 하는 도리를 밝힌 성현의 말씀에 비해 얼마나 비루하고 조잡한 것인가. 변변찮은 이야기로 몇 푼을 벌어 입에 풀칠하려는 매설가들은 또 얼마나 어리석은가. 하찮은 작은 이야기들을 과인이 논하는 것만으로도 부끄러움이고 부덕함이니라. 필사한 것이든 방각한 것이든 소설이란 소설을 모두 거둬들일 수도 있느니라. 하지만 바르지 못한 것들은 그 바르지 못함을 금지함으로써 해결할 수 있는 것이 아니라 바름을 세움으로써 경계할 수 있도다. 방각 소설은 필사 소설과는 비교도 할 수 없을 만큼 빠르게 백성들 심성을 해칠 우려가 있으니 그 싹을 자르려는 것이다. 한 권도 빠짐없이 모두 거두어들여라. 또한 각수들을 은밀히 만나 다시는 방각 소설 따위를 새기지 않겠다는 다짐을 받도록 하라. 사사로운 이익을 좇아 소설을 새긴 자는 평생 감옥에 가두겠다는 과인의 뜻을 분명히 전하렷다. 반드시 방각 소설의 원판도 함께 거두어들여 다시 소설이 찍혀 나오는 일이 없도록 해야 할 것이니라. 열흘을 주겠다. 열흘 안에 도성에 흘러 다니는 방각 소설을 모두 거두어 불태워라."

방각 소설을 모두 불태우라?

소설을 경계하는 어심을 몰랐던 바는 아니지만 이렇듯 강경할 줄은 몰랐다. 방각 소설을 압수하겠다고 나서면 저 잣거리와 세책방의 저항이 만만치 않을 것이다. 노련한 상고(商賈, 장사치)들이 순순히 내어놓을 리 없다.

"왜 대답이 없느냐? 듣자 하니 이미 조정 대신들과 의금부 관원들 중에도 방각 소설을 사들이는 이가 있다던데, 혹시 너도 그중 하나인가?"

가슴이 뜨끔했다.

"아, 아니옵니다. 흉측한 방각 소설을 모조리 거두어들이겠나이다."

"흉측하든 흉측하지 않든, 판에 새겨 찍은 소설이면 모조리 거두어들여라. 특히 『수호전』같이 도적 떼가 날뛰는 소설은 단 한 권도 놓치면 아니 된다. 명심하렸다."

"분부대로 거행하겠나이다."

그 일을 묻고 싶었다. 백동수와 내가 목숨이 위태로운 상황에 빠졌을 때, 우리를 구하지 않은 것은 저들의 실수였는지, 아니면 어명이었는지를. 어명이었다면 왜 그와 같은 어명을 내리셨는지를. 백동수는 그 문제만큼은 묻어 두

자고 했다. 감히 여쭈었는데도 비답을 내려 주지 않으신다면, 답을 주지 않으실 뿐 아니라 노여움을 드러내신다면 큰 낭패인 것이다. 혀끝까지 밀려 올라왔던 말들을 삼킨 후 서둘러 편전에서 물러났다. 조금 더 시간을 끌다가는 내가 소설 중독자라는 사실을 들킬 것만 같았다.

김진을 구한 것은 큰 성과였다. 무죄 방면이 아님은 아쉬웠지만 더 큰 화를 부를 수도 있지 않았는가.

"오랫동안 옥에서 썩을 수도 있었네. 이불을 생각하고 발을 뻗어야지. 대체 왜 그런 무모한 짓을 했나? 자네답지 않구먼."

형장에서 발차기 솜씨를 보인 것은 여전히 불가사의였다. 김진이 걸음을 옮기며 되물었다.

"의금부 동지사 최남서와 의금부 도사 박헌 외에 더 목숨을 잃은 사람은 없나?"

나는 황급히 멈춰 서며 그 팔을 붙들었다.

"아니, 자네 어찌 그 두 사람이 죽은 걸 아는가?"

의금옥은 외부와 철저히 단절된 무인도 같은 곳이다. 청운병이 사형된 형장에서 바로 잡혀간 후 한 번도 의금옥을 나온 적이 없는 김진이 어찌 두 사람의 죽음을 안단 말인가?

"누가 자네에게 그 사실을 귀띔했는가?"

김진이 다시 걸음을 옮기며 답했다.

"귀띔이라니? 의금옥이 어떤 곳이지 몰라서 내게 그런 걸 묻는 것인가? 그 정도쯤은 축축하고 검은 감옥 벽만 쳐다보아도 알 수 있다네."

"무슨 소릴 하는지 모르겠으이. 알기 쉽게 설명해 주게."

나는 또 김진에게 매달리지 않을 수 없었다.

"내게 내린 형벌이 중곤 서른 대라는 건 대충 벌을 내리는 시늉만 하고 석방한다는 뜻이지. 물론 내가 의금옥에서 썩지 않도록 구명을 한 것은 자네일 테고."

"야뇌 형님도 함께했다네."

"역시 의리를 아는 분이군. 나는 의금옥에 갇힐 때 이대로 세상 빛을 보지 못할 수도 있다고 생각했으이."

"설마…… 그럴 리가 있는가?"

"아닐세. 전하께서는 굉장히 냉정한 분이시네. 상황이 불리하다 싶으면 언제든지 자네나 나나 백탑 서생들을 버리실 수도 있어. 겉으로는 의금부 도사 자네와 박헌이 싸웠지만 그 뒤로는 엄청난 그림자가 드리운 걸세. 전하께서 박헌 쪽의 손을 드신다면, 자네와 난 최소한 함경도나 평안도 귀양을 각오해야 하지. 평생을 죄인으로 살아갈지도 모르는 일이야. 그런데 나는 중곤 서른 대로 다시 햇빛을 보았고 자네와 함께 이렇듯 운종가를 걷는다네. 이건 무엇을 뜻하는가? 전하께서 자네 편을 드셨다는 걸세."

"그렇군. 하지만 그 일만으로 박헌이 죽었음을 어찌 알 수 있는가?"

김진의 걸음이 차츰 느려졌다.

"의금부에서 단 한 차례도 박헌과 대질하지 않았기 때문일세. 아무리 전하께서 자네 편을 드셔도 박헌이 살았다면, 박헌을 돕는 이들은 분명 그 억울함을 호소할 걸세. 그리되면 적어도 한 번 정도는 나와 박헌을 대질하지 않았겠는가? 그런 과정 없이 나는 바로 석방되었네. 박헌과 대질할 필요가 없어진 거지. 대질이 없었던 이유는 둘 중 하나야. 대질할 이유가 없었거나 대질하는 것이 가능하지 않았거나. 이유가 사라진 건 아니지, 여전히 자네와 박헌 두 사람 주장은 쟁론할 지점들이 남았거든. 전하께서는 서둘러 날 내보내셨어. 그건 대질해야 하는 박헌이 이미 죽었고 따라서 모든 죄를 박헌에게 덮어씌워도 다른 소리가 나오지 않을 상황이 되었기 때문일세. 어떤가, 내 생각 중 틀린 부분이 있나?"

"아닐세. 계속하게. 동지사가 죽은 건 어찌 알았는가?"

김진은 사람들이 많은 길을 피하여 좁은 골목으로 접어들었다. 땅바닥은 진흙으로 질척거렸고 여기저기 죽은 쥐까지 널려 있었다. 코를 막지 않고는 악취를 견딜 수 없었다. 앞서가던 김진이 고개를 돌린 후 어깨를 으쓱해 보였다. 이런 길이 아니고는 은밀한 대화를 나눌 수 없다고 말하는 듯했다. 이윽고 웅성거리는 소리가 잦아들자 김진이 긴 이야기를 펼쳤다.

"전하께서 자네 편을 드셨다면, 당연히 반대편에 선 박헌과 그 배후는 절체절명에 봉착했을 걸세. 어심을 거역함은 역모에 해당하니까 말일세. 박헌이 죽었다고는 하나 박헌 혼자 모든 죄를 뒤집어쓸 수는 없으이. 청운병과 박헌, 두 사람이 모의하여 백탑 서생들을 모함하고 연쇄 살인을 꾸몄으며 세상을 속이려 했다면 그 누가 믿겠는가? 이건 내 짐작이네만, 그렇다고 전하께서 직접 그 배후를 저 깊숙한 곳까지 모조리 캐려 하시지는 않을 것 같네. 그 역시 엄청난 노력과 또 많은 유언비어를 낳을 테니까 말이야."

"과연 그렇다네. 자넨 어쩌면 탑전에서 직접 들은 나보다도 더 어심을 잘 헤아리는가?"

김진이 미소를 지으며 말을 이었다.

"그렇다면 길은 하나뿐이지. 적당한 선에서 타협하는 걸세. 전하도 다치지 않으시고 박헌을 도운 자들도 치명상을 입지 않는 선에서 말일세. 누군가 책임지고 그 배후가 될 사람이 필요하겠지? 지금껏 드러나지 않은 사람을 굳이 내

세울 이유는 없겠지. 번암 대감도 이미 짐작하시고 또한 저들도 책임을 물을 수 있는 사람이 누구겠는가? 난 아무리 생각해도 동지사밖에 생각나는 사람이 없더군."

나는 그 대담한 추측에 새삼 놀라면서도 딴죽을 걸었다.

"하나가 빠졌군그래. 자넨 동지사와 박 도사가 연결되었음을 언제 어떻게 확신했지?"

"아, 그걸 빠뜨렸구먼. 그 정도는 자네가 이미 알리라고 생각했는데……. 어쨌든 설명하겠네. 박헌이 자네 깃발을 빼앗은 게 우발이었다고 보는가? 많은 사람들이 보는 앞에서 자네 깃발을 빼앗겠다는 결심을 박헌 혼자 할 수 있느냐 이 말일세. 아니지. 죄인 목숨을 끊는 일을 의금부 도사가 어찌 혼자 결정할 수 있겠는가? 틀림없이 누군가 명령한 걸세. 그렇다면 누굴까? 누가 미리 박헌에게 상황이 여의치 않으면 깃발을 빼앗아 흔들라는 명령을 내렸을까? 그리고 분위기가 좋지 않게 흘러감을 박헌에게 알렸을까? 이런 물음들을 연결해 보면 한 가지 결론에 닿네. 박헌에게 명령을 내린 자는 형장에 있었다는 거야. 구경꾼들 틈에 섞였을 수도 있고 의금부 당상관들 중 하나일 수도 있으이. 박헌이 구경꾼들 틈에 있는 공범이 보낸 신호에 따라 깃발을 빼앗았다고 추측하는 건 여러 가지 문제가 있네. 여기서 잠깐 박헌과 그 공범이 예상한 불리한 상황이 무엇일까 살필 필요가 있으이. 청운병을 능지처참하는 자리일세. 형 집행과 처결 방식은 이미 정해졌고, 판의금부사든 의금부 동지사든 당상관이 명을 내리면 의금부 도사 중 한 사람이 깃발을 흔들고 그럼 일제히 황소 다섯이 앞으로 나아가는 걸세. 이 과정에서는 어떤 예상하지 않은 일도 생기지 않는다네. 그때까지 해결되지 않은 문제는 단 하나뿐이었지."

"청운병을 부린 배후 말인가?"

"그렇다네. 청운병이 과연 배후를 밝힐 것인가 아닌가는 마지막 순간까지 확정되지 않았지."

"하지만 말일세. 동지사는 계속 청운병에게 배후를 밝히라고 추궁하였다네. 그건 곧 자기 이름을 대라는 것인데, 왜 그런 짓을 한단 말인가?"

"나도 그 부분에서 조금 당황했네. 한데 곧 풀리더군. 지극히 간단한 문제라네. 동지사는 청운병에게 계속 배후를 밝히라고 추궁했고 청운병은 거절했네. 거절하면서도 청운병은 자신이 결코 능지처참되는 일은 없을 것이라고 믿었던 것 같아. 동지사와 결탁한 자신을 그렇게 쉽게 죽이지는 못하리라고 생각한 거지. 내 생각엔 동지사와 박 도사가 마지막 반전을 노리며 형장에 가기 전까지 입막음을 했던 것 같네. 수많은 구경꾼들이 보는 앞에서 그 입을 열게 하려는 계획이었겠지."

"잘 모르겠는걸. 알아듣기 쉽게 설명해 주게. 왜 그 많은 사람들 앞에서 자기 이름을 부르도록 수작을 꾸민단 말인가? 당치도 않은 소리일세."

김진이 답답한 듯 걸음을 멈추고 내 얼굴을 빤히 쳐다보았다.

"최남서나 박헌이 아니라면 어떨까?"

"아니라니?"

"이명방이나 백동수, 박지원이나 이덕무 이름이 불렸다면 어찌 되었겠는가?"

흡!

숨이 막혔다. 그 자리에서 청운병이 내 이름을 거명했다면, 백탑파 이름을 거명했다면, 꼼짝없이 그 배후가 될 수밖에 없다. 수많은 백성들 앞에서 어떤 변명도 용납되지 않을 것이다. 끔찍한 일이다.

"한데 왜 박헌이 내게 달려든 것일까? 청운병이 배후를 말하려는 순간에 말이야."

"애초 약속대로 청운병이 백탑 서생들을 거론했다면 박헌이 자네 깃발을 빼앗았을 리가 없지. 그런데 청운병은 약속을 어기고 최남서와 박헌, 그리고 배후에 숨은 다른 당상관들 이름을 발설하려고 한 것 같아. 가까이 있던 최남서가 낌새를 알아차린 것이지. 다시 말하겠네. 그런 미세한 차이는 구경꾼들 틈에서는 결코 알 수 없지. 청운병이 내쉬는 숨소리가 어떻게 달라지는가를, 그 뺨이 어떻게 상기되고, 입술이 어떻게 떨리는가를 볼 수 있어야만 심경의 변화를 읽어 낼 수 있는 걸세. 형장에서 누가 청운병과 가장 가까이 있었지? 그렇다네. 최남서라네. 최남서가 박헌에게 상황이 여의치 않으면 청운병을 입막음하라고 미리 명령을 내렸던 게야. 박헌은 충실하게 그 명령을 따랐던 것뿐이지."

"대단하군. 그랬을 것 같으이. 동지사가 죽은 건 또 어찌 알았나?"

"동지사 일이 마무리되지 않았다면 내가 어찌 석방될 수 있었겠는가? 그리고 이런 일을 책임짐은 곧 영원히 입을 닫음을 의미하네. 죽음 외에 다른 길이 없지. 입을 열까 두려워한 이들이 동지사를 죽일 수도 있네. 평소 동지사의 곧은 성품으로 보건대 먼저 책임지겠다고 자청했을 듯하이."

소광통교를 지났다. 장서를 수만 권이나 보유하고 있는 김진 집에 거의 다다른 것이다. 나는 걸음을 늦추며 마지막으로 한 가지를 더 물었다.

"야뇌 형님과 함께 박 도사를 잡으러 갔더랬네. 거기서 박 도사에게 역습당해 크게 어려움을 겪었으이. 마침 그곳으로 암행을 나오셨네. 박 도사를 문초하려는 순간 독화살이 날아와 그 목에 박혔고, 자객들은 옥체까지도 노렸어. 이것도 동지사가 시킨 일일까?"

나는 최남서가 피눈물을 흘리며 마지막으로 궁궐 쪽으로 사은숙배(謝恩肅拜, 임금의 은혜에 감사하며 공손하고 경건하게 절을 올림)를 하던 광경을 떠올렸다. 김진이 나와 눈을 맞추고 답했다.

"그건 참 확언하기 힘드네. 동지사는 적어도 역도는 아니었던 것 같으이. 더 좋은 나라를 만들겠다는 일념이 가득했으니까. 동지사와 뜻을 합한 이들 중 흉측한 자들도 있었던 것 같네. 반정(反正)을 꿈꾼 자들 말이야."

논의가 반정에까지 닿았으므로, 나는 표창 스무 개를 던진 일을 말하지 않을 수 없었다. 어명을 전하려고 간 사람을 죽이려 드는 이가 역도가 아니라면 누가 역도일까. 그런데 김진이 먼저 물었다.

"아까 자넬 처음 만났을 때부터 묻고 싶었던 건데······ 또 자네가 박헌과 최남서를 잡아들였다는 설명을 들으면서 더 궁금해졌고······."

"자네답지 않구먼. 우린 친구야. 친구 사이에 못 할 말은 없다네."

김진이 고개를 끄덕였다.

"그럼 믿고 말하지. 의금옥에 있는 동안 자넬 더 걱정했다네."

"날? 괜한 걱정을 했네그려."

"아닐세. 자네도 대충 알겠지만 청운몽 형제 일은 탑전은 물론 조정 대신들까지 모두 얽힌 복잡한 사건일세. 그 와중에 많은 사람이 죽었고 또 전하께도 큰 화가 미칠 뻔했지. 내 생각에 일이 이렇듯 번잡해질 것이라곤 누구도 상상하지 못했던 것 같아. 자네가 이 사건을 집요하게 파고들고, 청운병이 혼자 멋대로 움직이기 시작하면서 청운병을 보살피던 이들도 특별 대책을 마련했고 전하께서도 판의금부사와 함께 다른 흐름을 찾으셨던 게야."

"내가 파고든 건 없지. 다 자네 공이야."

"윗사람들은 내가 도운 일까지 모두 자네가 한 일로 받아들였겠지. 이렇게 복잡하게 얽힌 사건을 어떻게 해결하는 것이 좋을까? 모두 고심했을 걸세. 그 와중에 청운병을 능지처참한 거지. 자네는 계속 그 배후를 밝히겠다고 고집을 세우고. 배후를 캐는 건 앞서 설명한 대로 너무 위험 부담이 크네. 누구도 다치는 것을 원하지는 않지. 아무도 다치지 않고 이 일을 매듭짓기 위해서는 작은 희생이 필요하네."

"박헌과 최남서를 말함인가?"

"물론 그 두 사람은 피해 갈 수 없겠지. 하지만 그자들

입만 막는다고 사건이 잠잠해지진 않네. 또 한 사람이 있기 때문이지."

또 한 사람? 나는 김진을 똑바로 바라보며 몸서리를 쳤다.

"나! 나를 뜻하는 게야? 나를 죽여 이 일을 덮으려 했다고? 누가 그랬다는 것인가? 청운병을 사주한 배후인가 그도 아니면 판의금부사, 그것도 아니면……."

"쉬이! 너무 흥분하진 말게. 이건 어디까지나 추측일 뿐이야. 내가 석방되더라도 자네 얼굴을 보지 못하는 건 아닌가 걱정했네. 하지만 내 추측이 틀린 듯하이. 이렇게 자네와 도성 거리를 활보하니 말이야."

"아니야. 자네 추측이 옳았네. 동지사를 포박하러 연산에 갔을 때 정말 목숨을 잃을 뻔했네."

"그런 일이 있었는가?"

나는 소상히 백동수와 내가 당한 사건을 이야기했다. 김진은 간혹 고개를 끄덕이거나 두 주먹을 쥐며 끝까지 설명을 들었다.

"탑전에서 그 일을 거론하지 않은 것은 참으로 잘한 일일세. 야뇌 형님이 자네 목숨을 구한 거야."

"그건 또 무슨 소린가? 난 아직도 그 일을 여쭙지 못한 것이 아쉽네."

"연산에서 장정들이 자네와 야뇌 형님을 처음부터 구하

지 않은 것은 실수일 리가 없네. 어명을 받았기 때문에 거기서 자네와 야뇌 형님을 지켜보았던 게지. 도승지 홍국영 대감은 이런 어명을 받았을 것 같네. 자네와 야뇌 형님이 최남서가 부리는 장정들에게 죽고 나면 그때 최남서를 급습하여 포박할 생각이 아니었을까? 최남서에게는 죄가 하나 더 붙는 것이지. 박헌과 최남서를 죽이면 전하께서도 명분이 서는 것이고, 또 자네와 야뇌 형님이 없다면 저들도 다소 섭섭하지만 자신들에게 불똥이 튀지 않은 것을 위안하며 후일을 기약할 수 있지."

"전하께서 야뇌 형님과 나를 버리셨단 말인가?"

"어허 진정하래도. 버리셨다고 볼 수도 있겠고……. 자네들이 혹시 최남서와 내통하지는 않았을까 의심하셨을 수도 있네……. 최남서와 내통을 하든, 격투를 벌이든 우선 지켜보라 하명하셨겠지. 냉정하게 생각하게. 나라도 그런 명을 내렸을 게야."

"혹시 도승지 대감 독단으로 우리를 돕지 말라는 명령을 내린 건 아닐까?"

나는 계속 홍국영이 마음에 걸렸다. 숙위대장 홍국영이라면 윤허를 받지 않고 군사들을 부릴 수도 있다. 김진이 곧 답했다.

"자넨 도승지 대감이 의심스러운 모양이로군. 하지만 어

명을 받지 않고 도승지 대감 혼자서 그런 명령을 내렸다고
해도 마찬가지일세. 어심을 가장 먼저 정확하게 예측하는
것이 도승지 대감 특기 아닌가. 도승지 대감이 그런 명령
을 내릴 정도면 벌써 어심을 드러내셨을 게야."

"청운병을 부린 배후가 도승지 대감이 아닐까 하는 생
각도 해 보았다네."

"나도 처음엔 그리 생각했지. 숙위소까지 책임진 도승지
대감이라면 그런 일을 저지를 수도 있어. 숙위소가 왜 만
들어졌는가? 괴한들이 두 차례나 궁궐을 침탈한 일이 있었
기 때문일세. 숙위소 덕분에 도승지 대감은 전하의 신임을
더욱 받게 되었네. 도성에 연쇄 살인범이 날뛴다면 그 위
협은 도성 백성들뿐만 아니라 구중궁궐에 있는 분들께도
미치게 마련일세. 특히 두 차례나 생명을 위협받으신 전하
께서는 더욱 도승지 대감과 이 문제를 논의하시겠지."

"과연 그렇네. 내 생각과 같으이. 그러니까 도승지 대감
이 의금부 동지사 최남서와 의금부 도사 박헌을 매수하고,
또 그자들은 청운병과 손잡고서 이런 일을 저지른 것이 아
닐까?"

김진이 손뼉을 탁 치며 말했다.

"의문이 풀렸군. 이제 천하에서 제일가는 권세가인 도승
지 대감을 붙잡아 들이는 일만 남았군그래."

"놀리지 말게."

나는 김진이 홍국영을 싫어하면서도 그 양반을 범인으로 보지 않는다는 것을 느낄 수 있었다.

"너무 명확한 것이 이상해. 그렇듯 앞뒤가 딱딱 들어맞는다면, 자네와 내가 이렇게 쉽게 추측할 수 있다면, 전하께서도 같은 추측을 하지 않으셨을까?"

"……."

"도승지 대감 역시 일이 불리하게 돌아감을 알아차렸을 테고."

"그렇군."

"말하자면 이건 외날이 아니라 양날, 아니 날이 세 개인 듣도 보도 못한 검인지도 모르겠네. 남인의 핵심인 판의금부사 채제공 대감과 노론인 도승지 홍국영 대감, 그리고 탑전의 특별한 배려 속에 규장각으로 합류하여 동벽성(東壁星, 문장을 맡은 별)을 빛내려는 백탑 서생들까지 모두 노렸다 이 말일세. 오늘은 여기까지라네. 조금 더 고민하면 답이 나오겠지."

"이상한 건 그 장정들이 마지막에 우릴 구했다는 걸세."

나는 다시 연산에서 있었던 일로 돌아왔다.

"그 역시 당연하네. 자네와 야뇌 형님이 자객들과 격투를 벌인 것은 최남서와 자네가 내통하지 않았다는 증거일세. 또한 자네가 그자들을 제압한다면 자네를 돕지 않았다는 원망으로부터 벗어나야 하지 않겠는가? 적당한 때를 보아 자넬 도운 게지."

"난 거의 마지막까지 갔네."

"하하, 자네에게 운이 따랐던 거야. 멀리서 구경하던 저들은 자네 소매 안에 표창이 다 떨어진 줄 몰랐을 거야. 자네가 너무 용맹하게 싸우니까 한 박자 빨리 생색을 내려고 몰려나왔던 게 틀림없네."

"무서운 일일세. 전하께서 나를 버리려 하셨다니!"

가슴이 찢기는 기분이었다.

"탑전에서 그 문제를 정면으로 거론하였다면 자넨 살아남지 못했을 걸세. 전하께선 조건 없는 충을 바라고 계신다네. 오직 전하를 위한 당만을 인정하시는 게지. 죽음의 구렁텅이에 빠뜨리더라도 전하를 원망하지 않는 그 붉은 마음 말일세. 이제 전하께선 더 큰일을 자네에게 맡기실 걸세. 자네 덕분에 백탑 서생들도 중용될 것이고."

참으로 무서운 분이 아니신가. 바위보다 깊은 신뢰를 주시고도 언제든지 그 바위를 깨뜨릴 준비를 마치고 계시지 않은가. 아, 이게 군왕이 가는 길이란 말인가. 백탑 서생들을 붙잡아 들일 준비를 시킬 뿐만 아니라 그 명을 받은 나까지 또한 의심하시다니. 이것이 군왕의 길인가.

혼돈을 정리하고 싶었다.

"화광! 자네에게 한 가지 감춘 일이 있으이. 미령 낭자와 청운병을 만났던 그 밤에 말일세…… 나는 기로소에서 판의금부사 대감을 뵈었다네. 번암 대감뿐만이 아니라 또……."

"도승지 대감을 만났다고 이야기하려는 것인가?"

놀라지 않을 수 없었다. 아무도 모르는 세 사람만의 비밀이다.

"어찌 알았는가? 혹시 내 뒤를 미행했나?"

김진이 웃으며 손사래를 쳤다.

"아닐세. 자네가 아다시피 나는 그 밤에 명례방 청운몽 집 대문 앞에 있는 소나무 뒤에서 자네가 나타나기만을 기다렸다네."

"보부상 차림으로 말인가? 아니야. 이상해. 자넨 내가 명례방에 나타날 걸 어찌 알았는가?"

김진이 차분히 설명했다.

"솔직히 확신할 수는 없었네. 자네가 그 밤에도 명례방으로 오지 않는다면, 미령 낭자가 청운병을 만나서 설득하는 일은 불가능해져. 날이 밝으면 청운병은 사지가 찢겨 죽을 운명이었으니까. 의금옥을 지키는 경계가 삼엄해서 의금부 도사인 자네도 쉽게 접근하지 못한다는 소식은 들었으이. 자네는 어떤 일이 있더라도 미령 낭자와 청운병을 만나게 하려고 노력했겠지. 미령 낭자가 부탁한 일이기도 하고, 또한 청운병을 부렸던 배후를 밝힐 수 있는 마지막 기회이니까. 결국 그 감시를 뚫고 의금옥으로 들어가려면 도움이 필요하다는 결론에 이르렀을 테지. 의금옥을 지키는 장졸들에게 명령을 내릴 수 있는 대신은 딱 두 사람뿐이야. 한 사람은 당연히 판의금부사이겠고 또 한 사람은 조선의 병권을 거머쥔 도승지 겸 숙위대장이지."

"그 밤에 내가 두 대감을 동시에 만났다는 것도 알았는가?"

"아니야. 방금 자네가 이야기하기 전까지는 몰랐으이. 자네가 도승지 대감과 어떤 타협을 했을지도 모른다는 생각은 했네만……. 판의금부사 대감은 자네가 넣은 청을 냉정하게 딱 잘라서 거절했겠지? 그분 성품으로 보아 일을 빨리 마무리하는 것이 백탑 서생들을 돕는 길이라고 여겼을 듯싶으이. 번암 대감이 초정이나 형암을 아끼는 마음이야 자네도 잘 알지 않는가. 오죽하면 두 사람을 작년 연행 길에 동행시켰을까."

"자네 말대로일세. 판의금부사 대감은 의금옥 근처에 얼씬도 말라고 오히려 나를 꾸짖으셨네. 참형을 연기해 달라는 청도 받아들이지 않으셨고. 그때 도승지 대감이 기로소로 오셨네. 하지만 의금옥에 관한 이야기는 나눈 적이 없으이. 청을 넣지도 않았고 논의한 적도 없네."

"박헌이 왜 하필 그날 그 시간에 의금옥을 벗어났을까? 그 만남이 우연이라고 지금도 믿는 건 아니겠지?"

박헌의 얼굴이 떠올랐다. 의금옥에 있기가 지루하여 잠시 산책을 나왔다고 하지 않았는가. 그러나 그건 참으로 궁색한 답이 아닐 수 없다. 어명을 받은 자가 어찌 함부로 자리를 비울 수 있는가. 왜 나는 박헌이 나타난 걸 의심하지 않았을까.

"그렇다면 도승지 대감이 박헌을 내게 보냈다는 것인가? 그 말은 곧 박헌과 최남서의 배후에 도승지 대감이 있다는⋯⋯."

"속단하지 말게. 박헌을 움직일 방법이야 여러 가지 있으이. 도승지 대감도 그 배후가 궁금했을 수 있겠고⋯⋯ 죄인을 참하기 전에 마지막으로 자넬 의금옥에 넣어 보자고 논의했을 수도 있겠고⋯⋯. 그래서 자네 의중을 파악하려고 기로소로 왔던 게 아닐까? 의금옥에 자네를 넣은 후에도 자네가 입을 꽉 닫아 버린다면 헛고생만 하는 꼴이니 타협할 여지가 있는지 알고 싶었겠지. 초정 형님 집에서 자네가 단호하게 도승지 대감 명을 어기고 백탑 서생들을 두둔한 전력도 있으니 말이야."

타협이란 단어가 귓전을 맴돌았다. 그 이야기까지 해야할까. 백탑 서생들까지 의심의 눈초리로 보고 있다는 이야기. 그날이 오면 내가 그이들을 모두 잡아들여야 한다는 이야기. 쉽지 않았다. 괜한 오해를 살 수도 있다. 긁어 부스럼을 만드느니 차라리 입을 닫는 쪽이 옳다. 함구하라는 어명까지 받지 않았는가. 갑자기 김진이 느티나무 뒤로 내 팔을 잡아끌었다.

"재미난 걸 하나 보여 줄까? 목치 형님 보물 창고에서 찾은 거라네. 청운몽의 소설인 『을지문덕전』에 이런 종이가 한 장 있더군. 아무도 모르는 곳에 잘 감춘다고 감춘 게 하필 그 서책이었던 것 같아. 자네에게 보여 준다 보여 준다 하면서 기회가 없었으이."

소매에서 곱게 접은 시전지(詩箋紙) 한 장을 꺼냈다. 그 종이를 받아 폈다.

"이, 이것은?"

놀라지 않을 수 없었다. 상상할 수도 없는 것이 종이 위에 찍혀 있는 것이다. 김진이 나와 눈을 맞추며 고개를 끄덕였다.

"어떤가, 재미있지? 혹시 도승지 대감이 자네에게 이 금인(金印)이 찍힌 밀서를 보여 주지 않던가?"

"그랬네. 그 밤에 밀서를 보았으이. 틀림없이 금인이 찍혀 있었어. 목치, 그 각수가 금인까지 몰래 새겼다는 것인가? 그런 짓을 하면 목이 달아나네. 구족을 멸하는 대역죄란 말일세. 아무리 가짜가 많이 돌아다니는 소광통교이지만 금인이 나온 적은 없었네."

김진이 종이를 빼앗아 다시 살피며 말했다.

"아주 정교하게 잘 팠군. 이렇듯 완벽하려면 누군가 금인을 목치 형님께 보였을 게야. 물론 종이에 찍힌 것을 보고 그대로 새길 수도 있겠지만, 그 재질이나 특징까지 모두 파악한 후에 그와 똑같은 옥새를 만든 것 같으이."

"금인을 어찌 하찮은 각수에게 보인단 말인가?"

"그래. 분명 예의에 어긋나는 일이지. 하지만 그렇듯 완벽한 가짜가 꼭 필요한 사람이라면, 그리고 금인이 언제 쓰이고 언제 오랫동안 쓰이지 않는다는 걸 아는 사람이라면, 슬쩍 빼내서 각수에게 보이고 또 몰래 갖다 놓을 수도 있지 않겠나?"

"그럼 그 밤에 내가 본 밀서에 찍힌 금인이 가짜란 말인가? 번암 대감도 그 글씨가 어필이라셨네."

김진이 시전지를 다시 소매에 넣고 걸음을 옮기며 답했다.

"금인도 가짜로 만드는데 어필을 흉내 내는 것이야 더 쉽지. 그 밤에 자네가 본 밀서는 가짜일 수도 있고 아닐 수도 있어. 그 밀서를 내가 직접 보지 않았으니 무엇이라 확답하기 힘드네. 다만 도승지 대감과 타협한 일들을 완전히 믿지는 말았으면 하이. 절반만 발을 담그고 있으라 이 말일세."

더 이상 그 밤에 했던 밀약을 감출 수 없었다.

"누구에게도 발설하지 말라는 하교가 적혀 있었다네……. 친구 사이에는 그 어떤 숨김이나 속임이 있어서는 아니 되는 줄은 아네만……."

김진이 말허리를 잘랐다.

"더 이상 말하지 말게나. 자네가 말하지 않더라도 도승지 대감이 자네에게 어떤 타협안을 제시했는가는 짐작할 수 있다네. 도승지 대감이 눈엣가시처럼 여기는 무리가 바로 연암 선생을 따르는 백탑 서생들이니까. 아뇨 형님을 따르는 무인들까지 포함해서 말일세. 백탑 주변에 모인 사람들을 포박할 날이 온다면, 가장 빨리 그 일을 할 사람이 바로 자네일 테지. 하지만 그건 먼 미래에나 있을 일이야. 나는 혹시 자네가 그 타협안을 냉정히 거절하면 어쩌나 명례방 소나무 뒤에 서서 많이 걱정했다네. 다행스럽게도 자네가 그 안을 받아들인 탓에 이렇듯 일이 술술 풀린 걸세."

우정을 깨고 어명을 따르겠다는 맹세까지, 그 얼굴 화끈 달아오르는 부끄러운 순간까지 모두 알고 있었는가.

바보가 된 기분이었다. 알면서도 내색하지 않다니! 화광 김진, 자네가 품은 속 깊은 생각들은 도대체 어디까지 뻗은 것인가. 김진이 두려움에 떠는 내 팔을 잡아끌었다.

"자, 여길세. 처음 오지? 들어가세. 책을 베개 삼아 한숨 자 두어야겠네. 어젯밤 면벽한다고 밤을 꼬박 새워서 말일세. 아아, 피곤하구먼."

24장

작은 이야기들이 있는 방

사대부라면 차라리 빌어먹을지언정 들녘에 나가서 농사짓는 일을 하지 않는다. 어쩌다 그런 사대부의 법도를 모르는 양반이 있어 베잠방이를 걸치고 패랭이를 쓴 채 "물건 사시오." 외치며 장터를 돌아다니는 일이 있거나 먹통이나 칼, 끌을 가지고 다니면서 남의 집에 품팔이하며 먹고사는 일이 있으면 부끄러운 짓을 한다고 비웃으며 혼사를 맺는 자가 드물 것이다. 그러므로 집에 동전 한 푼 없는 자라도 모두가 다 성장(盛裝)을 차려입고 차양 높은 갓에다 넓은 소매를 하고서 나라 안을 쏘다니며 큰소리만 친다. 하지만 그 사람들이 입고 먹는 것이 어디에서 나오겠는가? 그러니 부득불 세력가에 빌붙어 권세를 얻으려고 하므로 청탁하는 풍습이 형성되고 요행수나 바라는 길을 걷게 되었다. 이러한 짓거리는 장터에 있는 장사꾼들조차 하려 하지 않는 행위이다. 따라서 나는 차라리 중국처럼 떳떳하게 장사하는 행위보다 못하다고 말한 것이다.

— 박제가, 『북학의』

늙은 살구나무 아래 작은 집 한 채 있다. 방에는 시렁과 책상 등속이 삼분의 일을 차지한다. 손님 몇이 이르기라도 하면 무릎을 맞대고 앉아야 하는 너무나 협소하고 누추한 집이다. 하지만 주인은 아주 편안하게 독서와 구도에 열중한다. 나는 주인에게 말했다.

"이 작은 방에서 몸을 돌려 앉으면 방위가 바뀌고 명암이 달라진다네. 구도란 생각을 바꾸는 것이 아닌가? 생각이 바뀌면 그 뒤를 따르지 않을 것이 없지. 자네가 내 말을 믿는다면 자네를 위해 창문을 밀쳐 주지. 웃는 사이에 벌써 밝고 드넓은 공간으로 올라갈 걸세."

— 이용휴, 「행교유거기(杏嶠幽居記)」

바쁘게 열흘이 지나갔다. 세책방 주인들의 저항은 만만치 않았다. 가게에 있던 소설을 은밀히 다른 곳으로 옮겨놓는 바람에 그자들 집과 별장까지 일일이 수색했다. 감옥에 가두겠다고 겁을 주었지만 의금부 관원들을 속이려는 시도는 계속되었다. 그만큼 방각 소설로 챙기는 이익이 컸던 것이다. 신창동 세책방 주먹코 주인은 내 앞을 가로막으려 이렇게 항의하기도 했다.

"반평생 살아오는 동안 법을 어긴 적이 없습니다. 광통교 쪽에 나가 보십시오. 대국에서 불법으로 사들인 그림이며 글씨며 서책들이 버젓이 난전에 나와 있습니다. 우리 가게에 있는 소설들은 모두 도성 안에서 각수가 판에 새긴 것들입니다. 매설가나 각수에게도 충분히 값을 치렀습니다. 왜 광통교의 물품들은 그냥 두고 애꿎은 방각 소설만 거둬들이는 겁니까? 얼마나 손해가 큰지 나리는 짐작도 못 하실 겁니다."

광통교에서 방각 소설을 팔던 짝귀는 더욱 심하게 따졌다.

"세책방이나 서사(書肆, 서점)에서 방각 소설을 거둬들일 수는 있겠지만 집집마다 숨겨 둔 방각 소설들은 어찌하려 하십니까? 손바닥으로 하늘을 가리는 일입니다. 나리도 몇 달 전 이곳에서 청운몽이 쓴 방각 소설을 사 가지 않으셨습니까? 그 소설은 어디에 숨기셨는지요?"

짝귀가 지적한 건 타당한 면이 많았다. 가가호호 방문하여 방각 소설을 찾는 것은 불가능하다. 탑전에서 이런 사정을 모르실 리 없다. 그런데도 방각 소설을 거둬들이는 이유는 무엇일까. 이번 살인 사건이 일어난 책임을 매설가에게 돌리기 위함이다. 방각 소설을 압수할 때마다 세책방 주인과 상인들은 청운몽 형제를 비롯한 매설가들을 탓했다. 매설가들 때문에 자신들이 화를 입게 되었다고 굳게 믿는 것이다. 매설가란 위로는 왕실에서부터 아래로는 천인들에 이르기까지 환대받지 못하는 족속이다. 매설가들이 지어낸 이야기는 즐기면서도 애당초 사랑하고 존중하는 마음은 없었던 것이다.

이문만 남는다면 무조건 달려드는 상인, 역관, 각수 등

등을 이번 기회에 경계하려는 목적도 있었다. 나라님 진노를 사면 언제든지 낭패를 볼 수 있음을 뚜렷이 각인해 두려는 것이다. 마지막으로 방각 소설을 가까이하는 이들에 대한 신칙(申飭, 단단히 타일러서 경계함)이기도 했다. 그 속에는 김진을 비롯한 백탑 서생들도 포함되었다.

방각 소설을 압수하는 내 마음도 편치 않았다. 소설 목록을 검토하다 보면 꼭 읽고 싶은데 미처 구하지 못한 작품도 있고 제목조차 생소한 작품도 있었다. 청운몽 형제의 일을 처결하느라 분주한 사이 새로운 소설이 많이 방각되었던 것이다. 천천히 시일을 두고 그 소설들을 정리할 수만 있다면 밤을 새워서라도 꼼꼼히 읽고 싶었다. 그러나 내게 주어진 시간은 겨우 열흘이다. 열흘은 세책방과 서사들을 한 차례씩 뒤지기에도 부족하다.

정신없이 열흘이 흘러갔다.

의금부 앞마당에 쌓아 둔 소설은 높은 담장 밖에서도 꼭대기가 보일 정도였다. 적어도 만 권은 넘어 보였다. 이만 권까지 예상하는 관원도 있었다. 서문 앞 저잣거리에서 해질 무렵 소설을 불태우라는 어명이 내려왔다. 청운몽과 청운병을 사형한 곳에서 방각 소설을 불태우는 데는 해괴망측한 소설을 쓰는 매설가들을 엄히 다스리겠다는 뜻이 숨어 있다. 서책을 옮기는 일은 다른 도사들이 맡았기에 잠시 여유가 생겼다. 점심을 먹고 소광통교에 있는 김진 집으로 향했다.

"날세."

문은 열렸는데 사람은 보이지 않았다. 바닥에 어지럽게 쌓인 서책과 네모반듯하게 겹겹이 들어찬 책장이 시선을 가렸다.

더 자세히 밝히자면, 그 서재는 책장이 정사각형 형태로 세 겹이나 들어차 있다. 먼저 사방 벽을 모두 메우며 가장 큰 사각형이 있고, 두 걸음 정도 간격을 두고 두 번째 책장이 큰 사각형 안에 다시 사각형을 그리며 자리를 차지했다. 그 정사각형 북쪽 면에는 겨우 사람 하나가 들어갈 정도만큼 틈이 있는데, 그 틈으로 돌아 들어가면 마지막 정사각형을 만나게 된다.

"왔는가? 잠깐만 기다리게."

김진은 가장 작은 마지막 정사각형 안에 숨어 책을 읽고 있었다. 나는 서둘러 걸음을 옮기며 큰 소리로 말했다.

"나오지 말게. 내가 들어가지."

내가 이렇게 서두르는 데는 이유가 있다. 몇 번 이 집을 방문한 백동수로부터 사각형을 둘만 구경했다는 소식을 들었다. 김진이 한사코 세 번째 사각형을 보여 주지 않았던 것이다. 열흘 전에도 나는 겨우 입구에 앉아 담소를 나누었을 뿐이다.

가장 큰 사각형에는 주로 대국에서 들여온, 공맹의 가르침을 담은 서책들이 책장 가득 있었다. 판본과 서책을 펴낸 곳에 따라 제목이 같은 책도 여러 종이었다. 『논어』는 여덟 종이고 『시경』은 다섯 종, 『주자대전』 같은 거질도 두 종이나 있었다. 그 외에도 퇴계, 율곡, 남명, 화담, 서애, 상촌 등 내로라하는 조선 문인들의 문집이 빽빽이 꽂혀 있었다. 다른 서생이라면 장서용으로 한쪽 벽을 장식하는 데 쓰는 책들이지만 김진은 달랐다. 바닥에 이리저리 쌓인 서책들은 이 친구가 그 많은 시문을 오늘 아침에도 어떻게 섭렵했는지 보여 준다. 김진의 집요한 고전 순례는 평생 이어졌다. 어떤 날은 공자와 자공이 만났고, 어떤 날은 퇴계가 화담에게 산책을 청했으며, 어떤 날은 서애가 율곡을 따라 천하를 논하기도 했다.

가장 큰 사각형을 지나 두 번째 사각형으로 눈을 돌리면 또 다른 세계가 펼쳐진다. 공맹을 제외한 제자백가서들이 신비롭고 아름다운 가르침을 품은 채 우리를 기다리고 있는 것이다. 『산해경』, 『신이경』, 『목천자전』이 『도덕경』, 『장자』와 어깨를 나란히 하고, 한비자, 묵자, 순자가 부르는 노래가 손자, 오자가 추는 춤과 어우러졌다.

김진은 세 번째 정사각형으로 들어가는 틈 앞에 서 있었다. 그 사각형을 이룬 책장들은 창호지로 밖을 모두 가렸기에 안에 꽂힌 서책들을 집거나 훑을 수 없었다.

"웬일인가? 저물 무렵에나 들러 함께 서문으로 가자고 연통을 넣지 않았는가?"

즉답 대신 그 어깨 너머에 있는 알지 못하는 공간을 살피려고 애썼다. 책장과 서책들의 윤곽만 보일 뿐이다. 은은한 향 냄새가 온몸을 휘감았다.

"조금 빨리 왔으이. 난 이번 일을 겪으면서 김진이란 좋은 친구를 얻었다고 생각하네. 자네 생각은 어떤가?"

정색을 하고 물었다. 그 눈가에 희미한 웃음이 피어올랐다.

"나 역시! 그런데 왜 이 안을 공개하지 않느냐 그 말이지?"

"그렇다네. 귀한 보물이라도 숨겨 두었는가?"

"허허! 그렇지. 그 무엇과도 바꿀 수 없는 귀한 보물이라네."

"꽃인가?"

"아닐세. 꽃에 관한 서책들은 안암 움집에 따로 모아 두었지. 도성 안은 꽃들을 키우기에 적당하지 않으니까."

"꽃 외에 또 무엇이 자네에게 보물이란 말인가?"

김진이 잠시 뜸을 들였다.

"한 가지만 약조해 주게. 자네가 지금부터 보는 것들은

282

아무에게도 발설하지 않겠다고 맹세하게. 또한 내가 가진 것들을 빼앗아 가지도 않겠다고 약조할 수 있겠나?"

나는 더욱 궁금해졌다.

"그러지. 그렇게 하겠네."

김진이 손을 뻗어 왼쪽에 길게 드리운 줄을 잡아당겼다. 그 순간 사각형을 둘러싼 창호지가 사과 껍질 벗겨지듯 스르르 감기기 시작했다. 눈부신 햇살이 구석구석 파고들었다.

"서책을 관리하는 데는 통풍과 햇빛이 가장 중요하다네. 사방이 꽉 막힌 어두침침한 곳에 서책을 두었다가는 벌레들 공격을 이길 재간이 없지. 하루에 한두 번씩은 이렇게 숨통을 틔워 줘야 하는 걸세. 자, 이리 들어오게나."

가장 먼저 눈에 띈 것은 북쪽 책장에 걸린 화상(畵像)이었다. 머리를 길게 풀어헤친 모양이 여자인가 싶었는데 가까이 다가가서 보니 수염이 나 있다. 두 발은 공중에 떠 있고 날개가 달린 벌거벗은 아이 둘이 보필하듯 곁을 지키고 있다.

"유리창에서 어렵게 구한 물건이라네. 천주당 주인이라고 하더군."

"이걸 왜 여기 걸어 두었는가? 자네…… 서학을 믿나?"

"아닐세. 아직 그 정도는 아니야. 관심은 있지만 조금 더 공부해 보아야겠어. 저 화상을 걸어 둔 건 그림을 볼 때마다 낯선 세계를 상상할 수 있기 때문일세. 이 옷, 이 머리 모양, 이 얼굴을 좀 보게. 조선이나 대국과는 참으로 다른 모습이지 않은가? 이런 자들이 서역에서 더 서쪽으로 가면 참으로 많다고 하네. 그자들이 세운 나라만 해도 손으로 꼽기 어려울 정도라더군. 그 나라에서는 어떤 일들이 벌어질까? 나는 늘 그게 궁금하다네."

"이 천주(天主)란 사내는 어떤 자인가?"

"하늘에서 내려와 백성을 가르치다가 붙들려 참혹하게 십자가에 매달려 죽었다더군. 그래서 날마다 예배를 드리며 그 죽음을 기린다고 하네. 천주당들 주장에 따르면 천주는 무덤에 장사한 지 사흘 만에 다시 살아났다고 하네. 부활했다는 거지."

"부활이라니? 죽은 사람이 어찌 살아난단 말인가? 처형 당했다면 아주 끔찍한 죄를 저지른 자가 아닌가? 그런 자가 대체 뭘 가르쳤다는 것인가?"

"사랑이라네."

나는 코웃음을 쳤다.

"사랑? 그걸 꼭 배워야 아는가?"

"자네가 아는 사랑과는 좀 다른 이야길세. 천주당들은 말하지. 이웃을 내 몸과 같이 사랑하라고. 왼뺨을 때리면 오른뺨을 내밀라고도 가르친다네."

"내 몸과 같이? 아무리 그래도 어찌 왼뺨을 맞고 오른뺨을 내밀 수 있는가? 참으로 황당하고 미혹한 말이로세."

"그렇게 간단히 보아 넘길 문제는 아닐세. 듣자 하니 천주를 믿는 나라가 적어도 서른 개는 넘는다고 하네. 그 정도라면 참으로 대단하지 않나? 그 많은 이들이 믿고 따를 정도라면 틀림없이 사람 마음을 움직이는 무엇인가가 있는 걸세. 곧 제대로 공부를 시작할 작정일세."

둥근 책상도 특이했다. 전후좌우 어느 쪽으로든 앉아 서책을 읽거나 글을 쓸 수 있었다. 책상 가운데 지구의가 놓였고 그 곁 국화차는 이미 식었다. 서책도 탑처럼 쌓여 있다. 나는 제일 위에 있는 책을 집어 제목을 확인했다.

'수호전약설(水滸傳略說).'

대국에서 들여온 방각 소설이다. 고개를 들어 김진에게 눈으로 물었다.

이것이 무엇인가? 처음 보는 서책이로군.

"엊그제 구한 방각 소설일세. 「수호전」을 단 두 책으로 깔끔하게 요약 정리한 책이야. 연의 소설을 방각하여 줄일 때는 줄거리도 맞지 않고 등장인물도 제각각인 경우가 많은데 이 책은 그렇지가 않네. 영웅 108명을 이렇듯 맛있게 줄일 수 있는 것이 신기할 따름일세. 자네도 시간이 나면 꼭 한 번 읽게나."

"알겠네. 그리함세."

그 아래 가렸던 종이 뭉치들을 꺼냈다. 둥근 원통들이 빼곡히 들어찬 그림이 스무 장도 넘었다. 원통이 끝나자 이번에는 긴 네모가 이어졌다. 어떤 부분은 검은 사각형으로 채워지고 또 어떤 부분은 여백으로 남아 있었다.

"이것이 무엇인가?"

"서양 풍류(악기)라네."

"풍류라고? 이렇듯 요망하게 생긴 풍류가 어디 있단 말인가? 길이가 제각각인 원통은 무엇이고 이 네모는 또 무엇인가? 자네 문재가 대단한 건 아네만 이건 좀 지나친 것 같군. 이들 각각이 풍류란 말인가?"

"아닐세. 이들이 모두 합쳐 풍류 하나가 되는 걸세. 이건 결코 상상이 아니야. 몇 년 전 연경 천주당에 갔을 때 바로 이 풍류를 보았다네. 참으로 그 소리가 맑고 웅장했으이."

"이 괴물이 어찌 소리를 내는가?"

"바람을 빌려 소리를 만든다네. 풀무와 같지. 이 쇠통을 보게. 길이가 각각이니 이 안으로 바람이 통하면 청탁(淸濁)과 고저도 달라지는 걸세. 자루를 누르면 가죽이 조금씩 펴지지. 그럼 여기 구멍이 저절로 열려 바람이 틀 안으로 들어간다네. 자루를 놓아 바람을 밀면 구멍이 저절로 막혀 버리네. 그다음에 바람을 이 쇠통으로 통하면 소리가 나는 걸세. 네모진 나무를 누르면 구멍이 열렸다 막혔다 하지. 이제 알겠는가?"

"어렵군. 이렇듯 거대한 풍류를 무엇하는 데 쓰는 건가?"

"천주당에서는 야소(耶蘇, 예수)를 위한 노래를 줄곧 부른다네. 그 노래를 반주하기 위한 풍류지. 듣기로는 서양 천주당에 이런 풍류가 꽤 많이 있다고 하네."

"어마어마하군. 돈이 꽤 많이 들 텐데……. 만들기도 쉽지 않을 테고."

"옳은 지적일세. 하지만 전혀 불가능한 일도 아니지. 담헌 선생은 나라에서 돈을 댄다면 풍류를 만들 수 있다고 장담하셨다네. 천주당에서 풍류를 처음 보자마자 곧바로 연주도 하셨지."

놀란 눈으로 물었다.

"처음 본 풍류를 연주했다고? 피리나 가야금도 아니고 이런 해괴한 걸 말인가?"

"뭘 그리 놀라나? 담헌 선생은 이렇게 말씀하셨다네. 길이 제각각 다른 것 같아 보여도 그 원리를 터득하면 결국 하나로 모이게 마련이라고."

"이 그림들은 다 뭔가?"

"아직은 돈이 부족해서 곧바로 풍류를 만들지는 못하겠

지만 그래도 미리 준비를 해 두는 걸세. 담헌 선생이 그림으로 보여 달라고도 하셨고. 어떤가? 제대로 소리가 날 것 같은가?"

순간 나는 코끼리를 떠올렸다. 가야금이나 거문고를 개나 소에 비유한다면 이 풍류는 코끼리다. 이렇듯 거대한 악기를 손수 만들겠다고 나선 담헌 선생이나 김진은 대체 어떤 인간들이란 말인가.

"나는 잘 모르겠으이."

눈을 돌려 책장을 찬찬히 살폈다. 광통교 세책방보다도 더 많은 소설들이 사방 책장에 빽빽히 들어찼다. 소설 사이에 소동파(蘇東坡)와 동기창(董其昌, 만명의 소품가)의 서첩도 보였고, 『희홍당첩(戲鴻堂帖, 동기창이 집성한 화첩)』이나 『우초신지(虞初新志, 장조(張潮)가 편한 소품집)』도 눈에 띄었다.

"질문 하나 해도 되겠나?"

"무엇이든지."

"백탑 서생들은 왜 그리 소품을 좋아하지? 웅대한 꿈을 가진 연암 선생과 초정 형님이 소품에 감탄하는 게 이상했어."

"새끼 그물이지만 호랑이를 잡을 수도 있는 법이니까. 사람들은 눈에 확 띌 만큼 크고 분명한 것들을 좋아하지만 정작 큰 생각들도 작은 차이에서부터 갈리게 마련이지.

그 작은 차이를 놓치면 가르침 대부분은 수천 년 동안 응당 그러해야 하는 몇몇 규범으로 줄어든다네. 지금 이 순간 내게 중요한 것을 잡아내려는 노력, 이게 연암 선생이나 형암 형님, 초정 형님이 소품을 아끼는 이유일세. 소품도 제대로 짓지 못하는 이가 어찌 크고 웅대한 생각들을 제대로 품을 수 있겠는가?"

"만명과 청나라에서 유행한 그 소품이란 것이 고문이 가진 권위를 인정하지 않는 데서 출발하였다고 아네만, 백탑 서생들도 그러한가?"

김진이 간단하게 답했다.

"자넨 그 권위를 인정하지 않으면 큰일이라도 나는 것처럼 묻는군."

"그럼 아니란 말인가? 서생이라면 누구나 본받아야 하는 것이 고문 아닌가?"

"그 권위를 항상 인정해야 하는 건 아니라네. 전에도 같은 뜻으로 말한 바 있지만, 고문도 처음 나왔을 때에는 금문(今文)일 따름이었네. 다시 말해 우리가 지금 쓰는 글 가운데도 고문이 있다 이 말일세. 인정할 건 인정해야겠지만 무조건 금문보다 고문을 높이는 데는 동의할 수 없으이."

"큰일 날 소리만 하는군. 그렇게 고문이 가진 권위를 부정하다가는 큰코다칠 걸세."

김진은 확고한 뜻을 품고 있었다.

"큰코다칠 때 다치더라도 지금 여기에서 일어나는 문제를 풀려고 글을 쓰는 것을 어찌 미룰 수 있겠나?"

동쪽과 서쪽 그리고 남쪽에 있는 서책들은 필사 소설이었지만, 북쪽에 있는 소설은 요즈음 돌개바람처럼 인기를 모으기 시작한 방각 소설이었다. 한 해 사이에 엄청나게 많은 소설이 방각된 것이다. 종이로 찌(쪽지)를 붙여 내용별로 분류한 것도 눈에 띄었다. 책장을 반으로 뚝 나누어 아래쪽에는 대국에서 들여온 방각 소설들이 있고 위에는 도성에서 방각된『구운몽(九雲夢)』,『최현전(崔賢傳)』,『소운전(蘇雲傳)』등이 있었다.

"언제 이걸 다 모았는가?"

김진은 대답 대신 내 등을 툭 치며 되물었다.

"이것까지 압수하여 태워 버리지는 않겠지?"

방각 소설이라면 대국 것이든 조선 것이든 구별하지 않고 모조리 거둬들이라는 어명이 떨어졌고 그 책임자가 나였다. 이 정도 양이라면 지금까지 근 열흘 동안 도성에서 압수한 방각 소설에 비겨 보아 십분의 일은 되리라. 김진 한 사람이 그 많은 소설을 소장한 것이다.

"한낱 소설이 아닌가? 심심풀이로 세책방에서 빌려 읽는다면 모를까 이렇듯 애지중지 모아 둔 까닭이 무엇인가?

공맹의 가르침보다도, 노장이나 석씨의 가르침보다도 더 소중히 여기는 이유가 뭐란 말인가?"

김진이 차분하게 답했다.

"작은 이야기〔小說〕이기 때문일세."

"그게 무슨 말인가? 작은 이야기라서 소중하다니?"

"여기까지 들어오는 동안 자네가 본 서책들은 모두 성현 말씀을 담은 큰 이야기〔大說〕들이지. 거기엔 살아가는 데 중요한 가르침들이 있어. 그 말씀들을 가슴 깊이 아로새기면 큰 실수는 하지 않고 삶을 이어 갈 수 있을 것이야. 하지만 가끔은 그 옳고 옳고 또 옳은 대설보다 인간이라서 생기는 나약함이나 어리석은 실수, 검은 욕망이나 처절한 눈물을 담은 작은 이야기들이 그립다네. 이때 크고 작다는 구별은 무엇인가? 큰 것은 옳고 바르고 가치 있다는 뜻이고 작은 것은 그르고 바르지 못하고 가치 없다는 뜻이 아닌가. 가치 없는 것에서부터 가치를 발견하는 작업, 이것은 참으로 신기하고 오묘하다네. 그래서 자네도 소설을 좋아하는 걸로 아네만……. 내 생각이 틀렸는가?"

"전하께서는 소설이 심심풀이로 필사되는 것은 허용하더라도 큰 돈벌이로 방각되는 것은 막겠다고 하셨네. 자네에게 이렇듯 많은 방각 소설이 있으니, 나로서는 참으로 난감한 일이야."

"마음고생을 할까 봐서 보여 주지 않으려고 한 걸세. 진
시황이 그 많은 서책들을 불태웠지만 제자백가는 지금까
지 살아남지 않았는가? 방각 소설을 없애려고 해도 결코
사라지지 않을 걸세. 화를 내거나 눈물을 흘리고 깨달음을
얻으려는 것은 모든 사람들에게 해당하는 바이지. 그 분노
를 담은 「수호전」과 그 슬픔을 담은 「금병매」와 그 깨달음
을 담은 「서유기」는 늘 우리와 함께할 수밖에 없다네."

"각수들을 엄격히 통제하고 방각 소설을 빌려주거나 파
는 세책방과 서사를 엄벌에 처한다면 방각 소설이 흘러넘
치는 걸 막을 수 있지 않을까?"

김진이 쓸쓸하게 웃었다.

"사람은 말일세, 밥 없이는 살아도 이야기 없이는 못 산
다네. 소설 하나가 수백 수천 번 필사되는 이유도 여기에
있지. 필사하는 데 들이는 그 고생을 덜면서 더 빨리 소설
을 접할 방법이 생겼는데, 어찌 소설에 푹 빠진 이들이 그
길을 포기할 수 있겠는가? 몇 달 혹은 몇 년 정도는 방각
소설이 출간되는 횟수나 흘러 다니는 서책의 양을 줄일 수
있겠지. 하지만 필사 소설에서 방각 소설로 소설 유통 방
식이 달라지는 건 막지 못할 걸세."

"내가 어찌했으면 좋겠는가?"

"허어, 그게 어디 의금부 도사 말투인가? 빼앗아 가려면

확실히 빼앗아 가고 눈감아 주려면 확실히 눈감아 주어야지. 자네 판단을 어찌 내게 묻는 겐가? 다만……."

김진은 잠시 말을 끊고 내 얼굴을 쳐다보았다.

"훗날 소설을 좋아하고 또 그 소설의 연원을 찾는 이들이 힘겨운 표정을 짓지나 않을까 두렵군. 방각 소설이 하나도 남지 않게 되면 그때는 방각 소설도 없었는데 어찌 그 같은 살인극이 있었을까 의아해할 걸세. 틀림없이 과장이나 왜곡이 섞였다고 할 거란 말이야. 자네가 눈감아 준다면 여기 모은 방각 소설들은 좋은 증거물이 되겠지. 미리 약조를 받아 냈지만 그래도 자네가 가져가겠다면 주겠네. 내겐 이 소설들보다 자네와 맺은 우정이 훨씬 소중하니까."

거기까지 이야기가 미치자 나는 소설들을 압수할 수 없었다. 그 대신 김진이 소설에 품은 생각을 더 듣고 싶었다. 나는 그저 작고 신기한 이야기로 소설을 접했는데 김진은 전혀 다른 차원에서 소설을 이해했다.

"소설을 아끼는 자네 마음은 알겠네. 하지만 소설이 무엇인가 대단한 일을 할 수도 있다는 자네 생각은 받아들이기 힘들군. 백탑 서생들이 준비하고 만들어 가려는 새로운 세상이 지금 방각된 소설에는 전혀 없지 않은가? 오히려 그저 사랑 놀음이나 전쟁 이야기, 존재할 수 없을 것 같은 탁월한 영웅담이 전부일세. 이런 정도로는 아무것도 할 수 없지."

"내용을 따져 보기 전에 우선 소설이 처한 특이한 위치를 알 필요가 있을 듯하이. 저 밖에 있던 여러 문집에는 어떤 글들이 실려 있는가?"

"그야 시와 문이겠지. 서(書)도 있겠고 발(跋)도 있겠고 척독(尺牘)도 있겠고, 연보(年譜)도 정리되었을 테지."

"소설을 담은 문집을 본 적이 있는가?"

"없네. 소설 따위가 어찌 문집에 들어간단 말인가?"

김진이 웃으며 말했다.

"그렇지. 지금까지 소설은 문집에 싣지 못했다네. 『매월당집』에도 「금오신화」는 빠졌고, 『서포집』에도 「구운몽」이나 「사씨남정기」는 없으며, 『졸수재집』에도 「창선감의록」을 찾을 수 없으이. 이렇듯 소설은 문집에 들어갈 수 없는 천하디천한 글로 취급되어 왔네. 그런데 이런 천시가 오히려 소설에게 어떤 여유로움을 준 것 같으이."

"여유로움이라니?"

"문집에 속한 시와 문은 수천 년 동안 이어져 내려온 격식을 좇아 지은 것들이네. 고풍스러운 멋은 있겠지만 지금 여기에서 벌어지는 여러 가지 일들을 담아내기에는 한계가 있네. 얇은 천 하나를 격하여 세상을 보는 기분이라고

나 할까. 하지만 소설은 아닐세. 소설은 그런 형식을 지킬 필요가 없지. 새로운 일과 사물이 등장할 때마다 시시각각 모습이 변화할 수 있다 이 말일세. 물론 지금 방각되는 소설들 모두가 그런 새로움을 담았다는 것은 아닐세. 오히려 낡디낡은 생각들이 더 많이 드러날 수도 있네. 하지만 나는 그렇게 조금 퇴행하는 모습을 보이더라도 그 안에는 전혀 다른 기쁨이 숨었다고 보네."

"전혀 다른 기쁨이라!"

"경건함으로부터 벗어날 수 있으니까. 공맹이 남긴 글이 아무리 훌륭해도 우리 같은 평범한 사람들은 그 가르침과 거리를 둘 수밖에 없네. 소설은 독자들을 바로 끌어들인다네. 그 안으로 쑤욱 들어간다 이 말이지. 주인공과 한 몸이 되어 싸우고 사랑하며 한평생을 보내다 보면, 무슨 일이든 그냥 멀리서 구경만 하지 않고 앞으로 나와서 참여하는 기쁨을 맛볼 수 있지. 이건 전혀 다른 경험이야. 소설이 아닌 어떤 서책이 그 같은 체험을 독자들에게 줄 수 있겠는가? 그 낯섦 때문에라도 소설이 방각되는 것을 막을 수는 없을 걸세. 막으면 막을수록 기갈(飢渴, 굶주림과 목마름)은 커지는 법이니까."

"소설이 방각되면 돈을 벌려고 천한 글만 나오는 것은 아닐까? 자네가 말한 새로운 경험도 이해는 하네만, 그 경험이 그저 여인을 탐하고 나라를 무너뜨리는 것으로, 그렇게 쌓인 원한을 풀고 욕망을 채우는 것으로 바뀌지는 않겠는가 이 말일세."

김진의 표정이 조금 딱딱하게 바뀌었다.

"앞으로 오랫동안 논할 문제일세. 오로지 돈만을 벌기 위한 소설이 나오기도 할 걸세. 하지만 구더기 무서워서 장을 담그지 못하면 아니 되지. 소설이란 그 형식뿐만 아니라 내용에서도 다양함을 전제로 하니까. 돈만을 위한 소설이 나온다고 하여 수많은 독자들에게 소설이 더욱 쉽게 다가설 수 있는 방법을 접어서는 아니 되네. 내가 보기에 소설이라는 이 기기묘묘한 글쓰기는 큰 변화를 겪는 것 같으이. 어디론가 힘차게 나아가는 것 같다 이 말일세. 필사한 소설들이 엉금엉금 기어가는 것이라면 방각된 소설들은 뛰기 시작했다고나 할까."

"어디로 뛴단 말인가?"

"속단하기 어렵네. 아직은 시작일 뿐이니까. 하지만 언제까지나 소설이 이렇게 보잘것없는 글로만 남을 것 같지는 않으이. 우리 함께 한번 지켜보세. 과연 소설이 어디로 가는지, 또 무엇을 하는지 말이야. 자, 이제 이 작은 이야기들이 있는 방은 다시 꼭꼭 숨겨 두고 공맹이 있는 방으로 가세. 소설을 놓고 의논하는 것은 언제라도 할 수 있으이."

김진이 다시 창호지로 소설이 있는 방을 가렸다.

그 후로 지금까지 나는 그 방에 들어가지 못했다. 한 달 뒤 서재를 방문했을 때 그 방은 사라지고 없었다. 김진은 그곳에 있던 방각 소설들이 어디로 갔는지 가르쳐 주지 않았다. 위험하여 멀리 옮겨 두었다고만 했다. 그때 얼핏 본 소설 중에 지금까지 찾을 수 없는 것들도 많다. 김진에게 있던 것이 유일본이 되었다는 뜻이다. 이 글을 쓰고 있는 내 방 사방 벽도 소설로 가득 차 있다. 그러나 그 겨울, 작은 이야기들을 모아 두었던 방에 비하면 참으로 보잘것없다. 김진은 그렇게 세상을 깜짝 놀라게 할 무엇인가를 어딘가에 꼭꼭 숨겨 둔 친구다.

25장

진화

秦火

승상 이사는 이렇게 말하였다.

"(중략) 모든 유생들은 지금 것을 배우지 않고 옛것만을 배워 당세(當世)를 비난하며 백성들을 미혹합니다. 승상인 신 이사가 황공하게도 아뢰옵니다. 옛날에는 천하가 혼란스러워서 어느 누구도 천하를 통일할 수가 없었습니다. 그러므로 제후들이 서로 군사를 일으키고, 하는 말마다 모두 옛것을 말하여 지금을 비난하고, 허망한 말을 늘어놓아 실질을 어지럽게 하고, 사람마다 자기가 사사롭게 배운 것을 찬양하여 조정에서 건립한 제도를 비난했던 것입니다. 이제 황제께서 천하를 통일하시어 흑백을 가리고 모든 것을 지존(至尊, 황제) 한 분이 결정하도록 하셨거늘, 저 홀로 학습하여 함께 조정 법령과 교화를 비난하고, 법령을 들으면 각자 자기 학문으로써 그 법령을 의론하며, 조정에 들어와서는 마음속으로 비난하고 조정을 나와서는 길거리에서 의론하며, 군주에게 자신을 과시하여 명예를 구하고 기발한 주장을 내세워서 자신을 높이려고 하며, 백성들을 거느리어 비방하는 말을 조성할 뿐입니다. 만약 이러한 것들을 금지하지 않으신다면 위로는 폐하의 위엄이 떨어지고 아래로는 붕당이 형성될 것이오니, 그를 금지하는 편이 낫사옵니다. 신이 청하옵건대 사관에게 명하여 진(秦)나라 전적이 아닌 것은 모두 태워 버리고, 박사관(博士官)에서 주관하는 서적을 제외하고서 천하에 감히 수장한 『시(時)』, 『서(書)』 및 제자백가가 남긴 저작들을 지방관에게 보내어 모두 태우게 하며, 감히 두 사람이 시, 서를 이야기하는 자는 저잣거리에서 사형해 백성들에게 본을 보이며, 옛것으로 지금을 비난하는 자는 모두 멸족하고, 이 같은 자들을 보고서도 검거하지 않는 관리는 같은 죄로 다스리소서. 명령을 내린 지 한 달이 되어도 서적을 태우지 않는 자는 경형(黥刑)을 내리어 성단형(城旦刑, 낮에는 변경을 수비하고 밤에는 장성을 쌓는 노역)에 처하십시오. 다만 불태워 제거하지 않을 서적은 의약, 점복, 종수(種樹)에 관계된 서적뿐이며, 만약 법령을 배우고자 하는 자가 있다면 관리를 스승으로 삼게 하옵소서."

이에 진시황이 영을 내려서 "그렇게 하라."라고 하였다.

— 사마천, 『사기』, 「진시황 본기」

"그렇게 빨리 처형하는 것이 옳은 일이었을까? 빠르고 늦고를 떠나 꼭 그 죄인을 죽여야만 했을까? 곤장을 맞으면서 갑자기 그게 궁금하더군."

김진은 『주자대전』을 등지고 앉자마자 청운병의 죽음을 거론하기 시작했다. 화살이 내 가슴을 뚫고 지나갔다.

"무슨 소리를 하는 게야? 역적질을 하거나 삼강오륜을 해친 죄인은 죽어 마땅하다고."

"왜 죽어 마땅하다는 것인가? 죄인들이 모두 진범임을 어떻게 확정할 수 있느냔 말일세. 자네도 청운몽을 잘못 잡아들이지 않았나?"

"그, 그건……."

평생 나를 따라다닐 상처였다. 왜 지금 이 문제를 꺼내는 걸까?

"적어도 이 겨울만 의금옥에 가두어 두었더라면 형제가
모두 북망산을 오르는 일은 없었을 게야. 민심을 바로잡는
다는 명목으로, 끔찍한 기억을 지운다는 이유로 너무 쉽게
매설가를 죽였네."

"이미 많은 사람이 이유 없이 죽어 나가지 않았나? 자넨
죄인을 처형하는 것만 문제 삼고 그 전에 많은 이가 다치
거나 죽은 일에는 애써 눈을 감는군."

"눈감는 건 아니네. 그자들 죄를 변호할 생각도 없고. 하
지만 그렇게 범인을 죽인다고 무엇이 달라지겠나? 죽이지
않는다고 달라지는 건 무엇이고?"

"유족들은 그리 생각하지 않을 걸세."

"자네도 나도 실수하게 마련일세. 그게 바로 인간이지.
나라에서 개인의 복수를 대신하는 것도 문제가 있고 또 꼭
사람 목숨을 끊음으로만 그걸 해결할 수 있는지도 의문이
네."

"그래서 발차기를 했는가?"

나도 비수를 날릴 수밖에 없었다.

"그건 내가 지나쳤네. 하지만 그렇게 쉽게 사람을 죽이
고 병신으로 만드는 법이 문제가 있음을 아무도 인정하지
않지. 울울(鬱鬱, 매우 답답함)할 따름이야."

김진은 아직도 엉덩이가 가라앉지 않아서 엎드려 잠을 청하는 형편이었다. 나는 더 이상 이 일로 다투고 싶지 않았다. 기분이 나쁠 때는 자리를 피하는 것이 상책이다. 김진이 자리에서 일어서는 나를 붙들었다.

"서두르지 말게. 정인(情人)이 올 터이니."

그 말투가 아지랑이를 보며 봄소식을 알아맞히는 나무꾼처럼 정다웠다. 나는 갑작스레 달라진 말투에 놀라면서도 갓을 고쳐 쓰고 고개를 저었다.

"아닐세. 미령 낭자가 무엇 때문에 자네 서재를 찾는다는 것인가? 내가 가야지. 가서 미령 낭자를 만나 위로를 전하고 싶으이. 이 서재가 있음도 모르지 않나?"

"과연 그럴까? 난 왠지 오늘 꼭 자네가 이 방에서 미령 낭자와 마주 앉을 듯하이."

"무슨 소린가? 어머니와 두 오라버니를 이번 겨울에 다 잃었어. 그 슬픔이 단 열흘 만에 없어지기라도 한다는 것인가?"

반쯤 열린 방문 사이로 백동수의 굵은 음성이 썩 들어왔다.

"안에 있는가?"

박제가와 백동수 사이에 청미령이 서 있었다. 김진의 예상이 맞아떨어진 것이다. 나는 돌처럼 그 자리에 서 있었다. 등 뒤에서 김진의 음성이 들려왔다.

"무얼 하는가? 손님을 안으로 모시지 않고."

문을 활짝 열고 세 사람을 안으로 들였다. 김진은 허리에 양손을 짚으며 겨우 일어나 앉았다. 박제가와 백동수가 걱정스러운 얼굴로 김진을 살폈다.

"그래, 좀 어떤가?"

"괜찮습니다."

"괜찮긴……. 의금부에 들어갔다 나오면 적어도 열흘은 몸조리를 해야 하네. 찬바람 쐬지 말고 편히 쉬게."

김진이 시선을 잠시 청미령에게 두었다가 내게 향했다. 백동수가 먼저 입을 열었다.

"자넨 어디로 나서던 길이었나? 오늘따라 융복에서 빛이 나는군. 그 갓도 멋지고 말이야."

서둘러 갓을 벗으며 답했다.

"아닙니다. 가긴 어딜 간다고 그러십니까? 그저 옷과 갓이 맞는지 한번 입어 본 겁니다."

모두들 크게 웃었지만 청미령의 얼굴에는 미소가 피어나지 않았다. 무릎 위에 놓인 서책이 눈에 띄었다. 청미령은 손바닥으로 금질(錦帙, 비단으로 된 책의 겉표지)을 쓸며 말했다.

"마지막으로…… 이 서책이 필요하실 것 같아 가져왔습

니다.”

마지막? 세 글자가 내 가슴을 찔러 댔다. 김진이 고개를 끄덕이며 알은체를 했다.

“연화방 이교 옆 연지(蓮池) 가에 있는 회화나무 아래 성적함(成籍函, 책을 넣어 두는 상자)에는 이 서책 외에도 운향(芸香, 잎에서 향기가 나는 식물로 이것을 책 속에 넣으면 좀이 슬지 않음)의 푸른 연기에 휩싸인 청운병의 습작들이 더 있던가요?”

그걸 어떻게 아셨나요?

촉촉하게 젖은 눈이 갑자기 커졌다. 이내 안색을 고치고 고개를 끄덕였다.

“이 일과 상관이 없을 것 같아 그냥 두고 왔어요.”

나보다 먼저 백동수가 가슴을 두드리며 물었다.

“알기 쉽게 설명을 해 주시오. 대체 그 서책은 무엇인가? 또 연화방에 있다는 서책들은 또 무엇이고?”

김진이 나를 보며 답했다.

“우리가 그렇게 찾아 헤맸던 배후가 바로 이 서책에 적혀 있습니다.”

“무, 무엇이라고?”

백동수가 서책을 들고 첫 장을 펼쳐 읽었다. 그리고 실망한 듯 뇌까렸다.

"에이, 이건 그저 소설이 아닌가? 조선도 아닌 당나라를 배경으로 한 소설일세. 이 소설에 무슨 배후가 담겼다는 것인가?"

김진이 고개를 끄덕였다.

"소설이긴 합니다. 하지만 다른 소설들과는 다르지요. 이건 바로 청운병이 수많은 사람을 죽여 가며 완성하려고 했던 최고 걸작이니까요. 청운병이 어떻게 배후 인물들을 만났고 또 어떻게 사람들을 죽였는지 소상하게 기록되었을 겁니다. 물론 당나라로 그 시대가 바뀌었고 인물들 이름 역시 조금씩 변했겠으나 알아보지 못할 정도는 아닐 겝니다."

내가 따지듯 물었다.

"이것이 청운병이 지은 소설임을 어찌 아는가?"

"청운병이 말해 주었으니까."

"언제 말인가?"

"의금옥에서 청운병이 청미령과 나눈 대화를 내게 전하지 않았나? 그걸 듣다 보니 저절로 이 서책이 묻힌 곳이 떠오르더군. 나도 그 다리 옆 숲을 좀 다녀 보았거든. 하지만 이런 귀한 서책이 묻혀 있을 줄은 몰랐으이."

"그래도 이해하기 힘들군. 내가 자네에게 이 소설이 청운병이 쓴 작품이고 또 연지에 있다고 말했다고?"

김진이 빙그레 웃으며 나머지를 설명했다.

"그렇다네. 자네가 청운병이 청운몽의 소설 「당원몽」의 한 부분을 읊어 주었다고 하지 않았는가? 나도 며칠 전 그 대목을 읽었는데 약간 차이가 나더라 이 말일세. 그래서 형장으로 가기 전에 세책방에 들러 확인해 보았지. 목치 형님에게 글을 잘못 읽어 주었듯이 마지막까지 같은 수법을 썼더군."

"왜 곧바로 내게 가르쳐 주지 않았는가?"

"그중에서 한 부분을 몰라서였네. 곰솔이 회화나무로, 솔잎이 연잎으로 바뀐 건 금방 확인했네만, 소설에서 운환 다리로 나오는 부분을 청운병은 '우리 형제 어려서부터 놀던 다리'라고 했거든. 그건 청운몽 형제나 미령 낭자만이 아는 다리일세. 자네에게 이야기를 듣고 도성을 여섯 바퀴나 돌았다네. 연꽃과 회화나무가 함께 있는 곳을 찾았더니 이교 근처 연지밖에 없더군. 그리고 일단 기다리기로 했지. 미령 낭자도 곧 이 교묘한 수수께끼를 풀 것이니까."

청미령이 뒤이어 말했다.

"그렇습니다. 지난 열흘 동안 소녀가 고민했던 부분을 정확히 짚으시는군요. 과연 그렇습니다. 이건 작은오라버니가 남긴 살인 기록입니다. 누가 그 살인을 방조했는지 자세히 나오더군요."

김진이 물었다.

"우리가 이 소설을 읽어 보아도 되겠습니까?"

"물론이에요."

청미령이 건넌방에서 잠시 머무는 동안, 우리 네 사람은 돌아가며 「당원몽」을 읽었다.

주인공 당원에게는 이미 매설가로 이름을 얻은 형 당준이 있다. 아무리 노력해도 당원은 형을 넘어서지 못한다. 열등감과 절망에 사로잡힌 당원은 어느 날 서찰 한 장을 받는다. 그리고 그 서찰에서 이르는 대로 한 곳으로 나간다. 그곳은 불빛이 없는 어두운 방이다. 당원은 그곳에서 조정 대신 다섯을 만난다. 그 사람들이 조정 대신인 것은 당원에게 해 주겠다는 일을 보아서도, 또 당원이 할 일로 인해 피해를 입을 상대편을 보아서도 추측할 수 있다. 당원은 다섯 사내 중 이름을 밝힌 한 사내와 계속 연통을 하기로 하고 헤어진다. 그리고 계속 살인을 저지르고 그 죄를 형 당준에게 덮어씌운다. 나라에서는 당준과 친했던 흑탑 서생들을 잡아들여 문초하고 죽인다. 그로부터 십여 년 세월이 흐른 뒤, 당원이 쓴 소설이 송철이란 필명 아래 출간된다. 아무도 송철이 당원임을 모른다. 소설은 당나라를 휩쓸고 신라에까지 전해진다.

백동수가 먼저 입을 열었다.

"끔찍한 일이군. 청운몽뿐만 아니라 백탑 아래에서 시를 즐기고 세상을 논하던 우리들까지 노렸다는 말이군. 그런 줄도 모르고 모여 앉아 청운몽의 초상이나 그렸으니……."

박제가가 맞장구를 쳤다.

"오늘이라도 당장 이 서책을 들고 전하를 뵈어야겠습니다. 증거가 명명백백하니 이놈들을 모두 엄히 벌할 수 있을 겁니다."

김진이 고개를 저었다.

"아니 됩니다. 이건 어디까지나 소설일 따름입니다. 누가 소설을 사실로 믿어 줍니까? 더군다나 전하께서는 방각 소설을 모두 거두어 없애라는 밀명까지 내리셨습니다. 이 소설을 근거로 저들을 공격했다가는 우리가 당하고 맙니다."

내가 이의를 달았다.

"그렇지만 누가 보더라도 이 소설 내용은 청운병의 살인 행각과 일치하지 않는가? 전하께서도 이 서책을 보시면 이번 일을 다시 생각하실 걸세. 저들을 엄벌에 처할 수도 있다 이 말이야."

김진이 좌중을 둘러보며 답했다.

"전하께서도 이 정도 사람들이 연루되었음을 이미 짐작하실 겁니다. 그러니까 초정 형님의 집에 암행까지 오셨던 게 아닐는지요? 또 백탑 서생들에게 자중하라는 명을 내리신 것이고……."

백동수가 맞장구쳤다.

"그렇지. 전하께서는 이미 누가 청운몽과 우리를 몰아세우는지 짐작하고 계시네. 이 소설을 통해 이름 몇 개를 더 얻는다고 달라지는 건 없을지도 몰라. 그런데 참으로 이상한 일이군. 청운병이 왜 이런 소설을 썼을까? 등장인물과 상황을 모두 바꾸었지만 누가 보더라도 이 일이 청운몽과 관련되었음을 짐작할 수 있지 않은가? 자백서를 읽는 느낌이 드네."

김진이 답했다.

"한 사람이 품은 복잡한 속마음을 어찌 간단히 읽어 낼 수 있겠습니까? 몇 가지 추측은 가능하겠지요. 우선 가장 쉽게 생각할 수 있는 것은 청운병이 만일을 대비하여 이 소설을 지었다는 겁니다. 최남서를 비롯한 대신들과 밀약을 했더라도 언제든지 상황은 변할 수 있으니까요. 만에 하나 청운병에게 모든 죄를 덮어씌운다거나 처음에 약조한 일들을 지키지 않으려 할 때, 자신을 지키려고 이 글을 지었다고 볼 수 있습니다."

박제가가 고개를 갸웃거리며 물었다.

"그런 글이라면 간단하게 정리해서 간직하면 될 일이지. 이렇듯 장황한 소설을 지을 이유가 있겠는가?"

"그 점이 복잡하다는 겁니다. 그러니까 이 소설을 자신을 지키려고 지었다고만 볼 수는 없겠지요. 청운병은 계속 청운몽 소설의 애독자들을 살해하면서, 또 의금부와 포도청을 우롱하면서, 이것이야말로 위대한 소설을 쓸 수 있는 좋은 소재라고 생각한 건 아닐까요? 세상과 내가 싸우는 것보다 사람을 혹하게 만드는 일은 없습니다."

"하지만 이건 청운병 자신에게 매우 위험한 일일세."

"처음부터 청운병은 스스로를 완전히 감추는 방식으로 일을 꾸미지 않았습니다. 오히려 자신을 드러내면서 잡을 테면 어디 잡아 보라는 식이었죠. 의금부와 포도청을 따돌리며 자신은 결코 잡히지 않는다는 확신을 가졌을 겁니다. 그리고 영원히 잡히지 않는 살인자 이야기를 세상에 내놓고 싶었겠죠. 지금 당장은 위험하지만 사건이 잠잠해지기를 기다려 안전한 곳에 몸을 피한 후 완전 범죄를 꿈꾼 한 사내의 이야기를 세상에 내놓으려고 했나 봅니다."

백동수가 혀를 찼다.

"허어참! 정말 그랬을까? 세상과 싸워 이길 수 있다고 생각한 것일까? 참으로 무모한 일이야. 무엇 때문에 그런 싸움을 한단 말이지? 형 자리를 빼앗기 위해서? 매설가 따위가 무엇이라고. 형을 죽음으로 몰아넣은 것도 모자라 그 일을 소설로 꾸밀 생각을 했을까? 모르겠군. 정말 모르겠어."

내가 슬쩍 끼어들었다.

"그게 소설이 가진 마력이 아닐까요? 강하고 멋진 이야기가 있을 때, 누군가 그 이야기를 가져가기 전에 자신이 써야 한다는 강박이 청운병에게서 양심을 지우고 형제간 정도 버리게 만들었나 봅니다."

김진이 내 말을 이었다.

"청운병의 일을 보면 사람은 처음부터 악한 마음을 가지고 태어난다는 순자의 가르침이 옳은 것도 같습니다. 청운병이 품은 그 마음을 소설이 크게 키운 측면도 있겠지요. 안타까울 뿐입니다."

"이 서책은 어찌하는 것이 좋겠나?"

박제가가 물었다.

"미령 낭자에게 의향을 묻는 게 어떻겠습니까? 가지고 싶다면 주고 우리에게 맡기겠다면 태워 버리는 편이 낫겠습니다."

백동수가 물었다.

"태워 버리다니? 왜 이것을 태워야 한다는 말인가?"

"이 소설이 그 어둠 속에 있던 대신들에게 들어간다면 그자들은 틀림없이 백탑파가 꾸민 자작극으로 몰 겁니다. 빠져나갈 방도가 마땅치 않지요. 우린 다만 이 이름들을 기억하고 조정에 들어가면 될 듯합니다. 그자들이 누구와 뜻을 맞추고 또 모꼬지를 갖는지 파악하면 어둠은 차차 밝음으로 바뀌겠지요."

백동수가 이의를 제기했다.

"그래도 만일을 대비해서 갖고 있는 것이 낫지 않을까? 안전하게 보관하겠네. 내게 주게."

박제가는 김진의 뜻에 동의했다.

"아무리 급박한 상황이 와도 이런 걸로 위기를 벗어나고픈 생각은 없으이. 이것이 우릴 지켜 줄 수도 없고 말이야. 아직 소설은 그저 세상을 어지럽히는 이야기 정도로 취급될 뿐이니까."

김진이 나를 보며 말했다.

"이 소설은 자네가 미령 낭자에게 갖다 주게. 할 말도 따로 있을 테고."

박제가와 백동수가 보내는 시선이 부담스러웠지만 나는 그 서책을 들고 일어서서 건넌방으로 갔다. 김진의 배려가 고맙기도 했다.

"낭자! 미안하오. 명례방에 가려고 몇 번 마음을 먹었으나 일이 뜻대로 되질 않았소."

그동안 있었던 믿기 힘든 사건들을 일일이 설명할 여유는 없었다. 청미령이 무표정하게 받았다.

"아니에요. 이렇듯 생명을 잇고 있는 것도 모두 나리 은

혜란 걸 잘 안답니다."

"은혜라니요? 당치도 않소. 이제 이 일만 끝나면 명례방에 자주 찾아가리다."

청미령이 시선을 내린 채 말머리를 돌렸다.

"작은오라버니 소설은 어찌하기로 하셨습니까?"

"아, 그건…… 원하면 다시 돌려드리리다."

청미령은 잠시 생각한 다음 말했다.

"나리께서 그 소설을 한 줌 재로 만들어 주세요. 작은오라버니 이름이 더 이상 세상 사람들 입에 오르내리지 않았으면 합니다. 큰오라버니와 작은오라버니의 일이 조용히 잊혀질 수 있도록 도와주세요. 마지막 부탁입니다."

마지막이라는 말을 두 번이나 했다. 나는 청미령을 붙들 기회가 이 순간뿐임을 직감했다. 용기를 내어 대문 앞에서 쥐지 못했던 손을 잡았다.

"낭자! 내가 이런 말을 할 형편이 아님을, 내가 낭자 집안에 얼마나 죄를 많이 지었는지를 알지만, 내가 그렇기에 더욱더 낭자를 지키며……."

말이 자꾸 헛돌았다. 이게 아니다. 지난 열흘 동안 준비한, 아니 청미령을 처음 보는 순간부터 떠올랐던 문장들이 뒤엉켜 부서졌다. 일구난설(一口難說, 한 입으로 말하기 어려움)이다. 나는 크게 숨을 들이마신 다음 간단히 내 마음을 전했다.

"낭자! 이제 내가 낭자 가족이 되리다. 나를 믿으오."

청미령은 마주 잡은 내 손을 내려다보며 한동안 말이 없었다. 지난겨울에 생긴 일들이 한 줄기 바람처럼 그 몸을 휘감고 지나가는 듯했다. 이대로 보낼 수 없다. 마음껏 사랑하지도 못한 채 상처만 주고 떠나보낼 수 없다. 그 목소리는 지나치게 단정하여 오히려 여유롭기까지 했다.

"그동안 고마웠습니다. 하지만 나리 마음을 받아들일 수 없습니다. 소녀에게는 더 나눌 마음이 없습니다. 망자들의 극락왕생을 빌기에도 평생이 모자랄 것이에요."

"아니 되오. 낭자! 그대에게 해 주고 싶은 것이 얼마나 많은데, 내 비록 보잘것없지만 낭자에게 행복이 무엇인가를 사랑이 무엇인가를 기쁨이 무엇인가를, 내가 얼마나 낭자를 아끼는가를……."

청미령이 손을 빼며 말했다.

"겨울 내내 충분히 나리가 제게 보내시는 따뜻한 마음을 느꼈답니다. 하지만 여기서 모든 걸 접겠어요. 작은오라버니가 쓴 마지막 소설을 읽으면서 소녀가 떠나야만 나리께서 이 살인에 얽힌 기억들로부터 벗어나실 수 있다는 생각을 했어요. 차라리 나쁜 여자라고 마구마구 원망하고 욕하세요. 정말 소중하고 귀한 방연(芳緣, 좋은 배필을 만날 인연)이 나리를 찾을 겁니다. 이제 가야겠네요. 부디 좋은 분 만나서 행복하세요. 저 같은 것은 잊으시고요."

"낭자! 어머니와 두 오빠를 잃은 슬픔을 쉽게 위로할 수 없음을 잘 아오. 그렇다고 세상을 등지는 것은 옳지 않소. 내가 지켜 주리다. 나와 함께 희망을 찾읍시다. 비진흥래(悲盡興來, 슬픔은 다하고 즐거움이 옴)의 날들이 이어질 게요."

"소녀 마음은 이미 정해졌답니다."

"평생 나를 죄인으로 만들 셈이오? 속죄할 기회를 주오."

"그 일이 어찌 나리 잘못이겠습니까? 나리께는 어떤 원망도 없으니 저희 집안 일로 마음 다치는 일이 없었으면 해요. 오히려 그동안 베풀어 주신 후의를 조금도 갚지 못한 채 떠나는 것이 송구할 따름이에요."

"낭자!"

청미령은 말없이 돌아섰다.

우격다짐으로라도 붙들어야 했을까. 문 앞을 가로막아야 했을까. 백동수는 두고두고 내가 청미령을 놓친 것은 사내답지 못한 내 우유부단함 때문이라고 놀렸다. 그러나 나는 붙잡지 않았다. 아니 붙잡을 수 없었다. 삶에 지친 그 텅 빈 눈망울을 들여다보는 순간 두 손과 두 발이 움직이지 않았다.

청미령이 방문을 열고 신을 신고 마당을 가로질러 길모퉁이를 돌아 사라지는 것을 나는 그저 지켜보고만 있었다. 눈앞에 아지랑이가 스멀스멀 올라왔다. 나는 이것이 모두 지독한 악몽이거나 슬픈 소설이기를 바랐다. 그러나 오늘의 이별은 너무나도 분명한 현실이었다. 고통이었다. 대장부는 눈물이 있으나 흘리지 않는다지만 슬픔을 가누기 힘들었다.

　아니야! 이대로 보낼 수는 없어.

　나는 서재를 황급히 나섰다. 오른손에는 청운병이 남긴 소설책이 들려 있었다. 갑증(甲繒, 품질이 좋고 무늬가 있는 비단)으로 싸고 품에 숨겨 조심해야 할 물건을 버젓이 손에 들고 광통교 거리를 바삐 걸은 것이다. 그때 최남서나 박헌과 내응했던 자들 눈에 띄기라도 했다면 어찌 되었을까? 그 자들에게 서책을 빼앗기기라도 했다면?

　지금 생각하면 눈앞이 아찔한 순간이지만 그때 나는 그런 위험을 가늠할 수 없었다. 내 머릿속에는 온통 방금 나에게 영원한 이별을 고한 사랑을 찾겠다는 마음뿐이었다. 시장을 기웃거리며 바삐 걸음을 옮겼다. 청미령은 없었다. 조금 지체하긴 했지만 내 걸음걸이라면 능히 따라잡을 수 있다. 그런데 정말 연기처럼 사라져 버린 것이다. 다시 대국에서 들여온 그림을 파는 가게 앞에서 이리저리 기웃대

다가 발을 헛디며 엉덩방아를 찧었다. 행인들 이목이 내게 집중되었다. 가게 안에 있던 턱석부리 주인이 황급히 나와서 나를 부축해 일으켰다.

"또 어인 일이십니까? 제게 있던 방각 소설은 모두 거둬 가시지 않으셨습니까? 정말 저희 집엔 아무것도 없습니다."

나는 황급히 한 걸음 뒤로 물러서며 답했다.

"아닐세. 그 일 때문에 온 것이 아니야."

다시 청미령을 찾으려는데, 턱석부리의 물음이 뒤통수를 쳤다.

"나리! 신문 안 저잣거리로 아니 가십니까? 저물 무렵 그곳에서 방각 소설을 태운다 들었습니다만⋯⋯."

정신이 번쩍 들었다. 고개를 들어 하늘을 보니 어느새 저녁 해가 서산으로 뉘엿뉘엿 졌다.

"그리고 나리! 오른손에 쥔 것은 무슨 책입니까요? 이리 주십시오. 흙먼지가 가득 앉았네요. 털어 드리겠습니다."

그 순간 나는 오른손에 들려 있는 소설책을 발견했다.

"『논어집주』라네. 지성선사(至聖先師, 공자)의 가르침 중 되새길 것이 있어서 가지고 나왔네."

필요 없는 말까지 뱉었다. 광통방을 벗어난 후 그 책을 품 안에 조심스럽게 넣었다. 그리고 한달음에 대다방동을 지나 멀리 육조 거리를 오른쪽으로 두고 여경방까지 달렸다. 신문 위로 어둠이 짙게 내려앉았다.

"하루 종일 어디 있었던 게야? 이 일이 얼마나 중요한 줄 모르고 늑장을 부리는가? 저렇게 먹구름이 몰려드는 걸 보니 밤부터 비라도 내릴 모양인데, 그 전에 저 많은 서책들을 다 태워야 하네."

판의금부사 채제공은 산더미처럼 쌓인 방각 소설과 내 얼굴을 번갈아 쳐다보며 화를 냈다. 입이 열 개라도 할 말이 없었다.

"오늘 자네 과실은 나중에 따로 이야기하세. 우선 저 서책들을 불태우게. 지금 당장!"

"알겠습니다."

나장으로부터 활활 타오르는 횃불을 건네받았다. 오른팔을 쭉 뻗어 횃불을 높이 든 채 주위를 살폈다. 청운몽과 청운병이 죽을 때도 저렇듯 많은 사람들이 모이지는 않았다. 죄인을 요참(腰斬, 중죄인의 허리를 잘라 죽이는 형벌)하는 것도 아니고 피비린내를 풍기는 것도 아닌, 단지 서책과 그 서책을 찍어 낸 목판들을 불태우는 자리가 아닌가. 몇 사람이 눈에 쏙 들어왔다. 세책방과 서사 주인들이다. 그 얼굴에는 안타까움이 그득했다. 막대한 이익을 남겨 주던 방각 소설을 한꺼번에 잃게 된 것이다. 그 뒤로 선 구경꾼들 얼굴에도 슬픔이 넘쳐흘렀다.

방각 소설 독자들이 저렇듯 많았단 말인가? 과연 저 많은 이들에게 기쁨을 주던 방각 소설을 모조리 태워 없애는 것이 옳은 일일까? 화광이 주장하듯이, 이렇게 모아 태운다고 방각 소설이 사라질까?

성큼성큼 걸음을 옮겨 방각 소설을 쌓아 둔 산 옆에 섰다. 그리고 다시 한 번 고개를 돌렸다. 어느새 채제공은 없고 도승지 홍국영이 서 있었다.

대감! 이것으로 이 끔찍한 살인에 얽힌 기억은 영원히 사라지는 것일까요?

그렇다네. 다시는 이런 망극한 일은 일어나지 않을 게야. 매설가든 독자든 그 누구도 소설에 혼을 빼앗겨 낭패를 보는 일은 없겠지. 덕화대행(德化大行, 왕이 베푼 덕이 온 나라에 크게 퍼짐)하여 격양가(擊壤歌, 세월의 태평함을 기리는 노래)를 부를 날이 올 걸세.

과연 저 방각 소설들은 착한 이를 악하게 만들고 부자를 가난뱅이로 떨어뜨리며 이웃 사랑을 자기 탐욕으로 바꾸는 일만 할까요? 방각 소설로 인해 더욱 좋아지고 나아지는 것은 없을까요?

없을수록 이 세상에 덕이 되는 글이 바로 소설이라네. 소설이 없더라도 바른 도리를 가득 담은 대설이 있지 않은가. 대설이 가르치는 것을 배우고 지키기에도 우리네 인생이 너무 짧지.

홍국영이 힘껏 고개를 끄덕였다. 나는 손을 뻗어 소설책에 횃불을 갖다 댔다. 휘이익, 소리와 함께 바람을 등지고 불길이 피어올랐다. 순식간에 서책 전부가 불길에 휩싸였다. 불꽃을 피해 물러섰다.

"자알 타는구면."

김진이 뒤에 와서 서 있었다. 고개를 약간 숙인 채 아무 말도 하지 않았다.

"참으로 대단한 구경거리로군. 이제 당분간 도성에서 방각 소설을 빌리거나 사는 건 어렵겠어. 실망하는 저 표정들을 좀 보게. 저런, 뚝뚝 눈물 떨구는 사람도 적지 않군. 이것이야말로 또 다른 슬픈 소설이겠어."

"그만하게. 자네도 조심해. 언제 소설이 있는 그 방을 의금부나 포도청 관원들이 급습할지 모르니까."

김진이 웃으며 아무것도 적히지 않은 종이를 소매에서 꺼냈다.

"환술(幻術, 마술) 하나를 보여 줄까? 담헌 선생을 모시고 연경에 갔을 때 배운 거라네. 자, 자알 보게."

김진은 백지를 반으로 뚝 잘라 찢었다. 그리고 그 반을 쥐고 다시 반으로 찢었다. 그렇게 계속 찢어 나가니 어느새 종이는 세필보다도 더 가늘어졌다.

"자네 오른손에 들린 횃불을 잠시 빌릴 수 있을까?"

나는 횃불을 기울였다. 김진은 횃불 위로 찢어진 종이를 천천히 올렸다. 곧 불이 붙어 검은 재로 변했다. 종이가 거의 다 탈 무렵 김진이 힘껏 재를 하늘로 뿌렸다. 그리고 다시 종이 하나를 내밀었다. 나는 김진이 새 종이를 꺼내는 것을 보지 못했다. 마치 종이가 타는 것과 동시에 새 종이가 만들어진 것 같았다.

"읽어 보게."

그 종이를 흔들어 폈다.

"아니, 이것은……."

놀랍게도 방각 소설 『숙향전(淑香傳)』의 첫 부분이었다.

"내 눈을 속여 소매에서 꺼낸 거로군. 장난은 그만두게."

김진이 이번에는 소매를 걷어 올리고 손바닥을 앞뒤로 뒤집어 보였다. 그리고 다시 그 종이를 찢기 시작했다. 반으로, 다시 반의 반으로! 이윽고 더 이상 찢기 힘들 만큼 잘게 찢어진 종이를 다시 내 앞에 내밀었다. 눈을 크게 뜨고 횃불을 갖다 댔다. 그러자 다시 찢어진 종이는 짧게 타올랐다가 재로 변해 갔다. 불꽃이 사그라질 때쯤 다시 새 종이가 왼손에 있었다. 눈을 똑바로 뜨고 그 손만을 노려보았지만 언제 어떻게 종이가 건네졌는지 알 수 없었다. 나는 종이를 받아서 다시 폈다. 아까 보았던 방각 소설 『숙향전』의 첫 부분이었다.

    ……일일(一日)은 김생이 벗을 전송하려고 나귀를 타고
강에 이르니, 어부들이 그물을 들어 고기를 잡을새 큰 거북
을 잡아 구워 먹으려 하거늘 김생이 보고 말려 가로되 "이
것이 매우 이상하니 죽이지 말라." 한대, 어부 답 왈 "비록
이상하나 우리들이 종일토록 고기 잡은 것이 없고 다만 이
것을 잡아 시장하기로 구워 먹겠노라." 하니 김생이 다가
가니 거북의 이마에 천(天) 자 있고 배에 왕(王) 자 분명한
지라. 그 거북이 눈물을 머금고 김생을 우러러보며 죽기를
슬퍼하더라. 김생이 불쌍히 여겨 비싼 값을 주고 거북을 바
꾸어 물에 넣으니 거북이 몇 번이나 돌아보며 물속으로 들
어가더라. 김생이 벗을 전송하고 돌아오다가 그 강을 건널
때 큰 비가 와서 다리가 무너지고 배가 뒤집히니, 김생이
하늘을 보고 우러러 "김생을 살리소서." 하니 문득 본즉 깊
은 물속에서 검은 판장 같은 것이 떠오르니 김생이 급히 그
위에 올라가 목숨을 구하니, 꼬리를 치고 네 발을 저어 물
가로 나오더라……

"어떻게 한 건가? 장난은 그만두게."
김진이 쓸쓸하게 웃으며 답했다.

"그래, 환술은 장난에 불과하지. 하지만 이렇게 찢고 불을 붙여도 거듭 되살아나는 종이처럼, 방각 소설도 전혀 새로운 모습으로 다시 우리를 찾아올 걸세. 시간이 조금 더뎌지긴 해도 결코 사라지지는 않는다 이 말이지. 그냥 사라지고 말 종이 뭉치가 아니라 기쁨과 깨달음이 그 안에 녹아 있으니까."

그을음을 피해 자리를 떠나는 홍국영의 뒷모습을 보며 김진에게 물었다.

"대신이 다섯이나 이 일에 개입을 했다면, 최남서를 제외하면 네 사람이겠지만, 탑전에서 내리는 은밀한 명을 받들어 당상관들을 일일이 감시하던 도승지 대감이 눈치채지 못했을 리 없지 않은가? 왜 도승지 대감은 그자들을 잡아들이지 않았을까?"

김진이 불꽃을 보며 조용히 답했다.

"그게 바로 정치라는 걸세. 도승지 대감은 전하의 각별한 보살핌을 받고 있으나 주위에 원군이 거의 없으니. 그래서 원빈 마마를 억지로 대궐로 모셨던 것일 테고. 네 대신은 도승지 대감이 든든한 방패막이로 쓸 수 있는 인물이야. 그래서 도승지 대감도 눈감아 주었겠지. 처음부터 칼날이 자신을 향한다는 걸 안다면 그리하지 않았을 거야. 도승지 대감은 도승지 대감대로 대신들은 대신들대로 딴생각을 품고 있었어. 서로 힘을 모아 공동의 정적을 친 후엔 마지막으로 상대 목숨을 노리겠다는 거였지."

"시랑(豺狼, 승냥이와 이리) 같은 자들이로세."

"네 대신을 하옥시킬 수는 있겠지. 하지만 그리되면 서로 너무 많은 상처를 입게 되네. 네 대신은 당연히 참형을 당할 테고 도승지 대감 역시 삭탈관직될 걸세. 어부지리는 딴 신료들이 챙기지. 그럴 바에야 차라리 서로 묻어 두는 편이 나아."

"번암 대감도 그 대신들을 알고 계셨겠지?"

"처음부터는 아니었겠지만 어느 정도는 짐작하였으리라고 보네. 번암 대감은 옥체 상하시는 일을 막는 선에서 최대한 이 일을 조용히 마무리하려고 했겠지. 용상 주인이 바뀐 지 몇 해 지나지도 않았는데 피를 부르는 사화(士禍)가 생긴다면 나라 전체가 흔들릴 테니까. 번암 대감다운 판단이고 처신이네."

"더럽군."

김진이 웃었다.

"후후, 더럽지. 하지만 백탑 서생들은 그 더러움 속으로 들어가기로 이미 뜻을 모았다네. 홀로 고고한 척 지낼 수는 없게 되었어. 아! 참으로 힘겨운 나날이 될 걸세. 자, 이제 또 다른 미련이 남았는가?"

나는 횃불을 김진에게 건넨 다음 천천히 품에서 서책 한 권을 꺼냈다. 사람들의 시선이 온통 방각 소설 위로 피어오르는 불꽃에 쏠렸다. 불꽃을 향해 장승걸음(몹시 느리게 걷는 걸음)을 옮겼다. 청운몽의 성모(星眸, 맑은 눈동자)가 떠올랐다. 다시 한 걸음 다가서자 청운병의 날카로운 코와 고운 턱선이 되살아났다. 마지막으로 다시 한 걸음 나섰다. 머리를 깎고 승복을 입은 청미령이 합장하며 허리를 숙였다. 김진이 불타오르는 소설들을 향하여 침울한 기분을 장단을 타듯 풀어냈다.

　　"추위 아직 가시지 않고 봄소식 머니 슬프다. 이 세상 모든 잘못 매설가에게 쏟아부으니 슬프다. 소설이 담긴 죄로 불타오르는 저 서책들이 슬프고, 그 소설로 이문을 챙기려던 세책방과 서사 주인들 눈망울이 슬프고, 사라진 이야기 못내 그리워하는 아낙들 한숨 소리도 슬프다. 일찌감치 전을 걷은 저잣거리로 깔리는 어둠이 슬프고, 동서남북을 경계하며 장창을 굳게 쥔 나장들 긴 손가락이 슬프다. 사랑에 가슴 졸이는 낭자에게 기쁨을 줄 수 있는 애정 소설이 사라진 것이 슬프고, 입신양명을 꿈꾸는 서생에게 하룻밤 꿈이라도 선사하는 영웅 소설이 없으니 슬프다. 밤이 밤답지 않게 눈물을 비추니 슬프고 아침이 아침답지 않게 상쾌하지 않으니 슬프다. 소설을 다 찾지 못한 의금부 도사도 슬프고 더 많은 소설을 숨겨 두지 않은 꽃에 미친 서생도 슬프다. 소설이 사라지면 새로운 날들이 열리리라고 믿는 대신들이 슬프고, 서책을 불태우는 것으로 소설을 없앨 수 있다고 믿으시는 그분 결정이 슬프다. 봄에도 슬프고 가을에도 슬프다. 슬픔이 힘이 될 수 없음이 슬프고, 그래도 슬픔 외에는 기댈 곳이 없는 것이 슬프다. 슬픔은 드러내지 않아야 한다는 성현 말씀이 슬프고, 기쁨이 아닌 것으로 항상 폄하되는 것이 슬프다. 나는 노래하고 싶다. 슬픔이 없다면 아무것도 느낄 수 없다. 슬픔만이 저 하늘과 땅을 덮을 수 있다."

방각 소설이 영원히 사라지지 않을 것이라는 김진의 예언처럼, 미령 낭자와 내 인연도 끊어지지 않기를 바라고 또 바랐다.

낭자!

내가 꼭 그대를 찾겠소. 낭자의 고통과 상처를 내가 모두 보듬어 안겠소. 그러니 잠시만 기다리시오. 새벽 예불 드릴 때 멀리 울고 가는 까치 있거든 나인가 여기고, 저녁 냇가를 재빨리 건너가는 다람쥐 있거든 나인가 여기세요. 비록 떨어져 있지만 나는 잠시도 낭자를 잊지 않으리다. 부디 아프지 말고 눈물 너무 많이 흘리지 말고 날 위해 몸성히 있어 주오.

내 손을 떠난 청운병의 소설은 너무나도 쉽게 불길 속으로 날아가 검은 재로 변했다. 눈물 한 점 떨어뜨릴 사이도 없이.

26장

희망의 계절

귀안성(歸雁聲, 봄이 되어 기러기가 북쪽으로 돌아가며 우는 소리) 시끄러워 봄인가 했더니, 방비(芳菲, 2월)와 탐화(探花, 3월)를 문득 돌아 여름이 왔다.

유월로 접어들자 박제가, 이덕무, 유득공, 서이수가 규장각 검서관으로 임명되었다. 조정 대신들이 반대하였지만, 능력 있는 서얼들에게도 기회를 주어야 한다며 강하게 밀어붙이셨다. 특이한 점은 이들을 검서관으로 적극 추천한 이가 홍국영이라는 사실이다. 나 역시 규장각 직제학을 겸하게 된 홍국영의 배려로 훈련도감 별장으로 자리를 옮겼다. 그러나 야뇌 형님은 계속 잠행하다가 무신년(戊申年, 1788년)이 되어서야 장용영 초관으로 임명되었다. 김진은 규장각 서리(胥吏)가 되어 자유롭게 규장각을 출입하며 검서관들을 도왔다. 훗날 '다섯째 검서'로 불린 것도 이런 이유 때문이다.

신축년(辛丑年, 1781년) 홍국영이 죽은 후에야 연암 선생은 다시 도성으로 돌아왔다.

백탑 서생들이 한자리에 모이는 기쁨은 산적한 일상 업무 속에서 사라져 갔다. 때때로 일이 너무 고되고 지쳐 벼슬을 던지고 백탑 아래로 달려가고 싶기도 했지만, 아무도 그렇게 하는 사람은 없었다. 바야흐로 희망이 넘치는 계절이었던 것이다. 전하를 모시고 나아간다면 꽁꽁 언 이 나라를 단숨에 녹일 수 있으리라고 믿었다. 물론 시련도 있고 방해도 받겠지만 두렵지 않았다. 우린 젊었고 꿈이 있었으니까. 그 꿈을 이루어 주겠다는 주군이 계셨으니까.

방각 소설을 불태운 후 나는 청미령을 찾으려고 노력했다. 그 맑은 얼굴이 떠오를 때면 막막강궁 둥에 메고 산천을 발섭(跋涉, 산을 넘고 물을 건너 널리 두루 돌아다님)했다. 신문으로 접어들 때, 세책방에서 소설을 고를 때, 은행나무를 볼 때 내 사랑은 거기 있었다. 봄이 지나 여름으로 접어들었지만, 내게는 내내 겨울이었다. 한 가족을 완전히 풍비박산시킨 내가 거기 있었다.

백탑 서생들의 말이나 글이라면 상(上)은 무엇이든 즐거이 경청하셨다. 초정이 양반의 반을 도태시키자고 했을 때도 다만 웃으며 지나치다고 하셨을 정도다. 그러나 끝내 매설가를 대하는 편견은 버리지 못하셨다. 올바르지 못한 문장을 자주 경계하셨고 그중에서 가장 천하고 천한 것이 소설이었다.

이 일로 우리는 가끔 꾸중을 들어야만 했다. 세인들 입에 오르내린 연암체니 검서체니 하는 것도 전부는 아니지만 소설에서 영향을 받았을 것이다. 이야기를 만들고 시시껄렁한 일상에서 단단함과 소중함을 드러내는 데는 소설만 한 것이 없으니까.

김진의 예언처럼 방각 소설은 사라지지 않았다. 그 소설을 모두 불태운 후 십 년 동안은 거의 그 흔적을 찾을 수 없었고, 또 십 년 동안은 방각 소설 몇 편이 떠돈다는 풍문을 들었으며, 그다음 십 년에는 세책방과 서사의 어두컴컴하고 은밀한 자리에 다시 방각 소설이 나타났던 것이다. 내 기억으로는 방각 소설이 불태워지고 몇 해 지나지 않아 새로 나온 『임경업전』을 은밀히 구경했던 것도 같다.

방각 소설이 다시 나타났음을 아시고도 하교가 없으셨다. 거두어 없애는 것만으로는 그 하찮고 더러운 글쓰기를 멈추게 하지 못한다고 생각하신 것은 아닐까. 그러나 늘 마음 깊은 곳에서는 이 나라 서생들이 바른 문장을 배우고 읽고 쓰게 하겠다는 바람을 가지고 계셨으리라.

임자년(壬子年, 1792년) 연암 선생의 문체를 꾸짖으신 것도 갑자기 휘두른 채찍이 아니라 그동안 하셨던 주의나 경고를 공식화한 것이다. 물론 그렇게 하실 수밖에 없었던 상황은 또 다른 자리에서 논의될 문제지만.

내가 이런 소설까지 쓴 걸 아시면, 또 앞으로도 꽤 많이 그 시절의 빛나던 부분과 어두운 부분을 소설에 담을 것을 아시면, 돌아가신 선왕(정조)께서는 어떻게 나무라실까? 아마도 종친으로서 제자리를 잡지 못한다며 엄히 꾸짖으시겠지. 어쩌면 이 방 안에 쌓인 서책들을 모두 빼앗고 붓을 꺾어 버리실지도 모른다. 고이 늙으라고. 그럴 자신이 없으면 차라리 빨리 세상을 접으라고.

그러나 나는 믿는다. 시나 고문으로, 그 바르고 맑은 글로 천하를 논해야 하는 자리가 있는 만큼 속되고 속된 소설이 참여할 부분도 있음을. 하명하신 자성문(自省文, 반성문)에 초정 형님이 이런 문장을 섞어 넣은 것도 그 때문이다. 내 입장이 초정 형님과 한 점 한 획 다르지 않으므로 여기 그 대목을 인용함으로써 백탑 서생들에 관한 첫 소설을 마치고자 한다.

대개 허물은 두 가지가 있습니다. 배움이 도달하지 못한 것은 실로 제 잘못이나, 성(性)이 같지 아니한 것은 제 잘못이 아닙니다. 음식에 비유하여 놓는 위치로 말하자면 기장은 앞에 두고 고기는 뒤에 놓습니다. 맛으로 말하자면 곧 젓갈 짠맛을 취하고 매실 신맛을 취하고 겨자 매운맛, 차 쓴맛을 취하는 것입니다. 지금 짜지 않고 시지 않고 맵지 않고 쓰지 않은 것으로 소금과 매실과 겨자와 차를 탓한다면 괜찮은 것이지만, 만일 소금이 된 것, 매실이 된 것, 겨자가 되고 차가 된 것을 탓하면서 '너는 왜 기장과 같은 종류가 되지 않았느냐?' 하고, 고깃덩어리에게 '너는 왜 앞에 놓이지 않았느냐?'라고 질책한다면 그 덮어쓴 것은 실질을 잃어 천하의 맛이 없어질 것입니다.

— 박제가, 「비옥희음송인(比屋希音頌引)」

(끝)

참고 문헌

  이번에도 역시 여러 국학자들의 뛰어난 선행 연구를 바탕으로 『방각본 살인 사건』을 구상하고 집필하였다. 특히 서대석, 이창헌, 안대회, 정민, 강명관 선생님의 저서와 논문을 읽으며 많은 것을 배웠다. 깊이 감사드린다. 소설에 직접 인용하거나 간접으로 녹인 중요한 참고 문헌을 아래 제시한다.

등장인물 관련 자료

『**정조실록**』, 세종대왕 기념사업회 편, 1991.

정조, 『국역 홍재전서』, 민족문화추진회 편, 1997.

정조 외, 『홍재전서 · 영재집 · 금대집 · 정유집』, 송준호 · 안대희 역, 고려대 민족문화연구소, 1996.

채제공, 『번암집』, 민족문화추진회 영인 표점, 한국문집총간 236~237, 1999.

박지원, 『연암집』, 민족문화추진회 영인 표점, 한국문집총간 252, 2000.

박지원, 『국역 열하일기』, 민족문화추진회 편, 1968.

박지원, 『비슷한 것은 가짜다』, 정민 역, 태학사, 2000.

박지원, 『연암 박지원 산문집』, 리가원 · 허경진 역, 한양출판, 1994.

박종채, 『나의 아버지 박지원』, 박희병 역, 돌베개, 1998.

홍대용, 『국역 담헌서』, 민족문화추진회 편, 1974.

홍대용, 『산해관 잠긴 문을 한 손으로 밀치도다』, 김태준 · 박성순 역, 돌베개, 2001.

홍대용, 『임하경륜 · 의산문답』, 조일문 역, 건국대학교 출판부, 1975.

이덕무, 『국역 청장관 전서』, 민족문화추진회 편, 1981.

이덕무, 『한서 이불과 논어 병풍』, 정민 역, 열림원, 2000.

박제가, 『초정전서』, 아세아문화사, 1992.

박제가, 『궁핍한 날의 벗』, 안대회 역, 태학사, 2000.

박제가, 『북학의』, 안대회 역, 돌베개, 2003.

유득공, 『영재집』, 민족문화추진회 영인 표점, 한국문집총간 260, 2000.

유득공, 『발해고』, 송기호 역, 홍익문화사, 2000.

유득공, 『경도잡지』, 이석호 역, 을유문화사, 1969.

박제가 외, 『무예도보통지』, 임동규 역, 학민사, 1996.

박제가 외, 『사가시선』, 여강출판사, 2000.

이규상, 『18세기 조선 인물지』, 민족문화연구소 한문학분과 역, 창작과
　　비평사, 1997.

그 외 자료

김기동 편, 『필사본 고전 소설 전집』, 아세아문화사, 1980~1982.

김동욱 편, 『고소설 판각본 전집』, 인문과학연구소, 1973~1975.

동국대 한국학연구소, 『활자본 고전 소설 전집』, 아세아문화사, 1976.

인천대 민족문화연구소 편, 『구활자본 고소설 전집』, 1983.

강희안, 『양화소록』, 서윤희 · 이경록 역, 눌와, 1999.

사마천, 『사기』, 정범진 외 역, 까치, 1994.

상앙, 『상군서』, 김영식 역, 홍익출판사, 2000.

성주덕, 『서운관지』, 이면우 · 허윤섭 · 박권수 역, 소명출판, 2003.

오긍, 『정관정요』, 김원중 역, 홍익출판사, 1998.

유만주, 『흠영』, 서울대학교 규장각, 1997.

유소, 『인물지』, 이승환 역, 홍익출판사, 1999.

이찬 편, 『한국의 고지도』, 범우사, 1991.

장주, 『장자』, 안동림 역, 현암사, 1998.

정극, 『절옥귀감』, 김지수 역, 소명출판, 2001.

정민, 『돌 위에 새긴 생각 — 학산당 인보기』, 열림원, 2000.

주희 · 여조겸, 『근사록』, 이기동 역, 홍익출판사, 1998.

연구편

강명관, 『조선시대 문학 예술의 생성 공간』, 소명출판, 1999.

강혜선, 『박지원 산문의 고문 변용 양상』, 태학사, 1999.

강혜선, 『정조의 시문집 편찬』, 문헌과 해석사, 2000.

김경미, 「박제가 시의 연구」, 연세대 박사학위논문, 1991.

김경미, 「조선후기 소설론 연구」, 이화여대 박사학위논문, 1993.

김균태, 「이덕무의 전 연구」, 한남어문학 25집, 2001.

김동철, 「채제공의 경제 정책에 관한 고찰」, 부대사학 4호, 1980.

김명호, 『박지원 문학 연구』, 성균관대 대동문화연구원, 2001.

김명호, 『열하일기 연구』, 창작과비평사, 1990.

김문식, 『정조의 경학과 주자학』, 문헌과해석사, 2000.

김영동, 『박지원 소설 연구』, 태학사, 1988.

김영호, 『조선의 협객 백동수』, 푸른역사, 2002.

김용찬, 『18세기 시조 문학과 예술사적 위상』, 월인, 1999.

김태준, 『홍대용』, 한길사, 1998.

김혈조,『박지원의 산문 문학』, 성균관대 대동문화연구원, 2002.

김호,「규장각 소재 '검안'의 기초적 검토」, 조선시대사학보, 1998.

류재일,『이덕무의 시문학 연구』, 태학사, 1998.

류준경,「방각본 영웅 소설의 문화적 기반과 그 미학적 특성」, 서울대 석
　사학위논문, 1997.

류탁일,『완판 방각 소설의 문헌학적 연구』, 학문사, 1981.

류탁일,『한국 문헌학 연구』, 아세아문화사, 1990.

박광용,『영조와 정조의 나라』, 푸른역사, 1998.

박현모,『정치가 정조』, 푸른역사, 2001.

박희병,『한국의 생태 사상』, 돌베개, 1999.

변광석,『조선 후기 시전 상인 연구』, 혜안, 2001.

서대석,『군담 소설의 구조와 배경』, 이화여대 출판부, 1985.

서대석 외,『한국 고전 소설 독해 사전』, 태학사, 1999.

송성욱,「가문 의식을 통해 본 한국 고전 소설의 구조와 창작 의식」, 서
　울대 석사학위논문, 1990.

송준호,『유득공의 시문학 연구』, 태학사, 1985.

신용하,『조선 후기 실학파의 사회 사상 연구』, 지식산업사, 1997.

심재우,「18세기 옥송의 성격과 형정 운영의 변화」, 한국사론 34, 1995.

심재우,「조선 후기 인명 사건의 처리와 '검안'」, 역사와 현실 23, 1997.

안대회 편,『조선 후기 소품문의 실체』, 태학사, 2003.

안대회,「백탑 시파의 연구」, 연세대 석사학위논문, 1987.

안대회, 『18세기 한국 한시사 연구』, 소명출판, 1999.

유봉학, 『조선 후기 학계와 지식인』, 신구문화사, 1998.

유홍준, 『화인열전 1 · 2』, 역사비평사, 2001.

이상택, 『한국 고전 소설의 이론 1 · 2』, 새문사, 2003.

이이화, 『문화 군주 정조의 나라 만들기』, 한길사, 2001.

이종묵, 『한국 한시의 전통과 문예미』, 태학사, 2002.

이창헌, 「경판 방각 소설의 상업적 성격과 이본 출현에 대한 연구」, 관악 어문연구 12, 1987.

이창헌, 「경판 방각 소설 판본 연구」, 서울대 박사학위논문, 1995.

이화형, 『이덕무의 문학 연구』, 집문당, 1994.

임미선 외, 『정조대의 예술과 과학』, 문헌과해석사, 2000.

정민, 『조선 후기 고문론 연구』, 아세아문화사, 1989.

정민, 「18세기 조선 지식인의 '벽(癖)'과 '치(癡)' 추구 경향」, 18세기 연 구 5 · 6, 2002.

정옥자 외, 『정조 시대의 사상과 문화』, 돌베개, 1999.

정옥자, 『정조의 문예 사상과 규장각』, 효형출판, 2001.

정옥자, 『정조의 수상록 일득록 연구』, 일지사, 2000.

정재영 외, 『정조대의 한글 문헌』, 문헌과해석사, 2000.

한국 고소설연구회 편, 『고소설의 저작과 전파』, 아세아문화사, 1994.

한양대 한국학연구소 편, 『18세기 조선 지식인의 문화 의식』, 한양대 출 판부, 2001.

『방각본 살인 사건』은 나와 동년배인 386세대에 대한 기대와 우려가 많이 담긴 작품이다.

초고를 집필한 2002년 가을과 겨울에는 분위기가 훨씬 밝고 희망에 넘쳤다. 참여 정부를 표방한 새로운 대통령의 취임식 때는 이야기를 해피엔드로 끝낼 수도 있겠다고 여겼다. 그러나 2003년 봄, 퇴고를 하는 동안 소설은 점점 어두워만 갔다.

눈 밝은 독자라면 알겠지만, 나는 1998년 『불멸』부터 현재까지 발표한 모든 역사 소설에서 '지금, 여기'에 대한 정치적 견해를 밝혀 왔다. 소설이 인간의 삶을 총체적으로 다루는 예술이라면 여기에 정치가 빠질 수 없다. 그러나 『방각본 살인 사건』처럼 여러모로 마음이 복잡하고 감정의 기복이 심한 적은 없었다. 1778년 겨울과 1779년 봄, 백탑파의 규장각 진출을 놓고 벌어진 보수와 진보의 암투는 참여 정부 수립 후 몇 달 동안 벌어진 정쟁을 떠올리게 한다. 특히 정치 일선에 나선 386세대의 부침을 접하며 무엇인가 타산지석이 될 만한 문장을 쓰고 싶었다. 연쇄 살인범이 잡힌 순간 소설을 끝내지 않고 그 정치적 배후를 추적한 것도 이 안타까움 때문이다.

나는 백탑 아래 모여 북학을 갈망한 서생들의 꿈과 야망을 충실히 재현하려고 노력했다. 실학은 무조건 옳다는 관점에서 한 발 물러나 백탑파의 규장각 진출이 지닌 객관적 의미와 그들의 정치적 한계 등도 그려 보고 싶었다. 아울러 그 당시 조정을 주도하던 홍국영과 채제공 등을 통해 백탑파에게 부족했던 정치적 감각과 연륜도 음미하고자 했다.

정조 즉위 직후는 괴한들이 궁궐에 침탈할 만큼 정국이 불안했다. 요즈음으로 치자면 쿠데타 일보 직전의 위기 상황이었던 것이다. 이때 정조는 홍국영과 채제공을 좌우에 두고 백탑파에 기대를 보이면서도 선왕인 영조 시절부터 득세한 서인들에 대한 관심을 버리지 않았다. 정치적 이해관계가 서로 다른 신하들은 다투어 어심을 살폈으나 정조는 확언을 늦추며 절묘하게 자신의 입장을 관철해 나갔다.

챙길 건 다 챙기면서도 정국을 파탄으로 몰고 가지 않은 문화 군주 정조의 신중함은 이 여름 많은 것을 생각하게 만든다. 백탑파가 보수 세력의 방해를 뚫고 규장각에 들어가서 제 역할을 한 것처럼, 386세대 정치인도 끝까지 초심을 잃지 않고 역사적 소임을 다하기를 빈다.

그렇다고 『방각본 살인 사건』이 정치 소설인 것은 아니다. 두 가지 '살아 숨 쉬는 교양'을 최초로 독자들에게 선물한다.

먼저, 필사 소설에서 방각 소설로 넘어오는 과정을 『방각본 살인 사건』에 담고자 했다. 나는 이미 2002년 겨울 『서러워라, 잊혀진다는 것은』에서 필사 소설의 유통 과정과 작품 세계를 서포 김만중을 중심으로 복원한 바 있다. '소설로 쓰는 소설사'는 앞으로 조선 후기 대하 소설과 구활자 소설에 관한 탐색으로 이어질 것이다.

현재 이야기 문학은 필사와 방각과 활자를 넘어 디지털 시대로 접어들고 있다. 게임, 영화, 애니메이션 등 이야기가 필요한 전혀 새로운 매체가 생겨난 것이다. 이런 변화에 대해, 글은 원고지에 꾹꾹 눌러 써야 영혼이 담긴다는 주장도 있고, 이야기를 책으로 읽던 시대는 완전히 갔다는 주장도 있다. 필사 소설에서 방각 소설로 옮겨 가던 18세기 소설가 청운몽이 창작·출판·유통에 두루 관심을 가지며 폭넓은 시각을 확보한 것은 아날로그-이야기에서 디지털-이야기로 넘어가는 21세기 소설가들에게 시사하는 바가 크다.

다음으로 백탑파의 실체를 담으려고 했다. 지금까지 연암이나 다산 등 실학자 개개인에 대한 소설은 있었지만, 그들이 어디서 어떻게 모였고 무슨 책을 보며 삶을 논했는가를 하나의 정치적 문화적 세력으로 형상화한 적은 없다. 박지원, 홍대용, 박제가, 이덕무, 유득공, 백동수, 김홍도 등을 한자리에 모은 것도 당시 백탑파의 넓고 깊은 교유를 드러내기 위함이다.

나는 이 작품을 추리 소설로 썼다. 독자들에게 좀 더 가까이 다가서고 싶은 욕심도 있었지만 무엇보다도 백탑파의 삶과 사상이 추리에 썩 어울렸다. 일찍이 압록강을 건너 연경을 여행하고, 과학을 신봉했으며, 꽃·새·물고기 등등에 백과사전적 지식을 가졌던 그들에게 추리는 가장 잘 어울리는 소설적 옷이다.

앞으로도 김진과 이명방을 등장시켜 백탑파의 활약을 소설로 옮길 예정이다. 정조 시대에는 너무나 멋진 인물과 기이한 사건이 많기에, 길게 보고 다양한 관점과 새로운 형식으로 접근하는 쪽을 택했다. 『방각본 살인 사건』에서 소홀하게 다룬 백탑 서생과 무인의 삶은 다른 장편 소설로 탐구할 것이다.

『방각본 살인 사건』은 2002년 늦여름, 퍼슨웹 식구들과 안암동 노천 카페에서 밤을 새우던 날 구상되었다. 함께 술 마시고 떠든 이들에게 감사드린다. 더 좋은 세상을 향한 퍼슨웹의 인터뷰는 앞으로도 오랫동안 계속될 것이다. 내 문장의 약점을 예리하게 짚어 준 장은수 편집장께도 감사드린다. 16년 만에 처음 손발을 맞춘 작업이었는데, 과정은 힘겨웠지만 결과는 만족스럽다. 더 좋은 작품으로 보답하겠다. 끝으로 많은 책을 사도록 내버려 두었을 뿐만 아니라, 초고를 검토하고 용기를 북돋워 준 아내 민수경에게 이 책을 선물한다.

한번 펼치면 덮을 수 없는 소설, 역사와 교양이 풍부하면서 박진감 넘치는 소설에 계속 도전하겠다.

2003년 7월
김탁환

개정판 작가의 말

작품은 저마다의 운명이 있다고 한다.

2003년 백탑파 시리즈를 시작하면서 나는 이 소설들이 희한한 이야기 숲으로 나를 이끌고 가리라 예감했다. 야사와 만연체와 궁중 암투의 시대물이 아니라, 백탑 아래에 모인 젊고 유능한 젊은이들이 시대의 난제를 경쾌하게 풀어 가는 상상을 했다. '방각본 살인 사건'이란 제목에서부터 에둘러 피하지 않고 직접 문제로 달려드는 이 시리즈의 특징이 묻어난다. 12년이 흐르는 동안, 백탑파가 살았던 영조와 정조 시절은 소설뿐만 아니라 영화나 드라마로 주목받았다. 그러나 꺼내도 꺼내도 끝없이 쏟아지는 이야기의 화수분처럼, 백탑파의 활약상은 겨우 서너 발자국 뗐을 따름이다.

'소설 조선왕조실록' 시리즈에 수록하기 위해 『방각본 살인 사건』 개정판 원고를 읽으며, 지금보다 12년 젊은 소설가의 마음과 만났다. 두 가지 다른 빛깔이 어우러졌다. 하나는 소설에 대한 애정이다. 고전소설 연구자의 길을 접고 장편작가로 접어들며, 중세에서 근대를 지나 현대에 이르는 소설의 흥망성쇠를 두루 섭렵한 뒤 내 작품으로 차근차근 펼쳐 내리라 다짐했었다. 소설을 둘러싸고 작가와 독자와 서점과 인쇄소의 면면이 바뀌는 과정을 따라가노라면, 시절과 장소에 따라 각기 다른 옷을 걸쳤지만 동일한 영혼을 발견하게 된다. 이야기에 매혹된 '영혼' 말이다. 『방각본 살인 사건』에선 소설 중독자인 이명방과 김진을 통해, 소설이 얼마나 의미 있고 재미 있는 이야기인 줄 아느냐고 반복하여 설명한다. 넘치는 부분도 있지만, 애정이란 넘치기 마련이 아닐까 하는 생각도 든다. 이제 범위를 이야기 전체로 확장하여, 소설과 영화, 소설과 과학, 소설과 역사의 어우러짐에 관한 작품을 계속 이어 가겠다.

또 하나는 백탑파 구성원들의 우정이다. 개성 넘치는 인물들이 함께 만나 영향을 주고받으며 한 세월을 보낸 것이다. 경쟁만이 살 길이라고 강조하는 현재 우리네 모습과는 정반대다. 백탑파의 삶은 안온함이나 풍족함과는 거리가 멀었다. 그들이 교유한 글들을 몇 편만 읽어 보라. 서얼이라는 신분적 한계 때문에 몸서리치고, 끼니조차 잇기 어려운 가난 속에서도 독서를 게을리하지 않았으며, 청나라의 문물을 추종하며 기이한 것만 좋아한다는 오해에 울분을 터뜨리기도 했다. 절망이나 비탄에 빠진 이들을 위로하고 힘을 준 이는 오직 벗이었다. 가까이 만나 어울릴 때도, 멀리 떨어져 10년에 한 번 만나기도 힘들 때조차, 벗은 나를 이해하고 따뜻한 격려의 말을 아끼지 않았다.

백탑파를 소설로 쓰면서 많은 이들을 사귀었다. 원고를 앞에 놓고 누군가의 삶을 엿보고, 또 깊은 대화를 나누고, 때론 소소한 단어에서부터 큰 틀까지 조언을 듣는 순간보다 가슴 먹먹해질 때가 있을까. 돌이켜 생각해 보니 그들의 넉넉한 후의(厚意) 덕분에 부족한 부분을 채울 수 있었다. 소설을 쓰다 보면 등장인물을 닮는다고 했던가. 앞으로 나는 고마운 이들에게 어떤 벗이 될 것인가 고민하며 살겠다.

타인의 이야기에 매혹된다는 것, 우정을 소중히 여긴다는 것! 1778년에도 2015년에도 변함없이 지켜야 하는 인간다움의 밑거름이다. 『방각본 살인 사건』과 함께 진한 우정을 독자들과 나누며 또 어딘가로 흘러가고 싶다.

2015년 2월

김탁환

● '소설 조선왕조실록'을 펴내며

인생의 향기가 유난히 강한 곳엔 잊지 못할 이야기가 꽃처럼 놓여 있다. 이야기들은 시간의 덧없는 풍화를 견디면서, 생사의 경계와 세대의 격차 혹은 거리의 원근을 따지지 않고 영원을 향해 자신을 밀어붙인다. 역사가 그 움직임의 거대한 구조에 주목한다면, 소설은 그 움직임의 구체적 세부를 체감하려 든다.

인류는 현재의 화두로 과거를 끊임없이 재구축해 왔다. 미래는 아직 오지 않은 과거이기에, 과거를 고찰하는 것은 곧 현재를 뛰어넘어 미래로 도약하는 방편이다. 선조의 삶을 핍진하게 담은 어제의 신화, 전설, 민담 역시 오늘의 소설로 재귀해야 한다. 60여 권이 훌쩍 넘을 '소설 조선왕조실록'에서 다룰 대상은 500여 년을 이어 온 나라 조선이다. 조선은 빛바랜 왕조에 머무르지 않는다. 국가의 운명을 둘러싼 정치 경제적 문제에서 일상에 스며든 생활 문화적 취향에 이르기까지, 21세기 한국인의 삶에 계속해서 육박하는 질문의 기원이 그 속에 자리 잡고 있다.

일찍이 한국 근대문학의 선구자인 이광수를 비롯하여 김동인, 박태원, 박종화 등 뛰어난 작가들은 조선에 주목하여 소설화에 힘썼다. 이 왕조의 중요 인물과 사건을 이야기로 담는 일이 개화와 독립 그리고 건국의 난제를 넓고도 깊게 고민하여 해결책을 찾는 길임을 예지했던 것이다. 그 당시 독자들은 이들을 읽으면서, 각자에게 닥친 불행의 근거를 발견했고 눈물을 쏟았고 의지를 다졌고 벅차올랐다. 등장인물들은 오래전 흙에 묻힌 차디찬 시신이 아니라 더운 피가 온몸으로 흐르는 젊은 그들이었다. 안타깝게도 이 걸작들은 세월과 함께 차츰 망각의 강으로 가라앉았다. 21세기 독자들과 만나기엔 문장 감각도 시대 인식도 접점을 찾기 어려웠다.

최근 들어 조선을 다루는 소설과 드라마 혹은 영화의 확산은 환영할 일이다. 하지만 붓끝을 지나치게 자유로이 놀려 말단의 재미만 추구하고 예술적 풍미를 잃은 작품이 적지 않은 것도 사실이다. 역사소설의 '현대성'은 사실의 엄정함을 주로 삼고 상상의 기발함을 종으로 삼되, 시대의 문제를 정면으로 응시하고 국학계의 최신 연구 성과를 두루 검토한 후 그에 어울리는 예술적 기법을 새롭게 선보이는 과정에서 획득된다.

'소설 조선왕조실록'은 새로운 세기에 걸맞도록 조선 500년 전체를 소설로 재구성하는 작업이다. '소설 조선왕조실록'을 평생 걸어갈 여정의 깃발로 정한 이유는, 세계기록문화유산으로 등재될 만큼 정밀하면서도 풍부하게 하루하루를 기록한 이들의 정신을 본받기 위함이다. '조선왕조실록'이 궁중 사건만을 다룬 기록이 아니라 정치, 경제, 사회, 문화모두를 포괄하는 기록이듯이, '소설 조선왕조실록' 역시 정사와 야사, 침묵과 웅변, 파괴와 생성의 세계를 넘나들며 인생과 국가를 탐험할 것이다. 아직 작가의 손이 미치지 못한 인물과 사건은 신작으로 발표하고 이미 관심을 두었던 부분은 기존 작품을 보완 수정하여 펴내, 거대한 퍼즐을 맞추듯 조선을 소설로 되살리겠다. 한 왕조의 흥망성쇠를 파노라마처럼 체험하는 것은 작가에게도 독자에게도 특별한 경험이리라.

세르반테스는 『돈키호테』에서 일찍이 강조했다. "역사는 진실의 어머니이며 시간의 그림자이자 행위의 축적이다. 그리고 과거의 증인, 현재의 본보기이자 반영, 미래에 대한 예고이다." 이제 조선에 새겨진 우리의 미래를 찾아 들어가려 한다. 서두르지 않고 황소걸음으로 한 문장 한 문장 최선을 다하겠다. 이 길고 오랜 여정에 독자 여러분의 강렬한 격려를 바란다.

김탁환

소설 조선왕조실록 04

방각본 살인 사건 2

1판 1쇄 펴냄 2003년 7월 15일
1판 17쇄 펴냄 2007년 10월 5일
2판 1쇄 펴냄 2007년 12월 24일
2판 7쇄 펴냄 2013년 12월 27일
3판 1쇄 펴냄 2015년 2월 25일
3판 3쇄 펴냄 2024년 5월 27일

지은이 김탁환
발행인 박근섭·박상준
펴낸곳 (주)민음사

출판등록 1966. 5. 19. 제16-490호
주소   서울특별시 강남구 도산대로1길 62(신사동)
         강남출판문화센터 5층 (우편번호 06027)
대표전화 02-515-2000 | 팩시밀리 02-515-2007
홈페이지 www.minumsa.com

ISBN 978-89-374-4205-6 04810
ISBN 978-89-374-4201-8 04810(세트)

* 잘못 만들어진 책은 구입처에서 교환해 드립니다.